O ACIDENTE

Obras da autora publicadas pela Editora Record

O acidente
A contadora
A professora
Nunca minta

FREIDA McFADDEN

O ACIDENTE

Tradução de
Laura Folgueira

1ª edição

EDITORA RECORD
RIO DE JANEIRO • SÃO PAULO
2025

CIP-BRASIL. CATALOGAÇÃO NA PUBLICAÇÃO
SINDICATO NACIONAL DOS EDITORES DE LIVROS, RJ

M144a

McFadden, Freida
   O acidente / Freida McFadden; tradução Laura Folgueira. – 1. ed. – Rio de Janeiro: Record, 2025.

   Tradução de: The crash
   ISBN 978-85-01-92347-9

   1. Ficção americana. I. Folgueira, Laura. II. Título.

25-96751.0   CDD: 813
                              CDU: 82-3(73)

Gabriela Faray Ferreira Lopes – Bibliotecária – CRB-7/6643

Título original em inglês:
The Crash

Copyright © 2025 by Freida McFadden.

Diagramação: Abreu's System

Texto revisado segundo o Acordo Ortográfico da Língua Portuguesa de 1990.

Todos os direitos reservados. Proibida a reprodução, no todo ou em parte, através de quaisquer meios. Os direitos morais da autora foram assegurados.

Direitos exclusivos de publicação em língua portuguesa somente para o Brasil adquiridos pela
EDITORA RECORD LTDA.
Rua Argentina, 171 – Rio de Janeiro, RJ – 20921-380 – Tel.: (21) 2585-2000, que se reserva a propriedade literária desta tradução.

Impresso no Brasil

ISBN 978-85-01-92347-9

Seja um leitor preferencial Record.
Cadastre-se no site www.record.com.br e
receba informações sobre nossos lançamentos
e nossas promoções.

Atendimento e venda direta ao leitor:
sac@record.com.br

Ao meu pai

PRÓLOGO

DEPOIS DO ACIDENTE

Eu nunca matei ninguém.

Não sou assim. Sou uma boa pessoa. Não minto. Não trapaceio. Não roubo. Quase nunca levanto a voz. Fiz pouquíssimas coisas na vida das quais me envergonho.

Mas aqui estou.

Eu esperava alguma resistência da pessoa sob mim. Mas não esperava tanta resistência. Não esperava que se debatesse tanto.

Tampouco os gritos abafados.

Eu poderia parar. Não é tarde demais. Tenho quinze segundos para decidir se quero cometer um assassinato... trinta, no máximo.

Mas não paro. Não posso.

Então, finalmente — *finalmente* — a resistência acaba. Agora, tenho um corpo mole e imóvel abaixo de mim. Não preciso de conhecimento médico para reconhecer um cadáver.

O que foi que eu fiz?

Enterro o rosto nas mãos, engolindo o choro. Não sou de chorar — nunca fui —, mas, neste momento, parece apropriado. Se eu não chorar, quem o fará? Depois de um instante, me forço a endireitar a postura e me recompor. Afinal, fiz isso por um bom motivo.

Não tinha outro jeito.

PARTE 1

UMA SEMANA ANTES DO ACIDENTE

CAPÍTULO 1

TEGAN

Não tenho certeza se vou conseguir chegar à porta de casa.

São uns quinze metros do meu pequeno Ford Fusion até a entrada do prédio onde moro. Quinze metros não é muito. Na melhor das hipóteses, eu levaria poucos segundos para percorrer essa distância.

Mas não essa noite.

Moro num estúdio no segundo andar de um prediozinho de um condomínio em Lewiston, no Maine. É um bairro péssimo, mas, no momento, não tenho dinheiro para nada melhor. Meu expediente no mercado acaba depois que escurece, o que significa que agora está um breu lá fora. Costumava ter um poste que iluminava o caminho do estacionamento até o prédio, mas a lâmpada queimou um mês depois de eu me mudar e ninguém se deu ao trabalho de trocá-la. Assim que eu apagar os faróis, não vou conseguir enxergar um palmo à frente do nariz.

Desliguei o motor do carro logo depois de estacionar, porque não posso ficar desperdiçando combustível. Está tão frio que, mesmo dentro do carro, consigo ver a respiração condensar à minha frente. No Maine, a temperatura em dezembro está sempre bem abaixo de zero. Espio pelo para-brisa e mal consigo distinguir a entrada do prédio. Não tem poste de iluminação, mas tem uma lâmpada minúscula logo acima da porta, suficiente para que eu enxergue o buraco da fechadura para destrancá-la.

Ela também fornece luz suficiente para que eu enxergue o homem à espreita nas sombras, perto da entrada.

À espera.

Estou tremendo quando me ajeito no banco do motorista, o que não tem sido fácil de fazer. Uma dor aguda e elétrica percorre a minha perna direita, algo que vem acontecendo com mais frequência. O médico me falou que é uma coisa chamada "ciático", causada por um nervo inflamado na minha coluna. Achei que minha vida não poderia piorar, então fui e inflamei um nervo na coluna, adicionando mais uma coisa à pilha.

Na escuridão, estreito os olhos para ver o homem na entrada enquanto me pergunto o que ele quer aqui. Está escuro demais para discernir qualquer feição dele, mas é relativamente alto e magro. Está usando um sobretudo comprido e escuro, o que não melhora em nada a situação para mim. O rosto parece ameaçador, mas, para ser sincera, todo mundo parece ameaçador quando está escondido nas sombras.

Ele pode ter as intenções mais inocentes do mundo. Vai ver ele veio visitar um amigo no prédio. Ou é um policial à paisana. (Improvável.) Pode ser que... Bom, não consigo pensar em mais nada que alguém poderia estar fazendo aqui às nove e meia da noite. O que quero dizer é que ele não está aqui *necessariamente* para me assaltar.

De qualquer forma, não posso passar a noite no carro.

Enfio a mão na bolsa, tiro o spray de pimenta que passei a carregar e o coloco no bolso do casaco. Se esse cara quiser as minhas coisas, vou me certificar de que ele tenha bastante trabalho. Troco as chaves de bolso para facilitar o acesso, pego a sacola de compras do banco do carona e a carrego no braço. O Sr. Zakir sempre me dá um desconto enorme em produtos perto da data de vencimento e me recuso a deixá-los para trás só por causa de um cara sinistro na frente do meu prédio.

Aquele raio de dor percorre outra vez a perna direita enquanto saio do meu Ford. Meu casaco está aberto e não há muito que eu possa fazer para resolver isso, porque o zíper não fecha mais já faz vários meses. Não tem nada de errado com o zíper, embora um zíper com defeito seria bastante consistente com o estado atual da minha vida. Não, o motivo de o meu casaco não fechar mais é que ele não se ajusta mais à minha barriga distendida.

Estou grávida de quase oito meses.

Assim que saio do carro, meus pés inchados gritam em protesto. Ao longo de um turno dobrado no mercado, eles expandiram para quase o dobro do tamanho original e agora mal cabem nos tênis. Eu me endireito o melhor que posso, e o ar frio bate no meu rosto. Durante a gravidez, venho ficando cada vez mais cansada, principalmente no fim do dia, mas esse vento gelado me desperta.

Bato a porta do carro ao sair, e o homem encostado na frente do prédio levanta a cabeça num movimento brusco. Ainda não consigo enxergar muito mais que uma silhueta, mas agora ele está olhando diretamente para mim. Com o braço que segura a sacola de compras tremendo, coloco a outra mão dentro do bolso em busca do spray de pimenta.

Nem tente roubar o meu pão vencido, seu babaca.

Respiro um bocado de ar frio e ando com determinação até a entrada do prédio. Evito olhar para ele, como aprendi a fazer ao longo dos anos com dezenas de outros homens sinistros, mas consigo sentir os olhos me seguindo. Meus dedos se fecham no spray de pimenta, e estou prestes a puxá-lo quando uma voz familiar invade meus pensamentos aterrorizados.

—Tegan?

Volto o olhar para a voz. A luz da porta agora está forte o suficiente para eu perceber as feições do homem, e toda a tensão é dissolvida de imediato.

— Jackson! — grito. — Meu Deus do céu, você quase me matou de susto!

O homem na minha frente, que agora reconheço como Jackson Bruckner, está usando um sobretudo por cima da roupa de sempre: camisa social branca amarrotada, gravata cinza e calça de alfaiataria da mesma cor. Ele não é daqui, então suponho que tenha dirigido pelo menos duas horas para chegar, mas sempre parece radiante quando surge à minha porta.

Sem eu ter que pedir, Jackson pega a sacola de compras, o que alivia um pouco meus pés doloridos.

— Foi mal — diz ele. — Eu ia até o supermercado, mas meu GPS falou que estava fechado, então vim direto para cá. Imaginei que você chegaria logo, por isso fiquei esperando.

— Você podia ter mandado uma mensagem — murmuro, agora um tanto envergonhada por ter ficado tão assustada com esse homem de óculos fundo de garrafa, com orelhas grandes que se destacam de cada lado da cabeça. Agora que não está escondido pelas sombras, ele é basicamente o homem menos assustador que já vi na vida. É bonitinho, mas de um jeito meio nerd.

Para constar, ele não é o pai da criança. Tampouco é meu namorado.

— Mas eu mandei.

Pego o celular na bolsa e, de fato, tem um monte de mensagem de Jackson que eu não tinha visto. Claro que ele escreveu para mim. Jackson é responsável. Trabalha como advogado e se formou com honras em sua faculdade de elite. Ele não me contou isso, mas eu dei um Google.

— Parece que mandou, mesmo — admito.

Ele olha de relance para o relógio.

— Também pedi comida chinesa, que vai chegar em alguns minutos.

Meu estômago ronca com a menção à comida. Era para eu estar comendo por dois, mas mal estou comendo por uma.

— Lo mein de frango? — pergunto, cheia de esperança.
— Claro. — Ele sorri para mim. — Me deixa subir com essas compras para você, aí desço para pegar a comida.

Quero protestar, mas carregar compras escada acima foi ficando progressivamente mais difícil conforme a minha barriga foi crescendo. Se ele está disposto a fazer isso por mim, fico mais que grata.

— Obrigada.

Os olhos dele encontram os meus sob a luz fraca da entrada.

— Imagina.

Jackson espera pacientemente enquanto tento, desajeitada, encaixar a chave na fechadura. Quando está frio, sempre emperra, e, por aqui, isso acontece dez meses por ano. Quando por fim consigo destrancar a porta, ele a segura aberta para mim como um cavalheiro. Gosto muito de Jackson. Adoro quando ele vem com uma oferta de jantar, o que tem acontecido com cada vez mais frequência.

Mas a verdade é que essa não é uma visita social. Jackson e eu temos questões importantes a tratar.

Em breve, vou ficar mais rica do que jamais sonhei.

Tudo por causa da bebê crescendo dentro de mim.

CAPÍTULO 2

Quando Jackson e eu entramos, passo direto pela caixa de correspondência. Não estou animada para ver as contas que me esperam e, de qualquer forma, não tenho dinheiro no banco para pagá-las. Então, subimos os dois andares até o meu apartamento. As lâmpadas da escada são fracas e a tinta na parede está bastante descascada, mas ninguém aqui reclamaria. Meus pés latejam a cada passo, mas logo vou estar em casa.

Paro no primeiro andar, tirando alguns segundos para recuperar o fôlego. Estou sempre sem fôlego ultimamente. Imagino que seja por causa do feto crescendo dentro de mim, impedindo que meus pulmões se expandam tanto quanto eu gostaria. Ou pode ser algo terrível. Perguntei ao Dr. Google e não gostei de nada que ele tinha a dizer. Pode ser um coágulo nos pulmões. Pode ser insuficiência cardíaca. Pode ser *tuberculose*.

Mas meu plano de saúde é péssimo, então vou ficar de dedos cruzados para não ser nada sério.

Jackson franze a testa, preocupado.

— Você está bem?

— Estou. — Engulo em seco e indico a escada com um aceno de cabeça. — Vamos.

Assim que chegamos ao topo do último lance de escadas, o telefone de Jackson vibra no bolso. Ele pega o aparelho e baixa os olhos para a tela.

— A comida chegou.

Estendo a mão para pegar a sacola de compras.
— Você desce para pegar. Consigo me virar daqui.
Ele parece duvidar.
— Certeza?
Olho séria para ele.
— O que você acha que eu faço todo dia quando você não está comigo?

Um flash de culpa passa pelo rosto fino dele, mas não entendo por quê. Não é responsabilidade de Jackson ser minha babá durante a gravidez. É bacana da parte dele carregar minhas compras, mas a minha bebê e eu não somos problema dele. E muito em breve — assim que os papéis estiverem assinados — é provável que eu nunca mais o veja.

Jackson me devolve as compras. Eu as equilibro no braço esquerdo enquanto atravesso o corredor até meu apartamento, procurando as chaves no bolso do casaco. Quando estou para abrir a porta, uma voz afiada fala atrás de mim:

— *Outro* homem, Tegan?

Giro a cabeça e encontro os olhos azul-claros e injetados da Sra. Walden, minha idosa vizinha de porta. Descobri que o nome dela é Evangeline quando vi um pacote deixado lá embaixo, mas, no dia em que nos conhecemos, ela se apresentou como Sra. Walden e, apesar de morarmos uma ao lado da outra já há dois anos, deixou muito claro que ainda devo me dirigir a ela dessa forma.

— Para ser sincera — continua —, você está transformando esse lugar num bordel.

Não faço ideia do que ela está falando. Durante todo esse tempo que moramos uma ao lado da outra, fora o meu irmão, Jackson foi o único homem que veio me visitar. E sequer estamos transando. Mas seria inútil discutir. Aos olhos dela, é como se eu estivesse desfilando pelo prédio com uma letra escarlate no peito.

A Sra. Walden baixa os olhos para minha barriga, que desponta embaixo da blusa preta e verde de brechó, com elástico sob o busto. Tem babados no colarinho e é tão brega que me dá vontade de chorar, mas, quando comprei, eu não estava em posição de gastar muito em roupas que só precisaria usar por quatro ou cinco meses. De qualquer forma, a Sra. Walden não está me julgando pela blusa barata e feia. Está me julgando por ser uma mulher de 23 anos grávida e solteira.

Mas a verdade é que ela não tem absolutamente nada a ver com isso.

— Eu ia mesmo perguntar, Tegan — diz ela com aquela voz crepitante. — Você vai se mudar para outras acomodações depois que o bebê nascer?

Descanso a mão na barriga e sou recompensada com um chute cheio de vontade. Uma coisa que posso dizer a favor da bebê é que ela tem muita energia. Mais do que eu, no momento.

— Talvez — respondo. — Ainda não decidi.

— Sabe, vai ser muito incômodo ter um bebê por aqui. — Ela ergue o queixo. — Todo aquele choro madrugada adentro! Que pesadelo.

Ponho a mão de volta na chave pendurada na fechadura e giro até sentir aquele clique satisfatório.

— Ouvi dizer que bebês choram muito. É porque ainda não sabem falar.

— Ninguém vai conseguir dormir! — continua ela. — É muito egoísta da sua parte trazer um recém-nascido para uma comunidade quase só de adultos.

— Bom, não é como se eu tivesse planejado.

Ela franze os lábios.

— Pois é, imagino que não.

Quero gritar para a Sra. Evangeline Walden que ela não sabe nada sobre mim. Fez um monte de suposição grosseira de tão errada. Não sou o tipo de garota que transa casualmente e fica grávida sem nem saber quem é o pai, embora, agora que isso aconteceu comigo, eu me sinta culpada por ter julgado todas as outras mulheres que viveram o mesmo. Eu tinha grandes planos para a vida e nenhum deles envolvia engravidar aos 22.

Mas o fato é que eu realmente engravidei aos 22. E *foi* uma transa casual. E, até recentemente, eu não sabia quem era o pai.

Então, na verdade, não tem muita coisa que eu possa dizer a ela sem mentir.

Em vez disso, abro a porta com força e dou um sorriso.

— Boa noite, Sra. Walden.

— Vou falar com a administração sobre...

A Sra. Walden está bem no meio de uma frase quando bato a porta atrás de mim. Se ela quiser reclamar com a administração que eu estou povoando ilegalmente o apartamento com a minha prole, que fique à vontade. Eu que não vou ficar tentando lhe agradar. Não mais.

Assim que receber meu dinheiro, vou me mandar daqui.

Acendo as luzes do meu estúdio, o que só ilumina como ele é dolorosamente sem graça. A tinta branca não está descascando, mas tem uma aparência apagada e sem brilho, como tudo no apartamento. É como se tivesse uma camada de imundície em cada móvel e eletrodoméstico e eu não conseguisse tirar, não importa quanto esfregue.

Não era para ser assim. Eu estava dobrando turnos no mercado, economizando desesperadamente para fazer faculdade de enfermagem. E, no fim do expediente, podia me jogar no sofá e ver televisão quanto quisesse enquanto devorava o jantar para uma pessoa. Não era para eu engravidar.

E, em pouco mais de um mês, tudo vai mudar. Vou ter uma *bebê*. Um ser humano vivo, de verdade, que vai ser minha responsabilidade. Essa bebê não vai poder ficar sozinha e vai precisar de roupas, comida e, em algum momento, escola. E presumo que vai me manter acordada metade da noite para eu virar um zumbi durante o dia.

Entro na minha pequena cozinha, onde, agora que cheguei ao terceiro trimestre, mal caibo. Ponho a sacola de papel com as compras na bancada. Todo dia, antes de sair do mercado, vou atrás de uma variedade de itens perto do vencimento ou já vencidos. Hoje, consegui um monte de enlatado, além de pão e queijo. Também tenho uma caixa de leite que só está um dia vencida e deve estar com gosto normal. E cinco latas de atum.

Toda mulher tem seus desejos estranhos na gravidez. O meu é atum. Desde que o segundo trimestre começou e o enjoo passou, ando com desejo de atum. Não posso comer o tanto que quero por causa do mercúrio, mas, se pudesse, comeria atum em toda refeição, até no café da manhã. Por isso, informalmente batizei a minha bebê de Atunzinha.

Atum para o jantar, mamãe?

Certo, essa é outra coisa estranha. Costumo imaginar que a bebê está falando comigo de dentro do útero. Não estou pirando, juro. Sei que meu feto de oito meses não é capaz de falar. Mas, às vezes, a vozinha fofa dela conversa comigo muito claramente. Embora ainda não tenha visto o rosto dela, já a amo. Quero que ela tenha uma vida melhor que a minha e todas as vantagens que nunca pude ter. E vou fazer o que for preciso para conseguir isso.

Por isso não sinto nem uma pontada de culpa pela grana que está vindo para o meu bolso.

CAPÍTULO 3

Jackson se materializa na minha porta menos de cinco minutos depois carregando um saco de papel pardo.

Ele de bom grado carregaria a comida até a cozinha, mas sou rápida demais para ele. Pego o saco de papel enquanto ele trota atrás de mim, com as orelhas ainda muito vermelhas do frio. Rasgo para abri-lo, o que libera uma explosão de aromas sedutores, e pego uma das caixas brancas. Em minha ânsia, rasgo um pouco também as abas.

Nem me dou ao trabalho de pegar um prato. Tiro um garfo da gaveta ao lado da pia e como direto da caixa. Não sei se "comer" é o termo correto. "Engolir" talvez seja mais preciso. Ultimamente, estou sempre morrendo de fome.

— Foi mal — falo entre as mordidas. — Faz um tempo que não como. Turno dobrado.

Ele franze a testa.

— Isso faz bem para a bebê?

— Já, já vou diminuir o ritmo.

Apesar de eu estar impaciente demais para pegar pratos, Jackson busca dois no armário em cima da pia. Ele faz menção de pegar outra caixa do saco, mas para.

— Ah, ei — diz ele. — Trouxe uma coisa para você.

Eu estava tão distraída com um pedaço macio de frango que nem notei a sacolinha de presente que Jackson tinha colocado na bancada da cozinha — ele deve ter pegado no carro quando desceu para buscar a comida. É cor-de-rosa e brilhante, o que me faz rir, porque ele é o oposto de cor-de-rosa e brilhante. É difícil imaginá-lo escolhendo algo assim.

Talvez lendo minha mente, ele dá um sorriso desconfortável.

— É para a bebê.

Por mais que eu goste de enfiar garfadas de macarrão lo mein na boca, estou ainda mais animada com a ideia de um presente. Ainda não ganhei nada para a minha bebê. Bom, fora uma cadeirinha de carro que o meu irmão mandou para mim e ainda está na caixa de papelão em que foi entregue.

Pego a sacola rosa brilhante e suspiro quando vejo o conteúdo. É literalmente *a coisa mais fofa que já vi na vida*. É uma roupinha minúscula, feita para um ser humano minúsculo: um bodyzinho. E, em letras cor-de-rosa no peito, estão as palavras que fazem meu coração derreter:

Minha mamãe me ama.

A Atunzinha me chuta nesse momento, como se estivesse concordando. Embora eu só tenha pouco mais de um mês antes de ela fazer sua aparição, ainda não comecei a acumular roupinhas de bebê, então essa é a minha primeira. Fico olhando para a peça e piscando furiosamente. Apesar da minha barriga crescente e dos chutes constantes na costela, tem algo nesse body que faz tudo parecer muito real pela primeira vez. Vou ter uma bebê e ela vai usar isso.

Ai, meu Deus, eu vou chorar.

— Você gostou? — perguntou Jackson, ansioso.

Se eu disser qualquer coisa, mesmo um "sim", vou perder o controle, então só aceno com a cabeça. O rosto dele se ilumina.

Nada disso é trabalho dele. O trabalho dele não é trazer comida chinesa nem roupinhas de bebê adoráveis. O motivo para ele estar aqui não tem nada a ver com nada disso. Tem tudo a ver com o conteúdo da maleta de couro que ele deixou ao lado da entrada do apartamento. É a única razão para ele ter vindo, a única razão para ele estar aqui em *qualquer* momento. E, quando tudo estiver resolvido, ele não vai voltar. Não vai mais ter lo mein, nem rolinho primavera, nem visitas surpresas depois de um longo expediente no trabalho.

Jackson não vem aqui por razões sociais. É o *trabalho* dele.

— Então — falo, pegando a caixa do delivery e levando-a para o futon, que também serve como minha cama extremamente desconfortável. Ao me sentar nele, apoio as pernas inchadas na mesa de centro. O alívio é divino. — O que você precisava discutir comigo?

Jackson pega sua própria caixa e se junta a mim no sofá.

— Só alguns detalhezinhos do contrato que quero repassar. Mas, da próxima vez que eu vier, vai estar pronto para você assinar.

Sinto algo palpitando na parte inferior da barriga e não tenho certeza se são os nervos ou a bebê. Não acredito que estou prestes a assinar um contrato que vai resultar em receber um monte de dinheiro. Vou estar feita pelo resto da vida.

Tudo começou há quase oito meses.

Eu tinha ido de carro com uma amiga visitar o meu irmão, Dennis, na estação de esqui em que ele trabalha como instrutor; então, em geral, temos um bom desconto. Ele estava ocupado naquela noite, por isso nós duas saímos para beber num bar. Foi quando conheci um homem de terno escuro que se ofereceu para pagar uma bebida. Era bonito de um jeito respeitável, com um corte de cabelo caro e feições bem marcadas, e seu charme descontraído me convenceu a aceitar a bebida. Ele disse que estava na cidade para fechar um negócio importante, só ia passar uma noite. Enquanto minha amiga estava distraída com um cara de *mullet*, me vi flertando com aquele homem mais velho, seguro e atraente, tão diferente de qualquer um que eu conhecia na minha cidade.

Para resumir a história, devo ter bebido um pouco além da conta. Não me lembro de muita coisa daquela noite, mas acordei com uma baita dor de cabeça e com a boca parecendo um cinzeiro. Eu só tinha uma vaga lembrança de voltar ao meu quarto de hotel com o empresário bonitão, mas fiquei envergonhada de admitir que não conseguia nem me lembrar do nome dele. Classifiquei como experiência de vida e tentei esquecer.

Até minha menstruação atrasar.

Eu nem era festeira — mal saía à noite e concentrava a maior parte da minha energia em economizar dinheiro para o meu sonho de estudar enfermagem —, mas, mesmo assim, tinha virado um clichê. Engravidei bêbada e nem sabia quem era o pai da criança.

Não era exatamente como eu tinha planejado a vida, mas, depois de um bom exame de consciência, decidi manter a bebê e criá-la. Talvez o cara certo fosse aparecer em algum momento, mas, se não acontecesse, eu faria isso sozinha. E a faculdade de enfermagem... bom, se fosse para acontecer, eu chegaria lá. Tinha certeza disso.

Então aconteceu algo inesperado.

Eu estava vendo o noticiário três meses atrás, equilibrando um prato de comida na barriga cada vez maior, quando vi um homem na tela da TV. A legenda abaixo do rosto bonito dele dizia que se chamava Simon Lamar. Era um empresário local especializado em incorporação imobiliária.

E era o homem com quem eu tinha saído do bar na noite em que a Atunzinha foi concebida.

O que aconteceu depois não foi exatamente um final de conto de fadas. Queria poder dizer que localizei Simon Lamar, que ele ficou felicíssimo, ainda que um pouco surpreso, com a minha gravidez e insistiu em me conquistar. Gostaria de poder dizer que, depois de alguns meses de cortejo, ele se ajoelhou para me pedir em casamento, para que nós três pudéssemos ser

uma família feliz. Esse foi o cenário que imaginei quando entrei em contato com Simon para contar sobre a minha situação.
Não foi exatamente assim que aconteceu.
Apesar de não me lembrar de ver uma aliança de casamento no dedo dele naquela noite, Simon Lamar era, de fato, casado. Além disso, ele tinha dois filhos pequenos e absolutamente nenhum interesse em filhos ilegítimos. Tampouco queria que sua amada esposa, com quem era casado havia dez anos, descobrisse a infidelidade — nem que a imprensa fosse envolvida. Recusou-se até a me encontrar, mesmo depois do teste de paternidade que exigiu, o qual comprovou que ele era mesmo o pai da minha filha.
No entanto, ele pediu que Jackson me procurasse com uma oferta bem intrigante. Uma bolada em dinheiro, suficiente para sustentar a mim, a nossa filha e ainda sobrar. Eu não precisaria me preocupar com aluguel, creche nem mesmo mensalidades da faculdade para ela. Simon pagaria por tudo isso. E eu só precisaria assinar um acordo de confidencialidade prometendo que ninguém além de Simon e eu (e Jackson) saberia que ele era pai da minha filha.
Aceitei.
O que mais poderia fazer? Eu *precisava* aceitar. Simon estava se oferecendo para assegurar o meu futuro e o da Atunzinha. E, como eu logo seria mãe solo, teria sido idiotice recusar.
Graças à oferta generosa de Simon, ainda vou poder fazer faculdade de enfermagem no tempo planejado ou até antes do que esperava. Vou conseguir matricular a minha filha nas melhores escolas particulares. Não vou precisar criá-la numa quitinete minúscula. Ele me salvou.
— Obrigada por trabalhar tanto no contrato — falo para Jackson com a boca cheia de macarrão.
Ele acena com a mão.
— É o meu trabalho.

Mas será que é mesmo? Jackson tem chegado a vir para cá uma vez por semana para ajudar a finalizar o acordo. Muitas coisas podiam ser feitas por telefone, mas ele sempre insiste em vir pessoalmente. O que é mais do que posso dizer de Simon, em quem não pus os olhos desde aquela noite fatídica.

E acredito que Jackson esteja protegendo meus interesses. Havia no contrato cláusulas com as quais eu talvez concordasse ingenuamente, mas Jackson me aconselhou a não fazer isso. *Esse aumento de custo de vida não é suficiente. Não é justo com você.*

Jackson põe a mão no bolso interno do paletó e saca um envelope, que coloca na mesa de centro à nossa frente. Com base em experiências anteriores, eu sei que está cheio de notas de vinte dólares: a quantia exata para me garantir comida, compras e gastos médicos. Embora um pagamento maior esteja a caminho, esses envelopes de dinheiro aliviaram muito do estresse dos últimos meses.

— Obrigada.

Jackson empurra os óculos grossos pela ponte do nariz.

— Sem problema. O banco ainda estava aberto antes de eu pegar a estrada.

Ele nunca antes mencionou uma ida ao banco. Quando começamos nossas negociações, Simon foi muito claro ao dizer que eu não receberia um centavo até o contrato estar assinado, mas aí Jackson começou a aparecer com esses envelopes contendo pequenas quantias de dinheiro, e supus que Simon tivesse mudado de ideia. Mas agora me pergunto se Jackson tem me dado dinheiro da conta pessoal dele esse tempo todo.

— Aliás — diz ele, antes de eu poder perguntar —, Simon vem assinar o contrato final daqui a alguns dias, além de discutir algumas coisas com você.

— Ah. — Pensar em rever Simon me deixa nervosa, talvez pela falta de empolgação dele desde que ficou sabendo da minha gravidez. É um contraste extremo com o charme inebriante que apresentou na noite em que a gente se conheceu. — Tudo bem, acho.

— Eu também venho — completa ele.

Ele dá um sorriso reconfortante, e não consigo deixar de pensar que queria que fosse Jackson que eu tivesse conhecido naquele bar da estação de esqui. Eu abriria mão alegremente da oferta colossal de Simon em troca de uma chance de começar uma família com um cara incrível como Jackson.

Mas não posso pensar assim. Não posso mudar o passado. Eu deveria me sentir sortuda por receber uma oferta tão generosa, algo que vai sustentar a minha filha pelo resto da vida dela.

CAPÍTULO 4

Estou dobrando roupas limpas quando tenho uma contração.

Não é uma daquelas que vão vir no momento do parto, que tiraria o meu fôlego a cada cinco minutos e me faria correr para a emergência. Mas é do tipo irritante o suficiente para eu precisar parar o que estou fazendo por uma fração de segundo para respirar. Tenho sentido algumas assim todo dia. Contrações de treinamento, disse o Dr. Hanson.

O que significa que essa bebê está chegando. Em breve. Talvez não hoje, talvez não amanhã, talvez nem mesmo esse mês. Mas, mais cedo ou mais tarde, a Atunzinha vai chegar.

Não me sinto pronta. Em primeiro lugar, estou exausta. Ainda não pedi demissão, tenho medo de fazer isso antes de o contrato estar assinado, porque fico paranoica de tudo dar errado por algum motivo. Mas a razão principal do meu cansaço é que mal tenho dormido.

Ando tendo pesadelos. Não lembro exatamente o que acontece neles, mas todos terminam com o belo rosto de Simon pairando acima do meu. Ele olha nos meus olhos intensamente com os dele brilhando de determinação. Acordo tremendo, com um medo que desce até as minhas entranhas. (Depois preciso me levantar para fazer xixi.)

Então, pois é, o meu sono está uma bosta.

Ponho a mão espalmada na barriga. Ainda não escolhi um nome para a bebê. É óbvio que não posso batizá-la de Atum de verdade. Ouço falar de casais que discutem pelo nome dos filhos, mas não tenho esse problema. Posso chamá-la do que quiser, porque sou só eu.

Mesmo assim, não consigo pensar num nome. Então, na minha cabeça, ela ainda é Atunzinha.

Oi, mamãe! Não se esquece de comprar um berço para mim, senão eu não vou ter onde dormir!

— Logo, logo. — Coloco a mão nos músculos do meu útero, que relaxam aos poucos. — Assim que receber o cheque do seu pai, vou comprar o berço para você. E mais um monte de coisa.

Logo depois de a contração passar, meu telefone toca em algum lugar do apartamento. Tenho sorte de morar num estúdio, porque, senão, jamais conseguiria encontrar qualquer coisa. Será que todo mundo fica com essa confusão mental quando está grávida? Ontem, fiquei procurando o livro que estava lendo para me distrair e por fim o encontrei dentro da geladeira.

Ando (não, *me arrasto*) pelo estúdio em busca do celular. De início, o toque me dá uma pista da localização, me levando na direção da cozinha. Aí, para de tocar, e fico sem saber onde procurar agora. Meus olhos varrem o cômodo diminuto em busca do aparelhinho minúsculo.

Ai, meu Deus, se eu encontrar na gaveta de queijos, vou ficar muito puta comigo mesma.

Mas não, está sobre o micro-ondas, quase se confundindo com a superfície preta. Pego o celular, me perguntando se é Jackson ligando para bater o martelo nos detalhes do contrato final. Está marcado para assinarmos amanhã, e quero que saia tudo conforme o planejado. Notícia ruim chega rápido, então, neste momento, prefiro não receber nenhuma.

Mas a ligação perdida não era de Jackson. Era do meu irmão, Dennis. Relaxo os ombros, aliviada, enquanto aperto o botão para retornar a ligação.

— Tegan? — A voz potente do meu irmão enche o meu ouvido. — Está tudo bem?

Por algum motivo, conversar com o meu irmão mais velho sempre faz com que eu me sinta com 5 anos de novo.

— Está, sim.

Dennis solta o ar por um tempo.

— O que está rolando, Teggie?

— É que... — Olho para meu pequeno espaço de moradia. — Estou me sentindo sozinha.

— Quando você vai assinar o contrato com Lamar?

— Amanhã. — Mordo o lábio inferior. — Alguma chance de você vir para cá?

— Bem que eu queria. — Ele suspira. — Você sabe que estou abarrotado de trabalho agora.

Não posso discutir com isso. Dennis trabalha como instrutor de esqui no norte do estado, em um resort apropriadamente chamado Snow Mountain, porque, é claro, fica numa montanha cheia de neve. Ele ama esquiar desde que me entendo por gente. Quase virou esquiador profissional de tão bom que é. Mas acabou quebrando a perna quando tinha vinte e poucos anos e aceitou um trabalho confortável como instrutor. Infelizmente, dezembro é um dos meses mais atarefados, preparando-se para a temporada de férias de Natal. Ele se lasca de trabalhar no inverno, depois fica de boa no restante do ano.

— Vou tentar passar alguns dias aí quando a bebê nascer — promete ele. — A não ser que você queira vir para cá por um tempinho. Tenho um quarto sobrando.

Não é uma ideia ruim.

— Tá, vou pensar.

O convite é tentador. Dennis sempre fica me mimando quando vou visitar, e não o vejo desde que engravidei. Nosso pai era um empresário workaholic que teve um ataque cardíaco fatal aos 40 quando a empresa faliu, então Dennis, que na época tinha 12 anos, assumiu o lugar de homem da casa. Repetiu a dose quando, oito anos depois, nossa mãe morreu de câncer no pâncreas. Ele fazia tudo o que se esperaria de um pai, incluindo aprovar ou desaprovar meus namorados. Quando um garoto aparecia na porta fedendo a álcool, Dennis o punha para correr com um taco de beisebol antes de eu conseguir entrar no carro. Verdade seja dita, a maioria dos meus namorados não era bom para os seus padrões. Ele definitivamente não aprova Simon.

O que será que acharia de Jackson?

CAPÍTULO 5

Hoje vamos assinar o contrato que vai garantir o meu futuro.

Estou uma pilha de nervos, embora só vá assinar um papel. Dormi ainda pior que o normal, acordando dos pesadelos praticamente de hora em hora. Parecia que, toda vez que eu pegava no sono, o rosto de Simon invadia os meus sonhos e me acordava outra vez. Simplesmente não consigo tirá-lo da cabeça. Por volta das quatro da manhã, desisti de tentar.

Ontem, fui ao brechó e comprei uma nova roupa de gestante: um vestido com estampa floral. Infelizmente, o brechó não tinha provador, então só pude segurar na frente do corpo e, quando vesti em casa, meio que fiquei parecendo uma baleia vestida de florzinha. Mas ainda é melhor do que todas as minhas outras peças.

Só não sei por que me arrumei. Quem estou tentando impressionar? Simon? Acho mesmo que ele pode olhar para mim com meu vestidão floral e decidir abandonar a família para ficar comigo? Quero mesmo isso?

Não, não quero. A verdade é que não quero ter nada a ver com Simon Lamar. Só tem uma pessoa para quem me arrumei, e não é ele. É um homem que ando vendo muito ultimamente e de quem passei a gostar bastante, alguém que estou preocupada de não ver nunca mais depois de rabiscar o meu nome na linha pontilhada.

Tirei a tarde de folga do trabalho, o que me estressou demais, porque preciso muito do dinheiro. Fico tendo que me lembrar o tempo todo de que, depois de hoje à tarde, vou ter mais grana do que consigo gastar. É difícil assimilar essa realidade, considerando que... bom, eu nunca tive dinheiro na vida. A primeira coisa que vou fazer quando receber é encontrar um apartamento de dois quartos num bairro melhor. Ou quem sabe até uma casa.

São cinco da tarde quando o interfone toca lá de baixo, me alertando que Simon e Jackson chegaram. Enquanto espero que eles subam a escada, ando para lá e para cá por todo o apartamento. Não demora muito.

Depois de o toque irritante da campainha preencher o apartamento, abro a porta e vejo os dois homens de terno. Jackson está adoravelmente amarrotado, como sempre, com os óculos de lentes grossas empoleirados no nariz. E Simon está ao lado dele.

Não vejo Simon Lamar há... bom, desde a noite que mudou toda a minha vida. Ele é quase vinte anos mais velho que eu, mas envelheceu muito bem. Tinha me esquecido de como a beleza dele é clássica, como se seus traços tivessem sido gravados em pedra por um escultor habilidoso. Eu tinha visto fotos dele desde aquela noite, mas pessoalmente é outra coisa: ele é ainda mais bonito ao vivo. Ver seu rosto desperta uma vaga memória daquela noite, que ainda me parece tão turva. Tento me agarrar à memória, buscando na mente qualquer vestígio da noite em que a minha filha foi concebida.

Nada. Um vazio. Quase como se alguém tivesse usado uma borracha no meu cérebro. A única coisa que consigo lembrar são os pesadelos com o rosto dele que vem me assombrando com cada vez mais frequência. Mas não posso culpar o cara pelos meus sonhos, né?

Naquela noite no bar, Simon parecia afetuoso e amigável, com um sorriso fácil. Hoje, parece irritado apenas por estar aqui. A primeira coisa que ele faz ao me ver é baixar os olhos para o relógio e depois para a minha barriga, sem disfarçar a repulsa.

— Pelo amor de Deus — diz ele. — Eu deveria processar a empresa que fabrica aquelas camisinhas.

Jackson olha feio para Simon enquanto meu rosto arde. Que bom saber que pelo menos usamos uma camisinha. Fiz teste para todas as ISTs de praxe, só para garantir. Os resultados foram todos negativos.

— Bom — digo, alegremente —, entrem.

O olhar de nojo de Simon não vacila quando ele entra no meu apartamento precário. Quando o levo ao futon, ele fica relutante em se sentar. Quase espero que peça uma toalha para colocar embaixo. Mas, enfim, se apoia bem na ponta, parecendo querer estar em qualquer lugar, menos aqui. Eu me sento na outra ponta, o mais longe que consigo sem cair.

— O contrato está como discutimos — diz Jackson, gentil, ao se sentar no único outro móvel da sala, uma cadeira de madeira bamba que encontrei na calçada. — Como falei, fique à vontade para revisar com seu próprio advogado.

— Eu confio em você — respondo.

Preciso confiar, porque não tenho dinheiro para um advogado no momento. Mas minha declaração faz Simon dar um sorrisinho irônico, o que me leva a pensar que talvez eu *devesse* contratar um. A expressão sarcástica dele desperta minha memória de novo. É muito frustrante tentar se lembrar de alguma coisa e não conseguir. Deve ser terrível ter demência.

— Vocês discutiram os termos exatos da confidencialidade, certo? — pergunta Simon.

— Discutimos — confirma Jackson. — Discutimos, certo, Tegan?

— Certo...

O acordo de confidencialidade é a parte do contrato que me deixa mais nervosa. Se eu assinar, nunca vou poder contar a ninguém que Simon é o pai da Atunzinha. Não vai estar na certidão de nascimento. Não posso contar a uma alma viva, jamais. Não vou poder contar nem à minha filha, porque Simon vai poder me levar à falência num processo. Vou ter que dizer para ela que... sei lá... o pai morreu num acidente trágico.

— Então você entende? — pressiona Simon, com os olhos cinza focados em mim. Sinto um tranco de uma memória dissonante ao pensar em como naquela noite seus olhos eram expressivos. — Você não pode contar isso para ninguém. Nem para familiares, nem para amigos, nem para a sua bebê.

Minha bebê. Ele já abriu mão da responsabilidade.

— Entendo.

— Garota esperta. — Ele pisca para mim. — Vamos assinar isso aqui, então. Pelo jeito, você precisa muito do dinheiro.

Não gosto desse homem, mamãe. Não quero que ele seja o meu papai.

Simon se inclina à frente para puxar o contrato de dentro da maleta cara que trouxe. Quando se aproxima de mim, sinto o suave aroma do perfume dele. É o mesmo que estava usando naquela noite.

É uma fragrância incomum. Baunilha. Carvalho. E um toque apimentado.

Fecho os olhos por um instante e vejo o rosto dele pairando acima de mim como nos meus pesadelos. Mas dessa vez é diferente. Em vez de só ver seu rosto, também consigo enxergar seu corpo nu. Em cima de mim. E ele está com um olhar faminto que me apavora.

Não, consigo dizer com a língua parecendo um peso morto. *Não quero. Não. Não!*

Simon revira os olhos.

Você não terminou a sua cerveja? Volta a dormir, Tegan.

Não. Eu não quero...

E então...

Meus olhos se abrem rápido. Aquela cena se desenrolando na minha mente pareceu tão real que sei com uma certeza enojante que *foi* real. Eu tinha acreditado que todas aquelas imagens de Simon nos meus pesadelos eram minha imaginação me pregando peças, mas não eram.

Era minha memória.

E agora, de repente, tudo faz um sentido terrível. Eu sabia que não tinha bebido tanto naquela noite. Nunca bebi de apagar na vida e com certeza nunca fiquei assim depois de algumas cervejas.

Simon colocou alguma coisa na minha bebida.

E então, quando voltamos para o meu quarto no hotel, ele...

Ai, *meu Deus*.

CAPÍTULO 6

Simon folheia as páginas do contrato enquanto meu coração bate tão rápido que parece que o meu peito vai explodir. Por meses, estive tentando agarrar qualquer memória daquela noite. E agora não consigo parar de ver. Várias e várias e *várias* vezes.

Simon em cima de mim enquanto a minha voz arrastada implora que ele pare.

— Você me *estuprou*! — solto.

Simon congela, segurando o contrato junto com o acordo de confidencialidade.

— Como é?

— Você colocou "boa noite, Cinderela" ou algo assim na minha bebida! — grito. — É por isso que não consigo me lembrar de nada daquela noite. Mas agora lembro. Eu me lembro de pedir para você parar, e você se recusou. Você não parou — digo, estremecendo. — Você me disse para voltar a dormir.

Os olhos dele brilham, o que dá ao seu rosto uma intensidade aterrorizante.

— Isso é um completo absurdo! Como você pode me acusar de uma coisa dessas, principalmente depois de eu ter sido tão generoso?

Minha têmpora lateja.

— Quer dizer depois de me estuprar e me engravidar?

Simon olha para Jackson em busca de ajuda. Jackson me encara boquiaberto.

— Jackson — diz Simon —, você está ouvindo essa acusação ridícula?

— Ã-hã. — Jackson passa a mão pelo cabelo, parando no meio do caminho de modo que ele fica todo levantado. — Tegan, do que você está falando? Você nunca falou nada assim antes.

— Acabei de me lembrar! Foi... foi o perfume dele.

Sinto que vou vomitar.

E agora parece que as comportas se abriram. Eu me lembro de mais coisa: Simon sussurrando no meu ouvido que deveríamos "ir para outro lugar", minha cabeça mole no banco de trás do seu Porsche enquanto ele dirigia até o meu hotel, ele praticamente me carregando até o quarto. A parte aterrorizante é que, se eu não tivesse ficado bem de frente para Simon e sentido o cheiro do perfume repugnante dele, talvez não tivesse me lembrado de nada disso.

Estou me sentindo tão enojada. *Suja.*

Não consigo mais ficar perto desse homem, isso é certo. Pulo do futon e corro para o único lugar onde posso ter um pouco de privacidade nesse apartamento minúsculo: o banheiro.

Bato a porta ao entrar, apoiando o peso nela. Uma contração toma o meu ventre, como se uma mão gigantesca apertasse o útero. Não quero entrar em trabalho de parto agora. Não consigo nem imaginar ter que lidar com isso com Simon ainda no meu apartamento. *Por favor, Atum, não faz isso comigo. Agora não.*

Mas o punho em torno do útero relaxa. A contração passa.

Alguém bate de leve à porta do banheiro.

— Tegan?

É a voz de Jackson. Fecho bem os olhos, desejando que os dois fossem embora.

— Tegan? Por favor, posso entrar? Por favor?

Não quero, mas então me lembro de que ele não é Simon. Esse não é o homem que me violentou. Esse é Jackson, o homem que tem lutado para que eu consiga um bom acordo, que tem me dado dinheiro do próprio bolso e que comprou um presente para a Atunzinha que veio numa sacola rosa com glitter.

Recuo lentamente da porta do banheiro e abro só o suficiente para permitir que Jackson deslize para dentro. O banheiro é apropriadamente minúsculo, condizendo com o restante do apartamento, e é quase dolorosamente apertado com nós dois dentro. Os olhos castanhos afetuosos de Jackson me encaram através das lentes fundo de garrafa.

— Tegan, do que você estava falando ali?

— Desculpa — respondo, embora não saiba por que sou eu que estou me desculpando, já que o culpado é o chefe dele. Eu sou a *vítima*. — Simon me drogou e... bom, eu te contei o que ele fez.

Ele balança a cabeça, como se não entendesse o que estou tentando dizer.

— Simon te *drogou*?

— É, drogou.

— Não entendo. — Tem um tremor na voz dele. — Por todo esse tempo você ficou dizendo que foi sexo casual. E agora... sério, você acha mesmo que ele te drogou e te *estuprou*?

— Sim! Eu não lembrava até vê-lo. Até sentir o *cheiro* dele.

Jackson abre a boca.

— O *cheiro* dele? Tegan, você tem... você acha que existe alguma chance de talvez estar, bom, *imaginando* isso?

— Não. Não estou imaginando. — Engulo um nó na garganta. — É *real*, Jackson.

Abraço a barriga de modo protetor. Queria não ter lembrado o que aconteceu. Era mais fácil pensar que a minha filha foi concebida durante uma noite louca de sexo consensual, embora embriagado. Agora preciso viver com *isso* pelo resto da vida. Nunca vou deixar de ver a imagem do que Simon fez comigo.

— Tegan — diz Jackson num sussurro urgente —, você precisa assinar o contrato. Não importa o que acha que aconteceu, você precisa deixar para lá e assinar a porcaria do contrato para o seu próprio bem.

— O que eu *acho* que aconteceu? — repito. — Então você não acredita em mim?

— Estou tentando te ajudar aqui. Aquele contrato vai resolver a sua vida. Você precisa assinar.

— Responde a pergunta. Você acredita em mim?

Ele olha para mim por um bom tempo. Tempo suficiente para ficar claro qual é a resposta verdadeira, mesmo ele tentando não se comprometer.

— O que você está dizendo é terrível, Tegan. Sei que você não está inventando, mas... eu conheço Simon há muito tempo e... sei lá. Você tem que admitir que está passando por um estresse muito grande no momento...

— Ele me estuprou, Jackson. — Minha voz falha. — E, se ele fez isso comigo, aposto que fez com outras mulheres.

Ele baixa o olhar, incapaz de me encarar.

— Por favor, assina o contrato, Tegan. Estou implorando.

— Senão o quê?

Ele não responde, mas não precisa. A resposta é óbvia. *Assina o contrato, senão você e a sua bebê vão ficar sem nada.*

Passo por ele, abrindo a porta do banheiro com força. Simon, aquele escroto, está parado no meio da minha sala de estar, ainda com o contrato na mão direita.

— Não vou assinar um acordo de confidencialidade — aviso. — Vou procurar a polícia.

Simon olha rápido para Jackson.

— Você me disse que ia resolver com ela.

Sinto uma onda de nojo desses dois homens. Simon pelo que fez comigo. E Jackson por tentar encobrir. Achei que pelo menos Jackson fosse um cara legal, mas estava redondamente enganada. Esse tempo todo, ele estava só "resolvendo" as coisas comigo.

Eu me pergunto se Jackson sabia desde sempre. Eu me pergunto se sou só uma de uma longa fila de garotas com quem ele fingiu ser gentil para que elas não falassem a verdade.

— Sai do meu apartamento. Agora.

Simon ergue o contrato com as duas mãos.

— Vou te dar mais uma chance, Tegan. Vou te dar mais uma chance de aceitar essa oferta extremamente generosa para você e sua filha. Se não aceitar, não vai ter uma segunda chance.

Eu estaria mentindo se dissesse que não hesitei por um instante. A oferta é mais que generosa. Se eu não aceitar, pode muito bem ser que passe o resto da vida vendendo o almoço para comprar a janta. Não vou conseguir dar à Atunzinha o futuro que sonhei para ela. Esse dinheiro mudaria tudo.

Mas penso na minha filha adulta. Com 22 anos, curtindo uma noite com uma bebida num bar ao lado de um desconhecido bonitão. E a mão dele paira só um pouquinho além do que deveria em cima do copo dela...

Não, não posso deixar que ele se safe dessa. Preciso fazer alguma coisa. Por todas as outras mulheres que ele pode machucar no futuro.

Pela minha filha.

— Não vou assinar — repito.

Chego a me encolher enquanto Simon rasga o contrato bem na minha frente. Ele joga os pedaços de volta na maleta.

— Você vai se arrepender muito, minha querida. Ainda mais se tentar procurar a polícia. É a sua palavra contra a minha, e ninguém vai acreditar em você. Você não tem nenhuma prova, e vou garantir que seja *destruída* no tribunal. Quando tudo isso acabar, vou processar *você* por difamação.

Olho de relance para Jackson, que evita o meu olhar. Mas não deveria estar surpresa: ele deixou sua posição bem clara.

Os dois homens pegam suas maletas e saem do meu apartamento sem sequer se despedir, levando junto o futuro da minha pequena família.

CAPÍTULO 7

Depois que Jackson e Simon saem do meu apartamento, não consigo parar de chorar.

Ferrei com tudo. Esse dinheiro ia sustentar o meu futuro e o futuro da minha filha. Eu só precisava assinar na linha pontilhada e estaríamos com a vida ganha. Eu teria conseguido fazer faculdade de enfermagem, teria uma babá para a Atunzinha e poderíamos ter nos mudado para uma casa boa em vez dessa merda de estúdio num bairro perigoso.

E agora estou de volta à estaca zero.

Mas no fundo sei que fiz a coisa certa. Como poderia deixar Simon se safar depois do que ele fez? Não poderia. Toda vez que gastasse o dinheiro dele, ia me sentir enjoada. Precisei dar para trás.

Mais ou menos uma hora depois de os dois terem saído, meu celular começa a tocar. Por um instante, torço para ser Jackson me dizendo que acredita em mim no fim das contas e vai me acompanhar até a delegacia. Que ele quer me mostrar que é, sim, o cara decente que eu acreditava que fosse. Que não estou sozinha nessa.

Pelo que parece, estou delirante. De qualquer forma, não é Jackson. É o meu irmão.

— Teggie! — A voz dele está eufórica. Ele não faz ideia do que acabou de acontecer. — Estou estourando champanhe agora em sua homenagem.

Eu me encolho.

— Não precisa.

Ele ri.

— Sei que você não vai tomar champanhe enquanto estiver grávida. Vou guardar uma taça para você para depois de a bebê nascer, tá? Ou quem sabe a gente te arranja uma sidra.

— Não posso pagar.

—Ah, fala sério. Agora você está cheia da grana! Hora de abrir a mão um pouco.

— Não, não é... — Fecho os olhos sem querer contar a ele tudo o que aconteceu entre mim e Simon. Meu Deus, e se *ele* não acreditar em mim? Eu ia morrer. — O acordo... não deu certo. Não assinei o contrato.

— Quê? — Ele parece ter ficado totalmente sem fôlego. — Por que não, caceta?

— É... — Pressiono dois dedos no espaço entre as sobrancelhas, tentando afastar uma dor de cabeça iminente. — É complicado. Não quero mesmo falar disso agora.

— Não entendo. O que aconteceu? Lamar *deve* esse dinheiro para você. Ele é pai da bebê, não é?

Usar a palavra "pai" para descrever aquele homem parece uma deterioração do termo. Ele não é o pai da Atum. Ele não é *nada* para ela.

— Não posso falar disso agora.

— Mas, Tegan...

— Não posso. — Minha voz falha nas palavras, e é aí que Dennis cala a boca. Ele percebe que estou falando sério. — Queria poder ver você.

Não é o tipo de coisa que posso contar para o meu irmão pelo telefone. Precisa ser pessoalmente.

— Eu também queria te ver, Tegan. — Ele fica em silêncio por um instante, provavelmente tentando descobrir o que raios está acontecendo. Não posso culpá-lo. — Tem alguma chance de você vir para cá? Dá para vir de carro amanhã, e você pode ficar no meu quarto de hóspedes o tempo que quiser. Até a bebê chegar, se quiser.

— Não sei — digo, pensando em todos os quilômetros entre o meu apartamento e a casa de Dennis no norte do estado. — É um caminho longo.

— Claro, tem razão — reconhece ele, com a voz que sempre usava quando éramos crianças e ele estava prestes a refutar o que eu achava ser um argumento muito válido. — Mas vai valer a pena. Porque, quando você chegar, prometo que não vai ter que levantar um dedo. Vou garantir que a geladeira esteja cheia e tenho uma televisão *widescreen*.

Abro um sorriso.

— Você faz massagem no meu pé?

— *Uma* massagem no pé. — Ele dá uma risadinha. — Resgate a qualquer momento.

Por mais que eu sempre tenha gostado de ter o meu próprio espaço, a ideia de passar algumas semanas com o meu irmão mais velho e ser cuidada parece exatamente do que preciso. Sim, meu médico fica aqui, mas posso encontrar outro. O que eu preciso é do meu irmão. E provavelmente de uma massagem no pé.

— Para falar a verdade — digo —, parece ótimo.

CAPÍTULO 8

Vou dirigir para ver Dennis hoje e não demoro para fazer a mala. Afinal, minhas roupas de gestante cabem numa malinha de lona. Eu esperava ter conseguido comprar mais coisa, junto com roupas para a Atunzinha, mas agora nunca vou ter dinheiro para isso.

Esbarro com a Sra. Walden quando estou saindo do apartamento com a mala de lona. Ela lança seu olhar crítico de sempre.

— Ouvi gritos vindos do seu apartamento ontem — diz ela.

Ah, que ótimo. Ela escutou a discussão com Simon e Jackson. Tomara que não tenha conseguido entender o que estávamos dizendo.

— Sabe — continua —, quando se recebe um cavalheiro, o educado é manter a voz baixa.

— Me desculpe — murmuro.

Achei que não fosse mais precisar morar ao lado dessa mulher horrível. Agora tudo mudou. Na verdade, vai ser sorte eu conseguir continuar morando ao lado dela. Ela talvez me expulse por ter uma bebê.

Gostaria de ter pegado a estrada pela manhã, mas não pude me dar ao luxo de recusar um último turno no mercado; afinal, não vai ter outro até eu estar recuperada o bastante do nascimento para voltar ao trabalho. Agora, o sol já baixou e, segundo o meu celular, vai oficialmente se pôr em menos de uma hora. Começaram a cair alguns flocos de neve, e tem uma tempestade no horizonte, mas tenho quase certeza de que chego lá antes dela.

Meu Ford Fusion cinza tem mais de trezentos e vinte mil quilômetros rodados e teve mais de dez donos antes de eu comprar na loja de usados. Só tem tração dianteira, mas estou acostumada a dirigir na neve, então, mesmo que a nevasca piore, vai ficar tudo bem. De qualquer modo, tenho que ir para algum lugar esse fim de semana. Talvez decida ficar com Dennis até a bebê chegar.

Eu me sento no banco do motorista, jogando a bolsa e a mala de lona no banco do carona. Toda vez que uso o carro, preciso ajustar o banco e o volante para compensar a barriga, como se estivesse me expandindo a cada minuto. Tenho medo de que, no próximo mês e meio, eu não consiga mais nem caber aqui dentro.

Ponho o endereço de Dennis no aplicativo de GPS e pego a estrada. Ainda são apenas flocos dispersos, mas já começa a parecer neve de verdade. A essa altura, não há nada que eu possa fazer.

Bem quando entro na rodovia, meu celular começa a tocar. Olho de relance o nome na tela: é Dennis.

— Oi, Tegan — diz ele. — Alguma previsão de chegada?

— Estou entrando na estrada agora. Eu... eu peguei um turno a mais hoje.

— Só agora? — Ele não parece lá muito animado. — Bom, tá, não faz nenhuma parada. Já começou a nevar e você precisa chegar antes da tempestade.

— Fica tranquilo. Chego logo, logo.

— Pegou tudo? Você se lembrou do meu cantil?

— Está na minha bolsa.

Quando completou 21 anos, os amigos dele compraram um cantil de titânio, que ele acabou deixando aqui da última vez que visitou. Quando sacudi, o conteúdo fez barulho de líquido lá dentro, mas agora o cheiro de qualquer coisa alcoólica me deixa tão enjoada que não consegui me forçar a esvaziá-lo.

Tomara que não derrame na minha bolsa.

— Olha lá, hein, Tegan — brinca ele —, acho bom você não beber tudo.

Consigo dar um sorrisinho, que ele não vê porque estamos ao telefone. O silêncio paira entre nós.

— Teggie, você tem que me contar o que aconteceu ontem — diz ele por fim, quebrando o silêncio.

— É... é uma longa história. Eu te conto quando chegar aí.

— O que quer que seja, aposto que você consegue dar um jeito. Aposto que não é tarde demais para assinar aquele contrato.

— Não — declaro com firmeza. — Sem chance.

— Mas...

— *Sem chance.*

Quase consigo ouvi-lo franzindo a sobrancelha de preocupação do outro lado da linha.

— Sério... o que aconteceu?

Solto o ar com um sopro.

— A gente conversa quando eu chegar, tá? Prometo.

— Você está me assustando, Teggie.

— Não precisa ficar assustado. Eu te amo e chego em algumas horas.

Dennis não força mais a barra. Que bom, porque já é difícil o bastante dirigir quando se está grávida de trinta e cinco semanas e é ainda mais difícil fazer isso enquanto confessa que sua gravidez foi resultado de um estupro. Não vai ser uma conversa fácil.

Mas me recuso a guardar esse segredo. Preciso contar a Dennis o que aconteceu comigo. Vou precisar do apoio dele quando for falar com a polícia.

Ligo o som em uma rádio de música pop e, a cada quilômetro que deixo para trás, me sinto melhor com a viagem. A neve está caindo mais rápido, mas ainda não parece estar se grudando ao solo. E, por causa da nevasca, o trânsito está bem mais tranquilo do que estaria a essa hora. Nesse ritmo, talvez eu faça a viagem de duas horas em noventa minutos.

Baixo os olhos para o mostrador do relógio e percebo que estou dirigindo há quase uma hora. O GPS está me direcionando para fora da via expressa, pegando uma estrada secundária que parece um atalho para a segunda rodovia. Meu estômago ronca de leve, e me pergunto se devo parar para comer. Graças à pressão do meu útero, meu estômago está do tamanho de uma ervilha, então sou forçada a fazer mais ou menos doze pequenas refeições por dia. Por que não peguei umas barrinhas de cereal do mercado para a viagem? Estou morrendo de fome.

Mas não, não posso me desviar do caminho agora. Se fizer isso, não vou ter a menor chance de chegar ao apartamento do meu irmão antes que a nevasca caia sobre a nossa cabeça. Estou quase lá.

Quando saio da rodovia, percebo que oficialmente perdi a oportunidade de chegar antes da tempestade. A neve agora está caindo com força, e os limpadores de para-brisa estão trabalhando a toda para limpar o vidro. Estou começando a desejar não ter feito aquele turno extra e, em vez disso, pegado a estrada de manhã, como tinha planejado. Uma coisa era arriscar a minha segurança quando só eu estava em jogo, mas foi imprudente da minha parte arriscar a segurança da minha filha. Preciso começar a pensar nas coisas de outro jeito agora que estou prestes a ser mãe.

A estrada está com uma camada grossa de neve e gelo, e preciso colocar os limpadores na velocidade máxima para manter o vidro limpo. Tenho que voltar para a rodovia. Olho para o GPS do celular encaixado no painel, mas ele parece ter parado. Tem uma mensagem no canto da tela dizendo "conexão perdida".

Cacete.

Tá, tenho uma ideia básica de como voltar para a rodovia. E, depois disso, vou encontrar a parada mais próxima para ficar esperando. Estreito os olhos para o para-brisa e, em vez de ver placas para a estrada, só consigo ver árvores. Será que saí da via principal para uma zona florestal? Enquanto estou navegando o melhor que consigo, o som do meu toque enche o carro. Minha internet caiu, mas o telefone pelo menos parece ter sinal. Olho para a tela e vejo um nome inesperado brilhando:

Jackson Bruckner.

CAPÍTULO 9

Ligação recebida, Jackson Bruckner.

Eu deveria concentrar a atenção na estrada, mas, depois da conversa de ontem no meu apartamento, é difícil não me distrair com uma ligação de Jackson. Não sei o que ele poderia querer. Sua opinião ficou bem clara: ele não acreditava em mim.

Apesar do que o meu instinto dizia, atendo a ligação.

— Alô — digo no viva-voz.

— Tegan? — A voz familiar de Jackson enche meu carro. — Cadê você?

— Que diferença isso faz para você? — respondo, amarga.

Ainda não consigo acreditar em como ele falou comigo ontem. *Não importa o que acha que aconteceu, você precisa deixar para lá e assinar a porcaria do contrato para o seu próprio bem.* Eu acreditei que Jackson iria pelo menos acreditar em mim e me apoiar. Achei que ele fosse um cara decente.

Eu me sinto tão burra.

— A gente precisa conversar. Você está em casa?

— Não.

— Bom, cadê você?

— Na verdade, não é da sua conta, Jackson.

— Tegan. — Há um estalo alto do outro lado da linha. De onde será que ele está ligando? — Preciso...

Mas, antes de ele conseguir falar alguma coisa, a linha estala de novo e sua próxima frase fica inaudível.

— Não consigo te escutar — digo. — O que você falou?

— Tegan — repete ele —, Simon está...

Mais estalos. Pisco para o para-brisa, que virou uma massa de branco ofuscante.

— O que você disse?

— Simon contou... a polícia e...

Meu coração acelera. O que ele está me dizendo? Por que Simon procuraria a polícia? O que está rolando? Preciso encontrar um lugar onde consiga um sinal decente.

Só que onde raios eu estou?

Ponho o pé no freio para encostar e me situar, mas o pedal não responde. Piso com mais força, mas não tem nenhuma tração na estrada, e só tenho tração dianteira. Consigo dirigir na neve sem problemas, mas não numa nevasca, muito menos com uma bola de praia entre mim e o volante. Piso no freio freneticamente, mas nada acontece

E estou indo em direção a uma árvore. Rápido.

Giro o volante na tentativa de desviar, mas a estrada está escorregadia demais. Nada do que faço causa efeito na minha inevitável trajetória em direção àquela árvore. Num esforço desesperado, coloco todo o peso do meu pé direito no freio. Aquela dor elétrica familiar desce pela minha perna, mas nada acontece. Não estou parando. Não estou nem desacelerando.

E então, um segundo depois, o capô do meu carro bate na árvore e amassa feito uma latinha.

CAPÍTULO 10

O tempo para por um instante.

Tudo fica paralisado. O momento quando meu para-choque dianteiro faz contato com a árvore parece durar uma eternidade, e o capô do carro amassa em câmera lenta. Por uma fração de segundo, consigo discernir cada floco de neve individual pairando no ar gélido na frente do para-brisa. O airbag infla graciosamente, como um balão.

Então o tempo volta a correr e percebo que estou totalmente fodida.

O airbag, na verdade, não inflou graciosamente. Ele inchou em um milissegundo e bateu na minha cara. Acho que o meu nariz está sangrando. E, como a frente do carro está esmagada — e nem era um bom carro, para começo de conversa —, o painel prendeu as minhas coxas no banco.

A batida em si foi barulhenta, mas agora está tudo quieto. O motor está em silêncio. A ligação caiu, e não tem sinal da estação de música pop que estava tocando no fundo logo antes de eu atender. Tem fumaça saindo do capô, se bem que é difícil saber, com toda a neve começando a se acumular no para-brisa. Os limpadores estão congelados no meio do movimento.

Pauso por um instante para fazer um inventário da minha situação. Olho para o espelho retrovisor, tentando conseguir um relance do meu rosto. Dá para ver a testa, onde tem um galo grande acima do olho direito. Devo ter batido antes de o airbag inflar, ou então foi o próprio airbag que fez isso comigo. De todo modo, tomei uma bela pancada na cabeça.

Qual é o seu nome?

Tegan Werner. Estou grávida de trinta e cinco semanas. Tenho 23 anos. Meu aniversário é em 20 de novembro.

Tá, ainda sei quem sou. Então parece que pelo menos não tenho uma concussão grave.

Depois, verifico os meus braços. Fecho os dedos em punho e os abro de novo. Ainda consigo mexê-los. Meus braços ainda funcionam.

Agora, a parte assustadora de verdade: minhas pernas.

O painel ficou levemente curvado e as minhas pernas estão presas embaixo dele. Tento mexê-las, vendo se consigo me soltar e...

Nada.

Minha perna direita se move bem, mas, quando tento mexer a esquerda, que está mais perto da porta do motorista, sobe uma pontada de dor ardente do tornozelo até a medula. Eu andava reclamando daquela dor elétrica na perna direita, mas isso faz com que ela pareça um corte de papel. É *agonizante*.

A situação é muito, muito ruim. Meu tornozelo esquerdo está machucado, provavelmente quebrado. E, até onde consigo ver, não tem mais ninguém na estrada. Por quilômetros. Se houvesse qualquer chance de andar em busca de ajuda nessa montanha de neve, não sou capaz de fazer isso agora. Não com um tornozelo machucado e pesada de grávida.

Vários anos atrás, meu irmão teve um acidente igualzinho, também numa estrada com gelo. Ele quebrou a perna em vários pontos, de tal modo que não conseguia sair do carro e, quando corri para o lado dele no hospital, ele contou que levou uma hora até ser encontrado. *Foi a hora mais assustadora da minha vida, Teggie.*

Levou uma hora para que o encontrassem. E nem foi durante uma nevasca. É bem menos provável que alguém me encontre agora, considerando a neve que rodopia lá fora com cada vez mais ferocidade. Posso passar a noite toda presa aqui.

Outro pensamento terrível me ocorre. Desde o momento do impacto do meu carro na árvore, não sinto nada dentro da barriga. Até agora, a Atunzinha andava tão ativa que não me deixava dormir à noite, me chutando nas costelas. Mas agora ela não está se mexendo nem um pouco.

Coloco a mão na protuberância do meu abdômen.

— Atum? — sussurro. — Você está bem?

Não há chute em resposta.

Ai, não. Não, não, não... Consigo lidar com um tornozelo quebrado. Mas, se algo acontecesse com minha bebê...

Então sinto aquele leve movimento contra a pele esticada da barriga. Ouço a voz de bebê da Atunzinha no meu ouvido. *Estou aqui, mamãe. Estou bem! Mas foi assustador, né?*

Lágrimas escorrem pelo meu rosto. Atum está bem. Não a perdi nesse acidente tenebroso.

Estendo a mão para o celular, que segue encaixado no painel. É difícil fazer isso com boa parte das pernas presas, e a dor aumenta a cada segundo. Mas consigo puxá-lo sem derrubar. Tento ligar para a emergência.

A ligação não foi completada.

— Merda!

Quero jogar o telefone do outro lado do carro, mas não vai adiantar nada, principalmente porque não consigo me mover nem um centímetro no momento. Tento ligar para a emergência de novo, mas a ligação não completa.

Tudo bem. É ruim, mas podia ser pior. Dennis está me esperando e, quando eu não aparecer, vai tentar me encontrar. Se ele me ligar várias vezes e não conseguir contato, vai chamar ajuda.

Depois do que aconteceu com ele, a primeira coisa em que vai pensar é um acidente e vai ficar doido.

Claro, talvez não seja tão fácil me localizar. Definitivamente saí da estrada principal, as marcas dos meus pneus estão sendo encobertas rapidamente pela neve que se acumula. No melhor dos casos, vai levar horas até alguém me achar aqui.

Eu estava tão concentrada na dor na perna esquerda que não percebi outra sensação. O frio. Está muito frio no carro. Antes da batida, o aquecedor estava ligado. Mas agora o motor morreu. Nem ouso tentar ligar de novo o carro, porque, se pegar fogo, eu já era.

Será que é possível alguém morrer congelada num carro? Considerando o frio que está fazendo, acredito que sim.

Faço o meu melhor para fechar o casaco. Amaldiçoo o fato de não ter me dado ao trabalho de comprar um que pelo menos pudesse fechar inteiro. Tenho gorro e cachecol, mas são inúteis para mim agora, guardados no porta-malas do carro. Podiam muito bem estar em Marte.

Ai, meu Deus, eu vou morrer congelada.

Pego mais uma vez o celular. Meus dedos estão tremendo muito, uma mescla de frio e adrenalina, o que torna difícil digitar os três números da emergência, e mal sinto a ponta deles. Faço uma oração para completar a ligação.

A ligação não foi completada.

A neve agora está caindo em torrões. Quanto tempo vai levar para o carro ser completamente soterrado? É impossível alguém me achar antes de amanhecer, mesmo que Dennis chame a polícia agora. Se eu esperar muito mais, não vou conseguir nem sair do carro.

Não tenho escolha. Preciso tentar encontrar ajuda. Se conseguir andar de volta até a estrada principal, posso fazer sinal para um carro parar e me levar ao hospital. A essa altura, talvez seja minha única esperança.

Eu consigo. Sou uma sobrevivente. Passei por trinta e cinco semanas de gestação sem a ajuda de ninguém. Recusei uma bolada de dinheiro para mim e minha filha porque era a coisa certa a fazer. Eu consigo.

Eu me contorço no banco, tentando liberar as pernas. O lado esquerdo cede um pouco, o que talvez seja suficiente para me soltar. Mudo de posição, tentando mover a perna esquerda e...

Ai, meu *Deus*.

A dor no tornozelo me deixa sem ar: *só pode* estar quebrado. É tão insuportável que fico com lágrimas nos olhos. É a pior coisa que já senti, pior que qualquer contração que eu tenha tido. E é aí que a ficha cai:

Não consigo sair do carro.

Não consigo andar.

Não tenho comida nem água.

A temperatura está caindo cada vez mais conforme o carro vai sendo soterrado num monte de neve.

Vou morrer aqui.

Não quero morrer. Quando estiver velhinha de cabelos brancos, claro, mas aqui não, agora não. Tenho muitos motivos para viver, incluindo a minha filha. Quero vê-la. Quero segurá-la no colo. Não posso ir agora. Não chegou a minha hora. Por favor, *não*.

Sinto um aperto no peito. Ando tendo dificuldade de respirar desde o início do terceiro trimestre, mas isso é bem pior. Aquilo era suave, mas, no momento, estou achando difícil demais respirar fundo. Pode ser um ataque de pânico ou um pulmão perfurado pelo acidente. Ou algo pior.

Fecho os olhos e tento me acalmar. Mas, quando faço isso, vejo o rosto de Simon. Os olhos acinzentados olhando nos meus enquanto ele subia em mim. *Não, não. Por favor, Simon, para.*

Vou morrer aqui e minha última memória vai ser aquele homem.

Mas aí vejo.

Um flash de luz. Ele dança diante dos meus olhos. Então me ocorre que talvez meu pulmão tenha sido mesmo perfurado e eu esteja às portas da morte. Talvez essa luz seja aquela que devo seguir.

Não. Não é. É um farol.

Ai, meu Deus, é outro carro. Estou salva! Deixo escapar um soluço de alívio.

Reúno todas as minhas forças para bater com força a palma da mão na buzina do carro, e o som explode na tempestade feroz. Não vou de jeito nenhum deixar esse carro passar. Bato de novo na buzina, e os faróis ficam mais fortes. O carro está chegando mais perto, ele está me vendo.

Consigo ver no retrovisor que é uma caminhonete verde. É uma notícia melhor ainda, porque não parece que vai ficar presa na neve como o meu Ford. A caminhonete desacelera e para logo atrás do meu carro.

Espero que o motorista desligue o motor, mas, em vez disso, ele pisca o farol alto. A luz forte inunda o carro e, de repente, fico com uma sensação estranha na boca do estômago. É difícil ver a caminhonete agora por causa da luz, mas consigo discernir uma sombra emergindo do veículo.

É um homem. Um homem bem grande. E está vindo na minha direção, segurando um objeto com a mão direita.

CAPÍTULO 11

Esse homem é apavorante.

Conforme ele se aproxima do carro, suas feições entram em foco. Tem bem mais de um metro e oitenta e, mesmo com o corpo escondido por um casaco, vejo que é forte. Está com um gorro preto enfiado na cabeça e a maior parte do rosto está escondida por uma barba espessa. Se visse alguém com a aparência dele pedindo carona no acostamento, ninguém nunca, *jamais* pararia. Ele é do tipo "mata e desova o seu corpo num pântano".

E ele está vindo bem na minha direção.

Ele bate com os nós dos dedos na janela do meu carro, os olhos escuros espiando o interior. Meu coração bate tão forte que acho que vou desmaiar. Atum está chutando com força as minhas costelas.

Mamãe, toma cuidado! Não confio nesse homem!

Olho pela janela de olhos semicerrados, e o homem levanta o objeto na mão direita para me mostrar. Percebo agora que é uma pá. Sem explicar mais nada, ele começa a tirar a neve que aparentemente está impedindo que minha porta possa ser aberta.

No passado, quando tinha que tirar neve do meu carro depois de uma grande nevasca, sempre levava uma eternidade. Mas esse cara libera a lateral do carro em menos de um minuto. Ele solta a pá e bate de novo na janela. Levo um segundo para perceber o que ele quer que eu faça.

Ele quer que eu destranque a porta.

Cuidado, mamãe!

Não quero destrancar a porta. Estou totalmente impotente no momento e, apesar de precisar ser salva, não quero ser salva por esse homem. Mas, ao mesmo tempo, o que eu vou fazer? Ficar no carro e morrer congelada?

Então aperto o botão para destrancar a porta.

O homem a abre. Assim que isso acontece, a temperatura dentro do veículo cai pelo menos uns dez graus com a adição do fator vento. Flocos de neve caem no meu rosto e no meu cabelo.

— Você está bem? — pergunta o homem. A voz dele é grave, próxima de um rosnado.

Engulo em seco.

— Não. Não consigo sair. E... — Respiro fundo, sabendo que a próxima confissão vai revelar o quanto estou à mercê dele. — Acho que o meu tornozelo está quebrado.

O olhar do homem varre o interior do carro, avaliando a situação. Ele arregala um pouco os olhos quando vê minha barriga, exposta pelo casaco aberto, mas não comenta. Ele baixa a mão e pressiona um botão que desliza o banco para trás. A pressão na minha perna é aliviada.

Agora que estou livre, tento de novo mexer a perna esquerda para sair do carro. Como antes, a dor é avassaladora. Meus olhos começam a se encher de lágrimas.

— Não consigo mexer a perna.

O homem parece estar franzindo a testa, embora seja difícil ler sua expressão facial com aquela barba enorme cobrindo o rosto.

— Eu te carrego para a minha caminhonete — diz ele com rispidez.

Quero protestar, mas não tem outra opção. Não consigo andar. Mal consigo me mexer. Se ele não me carregar, não vou sair daqui.

— Como você se chama? — pergunta ele.

Considero dar um nome falso, mas de que adiantaria? Ele não precisa do meu nome para me machucar se quiser fazer isso.

— Tegan.

— Hank — resmunga ele, embora diga como se levemente irritado com a tradição humana de designar nomes a pessoas e animais.

Considerando que tem uma nevasca caindo pesado ao nosso redor, a calma de Hank é sinistra. Quando ele coloca um dos braços corpulentos sob as minhas pernas, quase berro de dor. Então ele para. Espera a onda de dor passar antes de tentar me pegar de novo. Por fim ergue a sobrancelha para mim e faço que sim com a cabeça para dar permissão de continuar.

A parte boa de ser resgatada por um homem que é tão assustadoramente grande é que ele não tem dificuldade nenhuma de me levantar junto com os cinco galões de líquido que o meu corpo está retendo, além da Atunzinha. Ele nem geme. Eu me sinto cem por cento segura nos braços dele, como se não tivesse como ele me derrubar. Ele me carrega por um banco de neve que parece ter vários metros de altura e dá um jeito de abrir a porta do carona da caminhonete.

— Será que posso me deitar no banco de trás? — peço.

— Não — respondeu ele sem mais explicação.

Ele me ajuda a me sentar no banco do carona e, por mais terrível que seja a dor no meu tornozelo, a pior parte é saber que vou precisar fazer isso de novo ao contrário quando chegar ao hospital. Mas não posso pensar nisso. Não vou morrer soterrada numa nevasca no meu carro, consigo aguentar um pouco de dor.

— Você pode pegar a minha bolsa? — peço a Hank. — Está no banco da frente do carro.

Ele olha de relance para o veículo, que parece ter recebido uma avalanche. Não é de se espantar que tenha levado uma pá para me tirar de lá.

— Tá, tudo bem.

— E a minha mala de lona? — completo.

Ele tem todo o direito de me mandar para o inferno e dizer que não vai se arrastar de volta para o meu carro para pegar as minhas porcarias, mas só faz que sim com a cabeça.

A caminhonete está maravilhosamente quentinha, e volto a ter alguma sensibilidade na ponta dos dedos das mãos. Os dos pés começam a formigar e depois arder, embora essa sensação seja em grande parte abafada pelo latejar do tornozelo esquerdo. Fico observando Hank carregar a minha mala e a minha bolsa de volta para sua caminhonete, e ele as joga de qualquer jeito no banco de trás antes de se sentar no banco do motorista ao meu lado.

Dentro do veículo, Hank tira as luvas à prova de água e o gorro, molhado de neve. Seu cabelo é cortado curto e nem de perto tão desgrenhado quanto a barba. E ele é um pouco mais jovem do que eu achava, talvez pouco menos de 40 anos. O rosto é totalmente inexpressivo, o que me deixa bastante desconfortável.

— Colocou o cinto? — pergunta ele.

— Ã-hã.

Sem mais comentários, ele sai com o carro. Navega lenta e cuidadosamente pela neve cada vez mais alta. Eu me pergunto quão longe estamos do hospital. Agora que o frio não está mais me distraindo, a dor na perna está piorando.

— Para que hospital você está me levando? — pergunto.

Ele não responde. E agora percebo que as árvores em torno de nós estão ficando mais densas a cada segundo. Não parece que estamos voltando para a estrada principal. Parece que estamos nos embrenhando mais na floresta.

— Para que hospital você está me levando? — pergunto de novo, agora com mais insistência. Tento não deixar escapar uma nota de preocupação.

— Estou te levando para a minha casa.

Sinto um gelo na barriga.

— Como é?

— Fica um pouco mais à frente. Já, já a gente chega.

— Mas... — Estreito os olhos para ver através do para-brisa o trecho de estrada cada vez mais escuro e desolado pelo qual estamos dirigindo, que na verdade mal é uma estrada agora. — Estou machucada. E... e grávida. Preciso ir para o hospital.

Ele não responde. Só continua dirigindo cada vez mais para dentro da mata, para um lugar onde ninguém jamais vai me encontrar.

O pânico se acumula no meu peito. Eu jamais deveria ter destrancado a porta para esse homem. Ele está me levando para sua casa isolada no meio do nada e toda a área ao redor agora está soterrada debaixo de mais de meio metro de neve. Com o tornozelo machucado e a barriga gigante, vai ser quase impossível fugir. Vou ser prisioneira dele pelo tempo que ele quiser. Pensei que o que Simon fez fosse ruim, mas o que está prestes a acontecer vai ser bem pior.

Esse homem vai me matar.

Mas não antes de fazer o que quiser comigo.

CAPÍTULO 12

Preciso escapar desse homem.

Minha vida e a vida da minha filha que ainda não nasceu dependem disso. Mas, como estou na caminhonete dele, no meio de uma nevasca, enquanto meu tornozelo provavelmente está quebrado... Bom, estou à mercê dele. A única coisa que posso fazer é tentar apelar a ele:

— Por favor, me leva para o hospital. — Minha voz está à beira da histeria enquanto meus olhos ficam marejados. — Eu... eu tenho um dinheiro que posso te dar...

Eu não tenho dinheiro. Bom, tenho alguns dólares, mas não o suficiente para ele ficar tentado. Mas estou desesperada.

— Tenta ficar calma. — Os olhos de Hank estão fixos na estrada, a expressão impossível de ler sob aquela barba enorme. — A gente vai chegar logo.

— Por favor! — Mais lágrimas enchem meus olhos quando agarro minha barriga. — O que você quiser. Eu juro. Preciso ir para o hospital...

Olho de relance para a minha bolsa no banco de trás. Meu spray de pimenta está lá, mas não me adianta nada no banco da frente. Aposto que ele sabia disso quando jogou lá atrás.

— Por favor. *Por favor*, não me machuca.

Ele não diz nada. Segue dirigindo, a expressão sombria de tão vaga.

Eu me ajeito no banco, o que causa outra onda de dor no tornozelo, e preciso respirar para suportar. Fico olhando para Hank de perfil, me perguntando se tenho alguma chance de me defender contra ele. Se havia um momento de fazer isso, seria este, enquanto ele está distraído com a estrada. Mas, se eu o atacar agora, vamos bater de novo, e aí vou estar na mesma posição terrível em que me encontrava antes de ele me tirar do carro.

Não, não tem esperança. Seguro a barriga, respirando cada vez mais rápido. Esse homem vai me machucar, o que já é bem ruim, mas e a minha bebê? Ela conta comigo para protegê-la, e eu ferrei tudo.

Nem percebo que estou hiperventilando até sentir formigar a ponta dos meus dedos. Ai, Deus, o que eu vou fazer para escapar desse homem? Já ouvi podcasts de crime suficientes para saber aonde isso vai dar. Logo, vamos estar na masmorra dele e, quando chegar a esse ponto, de fato não vai sobrar esperança nenhuma.

A caminhonete derrapa até parar na neve escorregadia, embora eu não veja nada que se pareça com um abrigo. Por que paramos? Onde fica esse covil secreto que vai servir como minha câmara de tortura? Onde quer que fique, claramente é bem escondido para ninguém ver. Ninguém nunca vai me encontrar lá.

Ai, meu Deus. Ai, meu Deus, ai, meu Deus, ai, meu Deus, ai, meu Deus...

Hank põe a caminhonete em ponto morto. Lentamente, vira a cabeça para me olhar. Nas sombras do veículo, com metade da barba escondendo o rosto, ele é simplesmente aterrorizante. Poderia me estrangular agora mesmo e jogar o meu corpo na neve que ninguém ficaria sabendo.

— Tegan — diz ele numa voz calma —, o hospital mais próximo fica a dezesseis quilômetros daqui. Se eu tentar levar você para lá, a minha caminhonete vai ficar presa e aí nós dois vamos estar bem encrencados.

Fico encarando-o.

— Vou te levar para a minha casa — continua —, e a gente vê se consegue chamar uma ambulância do meu telefone fixo. — Ele baixa os olhos para mim. — Não vou te machucar.

Não sei se ele está falando sério ou só dizendo isso para me fazer sentir um falso conforto. Não é como se eu pudesse confiar na palavra desse homem gigante que conheci no meio do mato. Mas preciso concordar: não tenho escolha.

— Tá bom.

— Agora, a gente pode se concentrar em dirigir com segurança?

— Pode.

Sem discutir mais, Hank engata de novo a marcha. Ele de fato tem um bom argumento: a estrada está coberta de neve e até a caminhonete grande dele está tendo dificuldades. Precisamos mesmo de um limpa-neve. Tomara que mandem um junto com a ambulância.

Alguns minutos depois, vejo uma casa. Esperava um barraco minúsculo que mal tivesse um único cômodo, mas é uma casa de verdade, com dois andares e uma chaminé jogando fumaça no céu riscado de neve. Definitivamente não é uma caverna onde ele vai me violentar e me deixar para morrer. Dito isso, não é uma casa *boa*. Parece velha, e a madeira externa está lascada, e faria bem a ela levar uma ou duas demãos de tinta. Parece ter visto dias melhores, embora seja difícil saber qual sua condição, dada a quantidade de neve que cobre quase cada centímetro dela.

Hank para a caminhonete bem na porta e desliga o motor.

— Não sei se ainda tem eletricidade, mas a minha esposa está alimentando o fogo, então vai estar quente.

Sinto uma onda repentina de alívio.

— Você tem uma *esposa*?

Pela primeira vez desde que o encontrei, um sorriso faz os cantos dos lábios de Hank tremerem.

— Ô se tenho. E Polly era enfermeira, então vai te deixar confortável até a ambulância chegar. Agora, só espera aqui um minuto enquanto vou contar para ela o que está acontecendo.

Hank sai do carro, sobe os cinco degraus até a varanda e coloca a chave na porta de casa. Espero por um instante enquanto ele desaparece lá dentro. Fico me perguntando o que ele está dizendo à esposa. Que tipo de mulher é casada com um homem desses e o que ela vai pensar de ele ter trazido para casa uma desconhecida grávida e provavelmente com o tornozelo quebrado?

Um minuto depois, Hank torna a sair, mas dessa vez com uma mulher ao lado. Sua esposa: *Polly*. Ela está usando um casaco de lã cor de ervilha e uma boina branca que tem uma bola felpuda no alto. Pisa na neve com suas botas até o joelho e, quando chega perto da janela da caminhonete, consigo ver a trança que balança em suas costas, os olhos verdes e as sardas espalhadas pela ponte do nariz. Seu rosto está muito pálido, imagino que seja por causa do frio.

Talvez fique tudo bem. Afinal, não vou passar muito tempo aqui.

CAPÍTULO 13

Hank me carrega até o sofá da salinha de estar deles e me coloca lá com o máximo de cuidado que consegue ter. Preciso admitir: ele está se esforçando para ser gentil, embora a dor continue horrível. É tão ruim que a minha testa começa a suar, apesar de a sala estar bem friazinha.

Polly se agacha ao meu lado enquanto eu me contorço para ficar confortável.

— Tegan, né?

Engulo em seco.

— Isso.

— Eu sou Polly. — Ela balança o braço indicando a sala, iluminada apenas pela lareira e por velas bruxuleantes. — Como vê, a gente está sem eletricidade.

Tiro uma mecha de cabelo molhado do rosto.

— E as linhas telefônicas?

Ela faz que não.

— Sinto muito. Caíram também.

Dou um gemido.

— Ai, Deus, o que eu vou fazer? Preciso ir para um hospital.

— A luz e o telefone devem voltar de manhã — diz Polly. — E as estradas vão estar liberadas também.

Lágrimas se acumulam nos cantos dos meus olhos.

— Acho que o meu tornozelo esquerdo está quebrado. Preciso ir para o hospital. *Por favor.*

— A gente não vai a lugar nenhum nessa nevasca — dispara Hank com sua voz ríspida.

Ele tem razão, é claro, mas a declaração me faz cair em lágrimas histéricas. Hank fecha a cara; ele está irritado com a minha reação, mas não é como se eu pudesse fazer alguma coisa para parar. Polly olha para ele de lábios franzidos. Parece querer dizer algo ao marido, mas reconsidera.

— Tegan, querida — diz Polly, colocando a mão quente na minha, gelada —, eu sou enfermeira e vou garantir que você passe a noite bem. E aí, de manhã, a gente vai te levar direto para o hospital.

O tom de Polly é calmo e reconfortante. Imediatamente, as minhas lágrimas começam a parar, como uma torneira sendo fechada. Ela deve ser uma enfermeira incrível.

— Hank — continua ela —, vamos pegar uns cobertores para Tegan.

O homem, tão gigante que parece o pé-grande, olha para mim me contorcendo em seu sofá antes de falar:

— Acho melhor colocá-la no porão.

Um sinal de alerta dispara no fundo da minha mente.

— No *porão*?

Talvez eu esteja imaginando coisas, mas há uma centelha de medo no rosto de Polly, que desaparece rapidamente.

— É que a gente... hum... converteu o porão num quarto de hospital quando a minha mãe estava doente. Tem uma cama de hospital grande lá, um banheiro e tudo de que você pode precisar.

— Prefiro ficar aqui — declaro, fraca.

Hank solta um grunhido irritado. Lança um olhar para Polly, que abre um sorriso plástico para mim.

— O sofá não é muito confortável — diz. — Você nunca vai conseguir dormir aqui.

Embora possa muito bem ser verdade, pensar em ser levada para o subterrâneo desta casa já remota me deixa enjoada.

— Vou ficar bem.

— Tegan, querida — diz ela num tom que pretende me acalmar —, eu sei o que você está pensando. Mas te juro, lá pela meia-noite, você vai *odiar* esse sofá. Ele é cheio de caroço e tem um monte de mola fora do lugar. Você nunca vai ficar confortável, principalmente com esse barrigão. A gente tem no porão uma cama de hospital cara, paga pelo plano, e é lá que você vai querer passar a noite. Pode acreditar. E, assim que amanhecer, vamos chamar uma ambulância para te levar para o hospital.

Mordo o lábio inferior já rachado. Estou no sofá há só um minuto, mas já tem uma mola cutucando a minha lombar. Um raio de dor elétrica desce pela minha perna direita. Odeio admitir, mas ela tem razão.

— Tá, tudo bem — concordo.

Hank precisa me carregar, porque andar se tornou impossível. Ele murmura algo baixinho antes de voltar a se aproximar de mim. Agora que não está de casaco, consigo perceber exatamente o quanto esse homem é grande e forte. E, quando ele me pega do sofá com facilidade, sinto um cheiro de neve molhada e de alguma outra coisa. Óleo de motor, acho.

Ele me carrega pelo longo lance de escada até o porão. Estou totalmente impotente aqui aconchegada no colo dele e, apesar de ter concordado com isso, tenho uma sensação de desgraça iminente a cada degrau que ele desce. Mesmo com um tornozelo quebrado e a neve lá fora, quando eu estava no andar de cima, sentia que podia ir embora quando quisesse. Mas, agora que estou aqui embaixo no porão, fugir é bem mais difícil, se não impossível.

Mas não posso me preocupar com isso. Polly me assegurou que de manhã ligaria para a emergência. Vai ficar tudo bem.

Ela desce atrás de nós com uma lanterna, o que me permite discernir o conteúdo do porão. Como prometido, há nele uma cama de hospital, reclinada a trinta graus da posição sentada. Ao lado da cama, há um assento com um balde preso, que parece ter sido usado como privada. Ela vira a lanterna para iluminar uma estante cheia de revistas e livros baratos — quem quer que tenha ocupado esse cômodo por último devia gostar de ler. O cheiro de álcool desinfetante permeia o ar.

Mas, apesar de tudo o que há aqui ser inócuo, tem algo perturbador neste porão. É tão silencioso e imóvel. E *escuro* — sem a lanterna de Polly, estaria um breu. E, por cima do cheiro químico, tem outro odor pairando no lugar. Um odor que é difícil identificar no início, mas finalmente descubro. O cheiro enojante de decomposição.

Como se alguém tivesse morrido aqui.

Hank me deita delicadamente na cama de hospital. Está bem mais frio aqui do que estava lá em cima, e um arrepio percorre os meus ossos. Mesmo assim, é mais confortável que o sofá.

— Você está bem? — pergunta Polly.

— Está muito frio. — Meus dentes estão batendo. — Vocês não têm uma lareira aqui embaixo, tem?

Ela faz que não.

— Sinto muito, não temos. Mas tem um montão de cobertor.

Polly vai até o armário no canto do cômodo, puxa dois cobertores pesados — um edredom e um de lã — e manda Hank subir para pegar mais.

— Posso tirar as suas botas? — pergunta ela.

Hesito.

— Pode. Mas, por favor, com cuidado.

Ela puxa a bota direita sem muita dificuldade. Mas, no segundo que tenta remover a esquerda, a dor é maior que qualquer coisa que já senti. Solto um grito ensurdecedor que ecoa nas paredes vazias.

— Ai, meu Deus — digo, ofegante. — Como *dói*.

— A gente precisa tirar isso.

— Não. — Balanço a cabeça tão vigorosamente que a cama treme. — *Deixa assim*.

Polly direciona a lanterna para a minha bota esquerda, pressionando os lábios. Fico mal só de pensar nela tentando tirar de novo aquela bota. Preferiria ter o olho perfurado com um picador de gelo.

— Sou enfermeira — lembra ela. — Precisamos ver...

— Deixa assim.

Não estou nem aí para o que ela diz. Ninguém vai tirar essa bota. Polly por fim vê nos meus olhos que estou falando sério e não insiste. Seu olhar se suaviza ao mirar meu abdômen protuberante.

— De quanto tempo você está? — pergunta ela.

Coloco a mão na barriga, protetora. Sinto um chute, me lembrando de que, apesar do estado lamentável do meu tornozelo, pelo menos a minha bebê está bem.

— Quase oito meses.

— Uau — diz ela suavemente. — Está quase lá.

Sinto um aperto no peito, pois me ocorre que o estresse do acidente pode me fazer entrar em trabalho de parto prematuro. O que eu faço se isso acontecer aqui? Polly pode até ser enfermeira, mas isso não quer dizer que ela saiba realizar um parto, principalmente de um bebê prematuro. E, mesmo que soubesse, a última coisa que quero é parir aqui.

— Menino ou menina? — pergunta ela, me distraindo do pânico cada vez maior.

— Menina. É... é a minha primeira.

— Que maravilha. — O rosto dela se enche de ternura. — Que bênção.

— Não... não foi exatamente planejado.

— Mesmo assim. Tenho certeza de que ela vai ser muito amada.

Eu me ajeito na cama. Aperto um botão que supostamente faria a cabeceira da cama se elevar, mas então percebo que não vai funcionar sem eletricidade. Pelo jeito, esse é o mais confortável que vou ficar. Tento me mexer de novo, o que dispara uma onda excruciante de dor no meu tornozelo.

— Polly — falo, arfando —, você... você tem algum remédio para dor?

Ela pisca.

— Posso te dar Tylenol. Nada mais é seguro tomar na gravidez.

Tylenol? Para um tornozelo quebrado? Ela *enlouqueceu*? Entretanto, ela tem razão. Estou grávida, não posso sair tomando um monte de comprimido.

— Tá bom — murmuro. — Eu tomo o Tylenol.

— Vou pegar para você agora.

— Obrigada, Polly. — Consigo dar um sorriso que tenho certeza de que está torto. — Será que você pode trazer a minha bolsa? Seu marido colocou no banco de trás da caminhonete.

Ela me dá uma piscadela.

— Claro. Volto num pulinho.

— Você pode... pode, por favor, deixar a lanterna aqui embaixo?

O sorriso no rosto dela vacila por um instante. Ela olha para a porta do porão, onde o marido desapareceu há alguns minutos, com os lábios voltados para baixo.

— Claro — diz ela ao me entregar. — Volto já.

Então Polly desaparece escada acima para o térreo da casa, me deixando sozinha no porão escuro, só com o brilho da única lanterna como companhia. Deitada na cama de hospital, cercada por aquele fedor de decomposição enojante, não consigo deixar de me perguntar se a história inocente de Polly sobre a mãe doente era verdade. Eu me encolho ao me lembrar de Hank insistindo que eu fosse trazida para cá e Polly relutantemente concordando. De repente, desejo ter recusado.

E se o porão for usado para um propósito diferente? E se eu não for a primeira visitante a me deitar nesta cama?

Eu me pergunto se a última pessoa a ocupá-la saiu viva.

CAPÍTULO 14

É um alívio quando Hank deixa os cobertores extras e desaparece de novo. O homem pode ter salvado a minha vida, mas não me sinto confortável com ele.

Tem algo na forma como ele me olha... Não confio nele. Ou talvez seja por ele ser *grande* pra cacete. E ter aquela barba assustadora que esconde metade do rosto. É possível que eu esteja sendo injusta com quem tem barba, mas sempre acho que a pessoa está escondendo algo.

No momento, começo a duvidar se existe algum homem bom no mundo além do meu irmão, mas, de todo modo, está claro que Hank não é um deles. E, quanto antes eu conseguir me afastar dele, melhor.

Pouco depois, Polly desce a escada, iluminando o pequeno porão com outra lanterna. Está com a minha bolsa pendurada no ombro e uma sacola com alguma coisa na outra mão. Só consigo pensar: tomara que tenha Tylenol dentro dessa sacola.

— Como você está? — pergunta ela.

— Péssima.

Odeio estar neste porão. As janelas estão quase pretas de neve e meio que parece que estou num túmulo. Talvez num dia claro e ensolarado o cômodo seja perfeitamente aceitável, mas não é nada menos que aterrorizante quando cada móvel está envolto em sombras. Não acredito que vou ter que dormir aqui. Só quero ir para um hospital.

Empurro as mãos no colchão, tentando desesperadamente ficar confortável, mas só conseguindo causar outra onda de dor nauseante no meu tornozelo. Quais são as consequências de não cuidar imediatamente de uma fratura? Significa que nunca vai curar direito? E se eu não conseguir mais andar normalmente depois disso? E se precisar ser *amputada*?

Não posso pensar nisso. Vou sobreviver. Atunzinha e eu vamos ficar bem.

Polly põe a mão na sacola que trouxe e puxa um pote de Tylenol.

— Vou te dar dois desses. Deve melhorar um pouquinho.

Duvido muitíssimo, mas é melhor que nada.

Ela me entrega minha bolsa enquanto vai ao banheiro encher de água o copo que trouxe. Vasculho o interior, arrasada ao descobrir que o cantil de Dennis vazou um pouco e a minha bolsa toda está fedendo a uísque. Meu coração fica ainda mais pesado quando não localizo o celular. Devo ter me esquecido de pôr na bolsa depois de tentar chamar ajuda. Deve estar lá no meu carro, agora enterrado embaixo de vários metros de neve.

A ideia de ficar presa nesse porão sem ter acesso ao meu telefone me deixa bastante desconfortável. Eu me sinto desconectada. Mas não posso fazer nada. Pelo menos de manhã vou sair daqui.

— Prontinho — cantarola Polly ao sair do banheiro com um copo grande de água e dois comprimidos na palma da mão.

Apesar de eu não acreditar de verdade que vá ajudar, pego os dois comprimidos de Tylenol e engulo com um grande gole de água. O remédio pode não aliviar a dor, mas é gostosa a sensação da água deslizando pela garganta. Nem percebi quanto estava com sede. Acabo tomando o copo todo.

Polly sorri para mim.

— Nossa, você estava com sede, hein?

— Pelo jeito estava.
— Melhor?
Não sei como poderia já estar, visto que engoli os comprimidos faz dois segundos.
— Seria bom uma dose de uísque — falo.
Polly não chega a sorrir com a minha tentativa lamentável de fazer piada. Estou meio que tentada a dar um gole daquele cantil na minha bolsa só para aliviar a dor.
Ela estende a mão para pegar o copo, e nesse momento sua manga sobe e revela um hematoma vermelho intenso no pulso. A aparência é chocante. É o tipo de marca de fúria deixada por alguém fechando a mão num braço e apertando o mais forte que consegue. Polly vê que reparei nele e rapidamente baixa a manga, com o rosto corando.
Cacete. Eu *sabia*. Hank é do mal, e agora tenho prova. Aquele babaca bate na mulher. Como ele pode fazer isso com ela?
— Vou acender umas velas pelo quarto para você. — Polly evita os meus olhos ao falar, claramente desconfortável. — Assim, não precisa gastar a pilha da lanterna.
— Obrigada.
Como Hank, Polly parece ter trinta e tantos ou quarenta e poucos anos. É um pouco magra demais para sua estrutura, o que me faz me perguntar se ela tem comida suficiente por aqui, e, de perto, a trança comprida que cai pelas suas costas parece seca e sem vida. Mesmo assim, ela se move pelo cômodo acendendo velas com uma eficiência determinada, que me faz pensar no tipo de enfermeira que eu um dia gostaria de me tornar.
Como o marido pode machucá-la dessa forma? Quando eu sair daqui, preciso tentar ajudá-la. É claro, não é como se eu estivesse em condições de fazer isso no momento. Mas quem sabe, de algum modo, possamos ajudar uma à outra.
Meus pensamentos são interrompidos por um chute rápido nas costelas. Atunzinha acordou e seu pé está enfiado com

firmeza embaixo da minha caixa torácica. Bem quando achei que não poderia me sentir mais desconfortável.

Polly parece preocupada.

— Está tudo bem?

— Está... — Tento reposicionar a perna errante de Atum com a mão. — É que a bebê gosta de me chutar bem nas costelas.

— Isso só quer dizer que ela é saudável.

— É, mas às vezes queria que ela não fosse assim *tão* saudável, sabe? — Dou uma risada fraca, mas o som morre nos meus lábios quando vejo a expressão de Polly. Anoto mentalmente o fato de que ela é o tipo de enfermeira pragmática que não gosta que se faça piada com questões de saúde. É profissional. — Só quis dizer que... essa gravidez tem sido muito desconfortável. Você entende.

— Ã-hã — diz ela.

— Você tem filhos?

— Ah, não — responde Polly. — A gente anda ocupado demais no momento. Quem sabe um dia.

Penso nos punhos gigantes do marido dela e nos hematomas no braço. Eu me pergunto se ela chegou a perder uma gestação. Ou mais de uma.

— Não te culpo por esperar. — Atum muda de posição na barriga, enfim tirando a pressão das minhas costelas. — Como eu disse, isso não foi exatamente planejado. Pelo jeito, sou ridiculamente fértil.

Bem que eu queria não ser assim tão fértil. Por mais que saiba que vou amar a minha bebê quando a pegar no colo, não é de forma alguma como planejei ser mãe pela primeira vez.

— Mas o seu marido deve estar animado — comenta Polly.

Quase conto que não sou casada e que Atum foi resultado de uma transa casual infeliz. Ou pior, que o pai da bebê me drogou e abusou de mim. Mas e se ela não acreditar em mim, como Jackson não acreditou? Não quero essa mulher me julgando como todo mundo faz. Só por hoje, vou fingir que sou como as outras pessoas. Casada, com um marido amoroso que está animado de termos nossa primeira filha.

— Sim — digo, sem emoção. — Ele está muito animado.

Ela sorri para mim.

— Como ele se chama?

Que ótimo. Agora tenho que inventar um nome para o meu marido de mentira.

— Jackson — solto, antes de conseguir me impedir.

Não sei por que falei isso. Ainda estou furiosa com ele por me tratar daquele jeito, por *resolver* as coisas comigo.

— Aposto que ele deve ser muito bonito — comenta ela. — Afinal, você é tão linda.

Consigo dar um sorriso desconfortável, porque, no momento, me sinto o oposto de linda.

— É, sim. Pelo menos acho que ele é.

— O que ele faz?

Humm, que tipo de trabalho devo criar para o meu marido de mentira? Melhor ficar próxima da realidade.

— Ele é advogado.

— Que maravilha! É uma carreira muito estável, perfeita para sustentar uma família.

— Pois é. É... Ele é ótimo.

Polly semicerra os olhos na escuridão para olhar minhas pernas.

— Quer colocar um travesseiro embaixo das pernas? Em geral a cama as eleva, mas isso não vai acontecer sem luz.

— Hum... — Seria bom mesmo ficar com as pernas mais no alto, mas pensar em mexê-las quase me deixa nauseada. — Não sei...

— Vai inchar bastante se você não levantar.

— Tá bom. Pode ser.

Polly apoia as minhas pernas em alguns travesseiros com bastante delicadeza. É bem doloroso, mas, depois que ela consegue me elevar, me sinto um tiquinho melhor.

— Então — diz ela, animada, afofando os travesseiros —, aonde você estava indo nessa tempestade?

Solto um resmungo, irritada com a minha própria estupidez.

— Eu ia visitar o meu irmão. Ele é instrutor de esqui no norte do estado. Era para ter saído mais cedo, antes de a neve ficar pesada demais.

Vasculho a bolsa pela última vez, torcendo para encontrar o meu celular em algum bolso que não verifiquei antes.

— Ele vai morrer de preocupação quando eu não aparecer.

— Tenho certeza de que amanhã os telefones vão estar funcionando.

Respiro fundo, sentindo o aroma de baunilha das velas. Isso me lembra vagamente o perfume de Simon, o que faz com que eu me encolha.

— É...

Ela franze a testa para mim.

— Você comeu alguma coisa? Está com fome?

Um minuto atrás, eu teria dito que estou sem fome nenhuma. Mas, agora que estou um pouco mais confortável na cama, uma sensação de vazio persistente na boca do estômago chama a atenção. *Estou com fome, mamãe! Quando a gente vai comer?*

— Bom... não quero incomodar...

— Não é trabalho nenhum! Não vou deixar você morrer de fome. — O olhar dela é determinado ao dizer isso, o que me faz pensar se o marido dela discorda. — Posso te fazer um sanduíche.

— Seria ótimo. Obrigada.

— Claro. O que você gostaria de comer?

De repente, estou num ponto em que quase seria capaz de comer terra.

— Qualquer coisa está bom. Um sanduíche, frios, o que for.
Polly fica tensa.
— Você não deveria comer frios durante a gravidez. Pode pegar uma listeriose e matar a bebê.
Eu sabia disso. Claro que sabia. Mas, com todo o horror das últimas várias horas, simplesmente esqueci.
— Certo. Claro. E... atum?
Mesmo agora, continuo com desejo de atum.
Ela franze a testa.
— Atum tem *mercúrio*.
— Eu sei, mas o meu médico disse que um pouquinho não tem problema...
— Tá, acho que tudo bem — diz Polly, mas ela parece meio decepcionada, o que me dá uma pontada de culpa. Como enfermeira, ela está tentando me oferecer conselhos pelo bem da minha bebê. Mas uma lata de atum não vai fazer mal: o meu médico disse.
Hesito.
— E...
Polly ergue as sobrancelhas.
— Sim?
— Será que *você* pode trazer para mim, não Hank? — Dou um sorriso de desculpas. — Ele... ele me deixa meio nervosa.
Por um instante, fico preocupada de ter dito a coisa errada. Sem dúvida ofendi Polly. Entretanto, ela deve saber que o marido é aterrorizante. E, pelo aspecto do pulso dela, ele tem pavio curto também. Não vou ficar muito aqui, mas quero passar o menor tempo possível com aquele homem.
Felizmente, Polly faz que sim, compreensiva. Ela entende.
— Sem problemas.
Solto o ar. Vai ficar tudo bem. Vou passar a noite aqui e aí vão me levar para o hospital. Os médicos vão dar um jeito no meu tornozelo e vai ficar tudo bem.

Enquanto Polly sobe os degraus para preparar o meu sanduíche, procuro um pouco mais na minha bolsa. Pelo menos minha carteira está aqui, junto com meus cartões de crédito, se bem que, de qualquer forma, estão todos estourados. Mas, enquanto busco no fundo, noto que tem mais uma coisa faltando.

Meu spray de pimenta.

CAPÍTULO 15

Enquanto estou esperando Polly voltar com o meu sanduíche, tento ignorar os baques e as batidas que são filtrados pelo teto fino.

A maior parte soa como gente andando. Aprendo a distinguir os passos pesados de Hank dos mais leves de Polly. Ocasionalmente, ouço vozes, mas extremamente abafadas. Não consigo discernir palavra alguma, só que uma voz é masculina e a outra, feminina. Parecem tensas.

E aí tem um estrondo.

Não sei o que está acontecendo lá em cima, mas tenho certeza de que esses gritos e palavrões abafados estão vindo de Hank. Eu me preparo, esperando por um grito de mulher, mas não vem nada. Imagino que Polly esteja acostumada com Hank berrando com ela. Deus do céu, espero que fazer esse sanduíche não tenha lhe causado problemas.

Quando Polly volta com o sanduíche de atum, o sorriso no seu rosto é forçado. Ela coloca o prato numa bandeja ao lado da cama. Estou morta de fome, mas, infelizmente, tenho uma necessidade bem mais urgente.

— Polly — falo, dócil.

— Sim?

— Eu... hum... — Desvio o olhar. — Preciso fazer xixi.

Polly dá um passo atrás, avaliando a situação com seus olhos inteligentes. Leva meio segundo para perceber como seria difícil eu chegar ao banheiro.

— Vou pegar uma comadre para você.

É humilhante Polly ter que me ajudar com a comadre, mas ela faz de um jeito profissional, o que deixa mais fácil. É óbvio que ela já fez isso antes. Achei que fosse ser difícil fazer xixi sem a ajuda da gravidade, mas minha bexiga está tão cheia que acaba não sendo um problema.

— Muito obrigada — agradeço depois que terminamos. — Eu... eu sinto muito mesmo.

— Não sinta — diz ela com firmeza. — Não é culpa sua.

Enquanto ela me ajuda a deitar novamente, aquela sensação de aperto toma o meu útero. Mal estou com oito meses de gravidez, mas ouvi dizer que traumas podem desencadear um parto prematuro.

— Você está tendo uma contração? — pergunta ela.

Considero a pergunta enquanto a contração relaxa. Não parece diferente das outras que ando tendo já há algum tempo.

— Não.

Ela abaixa os ombros, aliviada. Deve estar feliz de não ser forçada a me ajudar a parir uma bebê hoje. *Somos duas, Polly.*

Ela acomoda minhas pernas na cama e não consigo deixar de notar que meu joelho também parece inchado. Quando ela move um milímetro meu tornozelo esquerdo, tensiono o maxilar para não berrar. Não tem como não estar quebrado. Devo precisar de cirurgia para consertar.

— Polly — digo, ofegante —, você acha... que eu poderia tomar algo mais forte para a dor? O Tylenol... é inútil. É como tomar comprimido de açúcar.

— Você está grávida — responde ela gentilmente.

— Eu sei, mas... — Fecho os olhos com força. — Você não faz ideia de como a dor está forte. — Engulo um nó na garganta. — Nem sei como vou conseguir dormir à noite. E com esse peso na barriga... não consigo nem *tentar* mudar de posição.

— Posso te ajudar. Quer mais travesseiros?

— Não. *Não.* — Minhas palavras saem mais ríspidas do que o esperado, e Polly joga a cabeça para trás, surpresa. — Desculpa, mas a bebê é *minha* e a escolha também. Se você tiver alguma coisa mais forte, eu quero tomar. Vou enlouquecer se precisar ficar aqui deitada assim a noite toda.

Polly fica em silêncio, me olhando pensativa.

— Por favor, Polly. — Minha voz falha quando imagino a noite infinita diante de mim: ficar presa nesta cama com essa barriga gigante pesando e o tornozelo em agonia. — Estou implorando. Só... só um comprimido. Você tem alguma coisa, não tem? Deve ter...

— Sim — diz ela por fim. — Eu tenho.

CAPÍTULO 16

Quando Polly sai, fica tudo muito escuro.

Tem janelinhas perto do teto, mas todas obscurecidas por vários metros de neve. Jogo o facho da lanterna que ela me deu no pó branco que pressiona o vidro sólido, me perguntando se essas janelas abrem ou não. Quando a luz chega ao canto do cômodo, reflete a teia de uma aranha que pelo jeito divide o espaço comigo.

Que adorável.

Não gosto deste porão e do cheiro de antisséptico que faz o meu nariz coçar. O cômodo não é totalmente finalizado, o que significa que, embora o piso tenha sido pavimentado, as paredes ainda são de tijolo exposto. Faz com que eu me sinta presa numa masmorra.

Meu tornozelo esquerdo lateja de doer e fecho os olhos, respirando para suportar a dor. A bota está começando a ficar desconfortavelmente apertada, mas estou morrendo de medo de tirá-la. Não só porque a dor vai ser inimaginável mas porque temo o estado do meu pé dentro dela. Considerando o quanto dói, estou apavorada de achar um osso saindo da pele.

Claro, se estiver assim, é melhor tirar a bota e deixar Polly tentar limpar e desinfetar, mas não consigo suportar. Enfim, amanhã de manhã já vou estar no hospital.

Estou doida pelo meu celular. Hoje em dia, nunca passo muito tempo sem ele. Com certeza deve ter umas cem ligações perdidas de Dennis — ele finge que é um instrutor de esqui de boa, mas às vezes é uma mãe ansiosa. Por que peguei aquele turno extra no mercado? Se não fosse por isso, estaria agora sentada no apartamento dele, tomando um... bom, não vinho, óbvio. De repente, um chocolate quente.

Fico me perguntando se Jackson tentou me ligar de novo. Não que eu tenha o menor desejo de receber notícias dele.

Achei que havia deixado o celular no carro sem querer, mas já não tenho tanta certeza. Mantenho aquele spray de pimenta na bolsa o tempo todo, e o fato de ter desaparecido quer dizer que alguém o pegou. Quando Polly estava aqui embaixo conversando comigo, Hank deve ter espiado minha bolsa e tirado tanto o celular quanto o spray de pimenta. Não sei por que ele fez isso, mas não tem nenhum motivo *bom* para ele ter me roubado tanto um meio de comunicação quanto um instrumento de defesa.

Embora eu não consiga ouvir o que está acontecendo lá em cima, consigo perceber o som de passos acima da minha cabeça. Toda vez que as botas pesadas de Hank batem no chão, meu corpo se agita.

A porta do porão por fim se abre e os passos descem a escada pouco antes de Polly aparecer. Mal consigo discerni-la à luz das velas, o que faz seu rosto parecer ainda mais abatido e cansado.

— Estou com o seu remédio — avisa ela.

Sinto uma pontada de culpa. Atunzinha e eu estamos conectadas pela corrente sanguínea, e ela também vai receber uma dose de qualquer coisa que eu tome. Existe uma lista pequena de medicamentos seguros para tomar durante a gravidez, e tenho certeza de que, seja lá o que estiver na mão de Polly, não está nessa lista.

Mas, pelo amor de Deus, meu tornozelo talvez esteja quebrado. Eu sou humana também.

— O que você trouxe? — pergunto.

— É hidromorfona.

Hidromorfona. Não sei exatamente o que é isso, mas parece forte. Imagino a dor aguda horrível no meu tornozelo virando uma dor incômoda. Uma dor incômoda no momento parece o paraíso. Só questiono por um instante por que esse casal tem analgésicos pesados guardados no armário de remédios.

— Vou pegar água para você — diz Polly.

Ela vai ao banheiro com o meu copo, balançando a trança atrás da cabeça. Sai de lá com meio copo de água e dois comprimidinhos brancos na palma da mão direita. A manga está arregaçada o suficiente para dar para ver o hematoma vinho feio aparecendo.

— Obrigada — digo assim que pego os comprimidos dela. — Agradeço demais.

— Imagina. Você claramente está com muita dor e... não deveria ter que sofrer.

Eu estava prestes a enfiar os dois comprimidos na boca, mas algo me impede. Sim, estou com dor. Mas Atum não está. Ela está contando comigo para não colocar no meu corpo nada que possa lhe fazer mal, e aqui estou eu, tomando analgésico como se fosse bala.

— O que foi? — pergunta Polly. — Não quer tomar?

Quero. Meu Deus, como quero. Se fosse só eu, estaria engolindo isso e implorando mais. Esse é o quanto estou desesperada por alívio. Mas não estou sozinha aqui. Preciso proteger a Atunzinha. Já é ruim o bastante ter vindo parar nesta situação por estar drogada, para começo de conversa. Como posso chegar a considerar colocar no meu corpo algo que vai alterar o meu estado mental? Preciso ficar com a mente afiada por nós duas.

— Quer saber? — digo. — Acho que você tem razão. Não vou tomar isso. Não faz bem para a bebê.

— Não vai? Achei que você estivesse com dor. — Ela parece surpresa.

— Estou, mas... — Aperto o cobertor de lã em cima de mim, enfiando os dedos no tecido. — Consigo aguentar. Vou ficar bem.

Ela me olha por um longo tempo sem falar nada. Por fim, faz que sim com a cabeça em aprovação.

— Tudo bem. Pode ficar com eles caso mude de ideia de novo.

— Não vou mudar — falo, jogando os comprimidos na mesa ao lado da cama.

— Quer que eu traga mais alguma coisa? — pergunta ela.

O tom dela é tão gentil. Mal consigo ver as sardas na ponte do nariz. Mais uma vez, me encolho só de pensar naquele ogro lá em cima agarrando o pulso dela com força suficiente para deixar aqueles hematomas escuros. Odiei a forma como ele gritou com ela, alto a ponto de eu ouvir através do teto. Como eu, Polly é vítima de um homem terrível. Sinto uma onda repentina de afinidade por essa mulher.

Ambas passamos por algo terrível. E, para ambas, está longe de acabar.

— Na verdade — digo —, você não viu o meu telefone, viu?

Ela me olha sem expressão.

— Seu telefone?

— Meu celular — esclareço. — Estava na minha bolsa, mas não vi quando procurei.

— Ah. — Ela inclina a cabeça para o lado. — Será que não caiu no seu carro?

— Pode ser...

Ou pode ser que o marido dela tenha mexido na minha bolsa e pegado. Mais ou menos na mesma hora em que pegou o meu spray de pimenta.

— Posso procurar — oferece ela. — Vou ver se caiu na caminhonete de Hank.

— Obrigada. Agradeço muito. — Hesito, querendo compartilhar com ela algo que não seja uma mentira sobre o meu marido de mentira. — Aliás, acho incrível o que você faz. Estou economizando para fazer faculdade de enfermagem.

Os olhos dela brilham.

— Ah, é?

— É. Quero ser enfermeira desde que era pequena, quando fiquei com catapora e passei várias semanas doente — conto, sabendo muito bem que várias pessoas me olham e ainda veem uma menina. — Algumas crianças querem bonecas para fingir que são bebês, mas eu fingia que as minhas bonecas eram minhas pacientes e cuidava delas até ficarem saudáveis de novo.

Ela ri.

— Sei como é.

— Ainda quero fazer isso, mas... — Coloco a mão na barriga com delicadeza. — Talvez leve mais tempo do que o esperado.

Para dizer o mínimo. Não consigo nem imaginar um momento no futuro em que consiga estudar enfermagem. Mesmo antes de dar PT no meu carro, era uma ilusão. E agora...

— É difícil fazer faculdade quando se tem um bebê — admite Polly.

Abaixo os olhos.

— Como eu disse, isso não estava nos planos. Infelizmente, bebês acontecem.

Nem sempre dá para impedir isso, mesmo que haja alguma chance, coisa que não tive.

— É — diz ela brandamente. — Eu entendo.

Não consigo deixar de me perguntar o que prendeu Polly nesse casamento. Ela disse que não tinha filhos, então não pode ser isso. Mas Hank deve ter alguma coisa que a segure. Deve ter um motivo para ela ficar, apesar de ser abusada por ele.

Sempre tem um motivo.

CAPÍTULO 17

Não durmo bem.

Não é surpresa nenhuma. Seria bem mais surpreendente se eu dormisse. Entre a bebê fazendo ginástica na minha barriga e o meu tornozelo esquerdo machucado, basicamente só cochilo uma hora por vez, depois acordo sobressaltada, me contorcendo de agonia. Quase consigo sentir as olheiras.

E, toda vez que sonho, é com Simon. Depois de recuperar aquela memória, só consigo pensar nisso, principalmente à noite. Sonho em estar deitada numa cama, tão impotente quanto agora, implorando que ele pare.

Por favor. Por favor, não. Por favor, sai. Por favor...

No meu sonho, ele nunca escuta. Na vida real, ele também não escutou. Tenho a prova disso crescendo dentro de mim.

Queria não lembrar. Era mais feliz antes de saber. Claro, estava tendo pesadelos, mas eles teriam passado com o tempo. Agora, sou assombrada pelo que ele fez comigo. E pelo fato de que Jackson sequer acreditou.

Será que alguém vai acreditar em mim? Como Simon disse, não tenho provas de que não foi consensual.

Mas tenho que fazer algo. Não posso deixar que ele se safe. Não posso deixar que faça isso com outra garota, se tiver uma chance de impedir.

Eu estava tão desesperada que quase tomei os dois comprimidos da mesa de cabeceira umas cem vezes ontem à noite.

Mas resisti. Aqueles dois comprimidos brancos ainda estão ali. Estou orgulhosa de mim. Um dia, vou contar para a Atunzinha como passei uma noite inteira de tornozelo quebrado e sem analgésico nem abajur só por ela.

Mas já é manhã, vejo através do pontinho minúsculo de luz do sol entrando pelas janelas cobertas de neve perto do teto. E tem mais uma boa notícia. Quando aperto os controles da cama, ela se move. Isso quer dizer que a luz voltou. Também quer dizer que vou me mandar daqui.

— Olá! — entoa Polly ao acender as luzes do porão e descer a escada. Não sei por que ela está tão alegrinha, mas não estou mais ligando. — Como você está?

— Já estive melhor — consigo dizer. Minha boca está dolorosamente seca, mas tem uma necessidade fisiológica superando todas as outras. — Pode me dar a comadre, por favor?

Minha bexiga está prestes a explodir. Bom, talvez não explodir, mas definitivamente estou a um espirro de me molhar toda. Minha perna está pulsando de dor enquanto Polly me ajuda a mudar de posição para colocar a comadre embaixo do corpo. Da última vez que usei, esperei até ela sair do cômodo, mas, no segundo que a comadre está na posição, solto. Não consigo segurar mais nem um segundo.

Polly desaparece banheiro adentro, me concedendo um pouco de privacidade. Quando retorna, pega a comadre para esvaziá-la. Fica o tempo todo cantarolando baixinho para si mesma. Quando estica o braço para trás da cabeça para alisar a trança, noto que o hematoma no pulso agora está um escarlate vívido.

— Então, vamos ligar para a emergência? — pergunto a ela.

Eu não tinha percebido ontem à noite, à luz de velas, quanta sarda ela tem no rosto, mas estão mais visíveis com a luz do teto. E, embaixo das sardas, ela é quase mortalmente pálida.

— Emergência?

Afasto uma mecha de cabelo molhado do rosto. O aquecedor deve ter ligado durante a noite, e o meu corpo todo parece coberto por uma camada de suor.

— Preciso ir para o hospital.

—Ah. — Ela franze a testa, como se pedisse desculpas. — Bom, as linhas telefônicas ainda não voltaram.

Quê? Nem me ocorreu que essa era uma possibilidade.

— E os seus celulares?

— Não tem sinal aqui! — Ela ri como se uma coisa dessas fosse absurda. — Sinto muito, mas infelizmente você está presa aqui por mais um tempinho.

— Então Hank não pode me levar para o hospital?

Não estou animada com a ideia de ficar sozinha com aquele homem, mas é melhor que a alternativa.

— Infelizmente, não. Ainda tem muita neve no chão, estamos soterrados. Os limpa-neves só vão chegar no fim da tarde ou talvez até amanhã.

Ai, não. Não, não, *não*. Não vou passar mais um dia aqui. Ela *pirou?* Olho para as janelas perto do teto, que de fato continuam bloqueadas pela neve.

— É que estou com muita dor — digo, com mais dureza do que gostaria. — Não dá para apressar as coisas?

Polly pisca para mim, surpresa, e sinto uma pontada de culpa. Não queria falar tão brava com ela. Ela já é abusada pelo marido, não precisa de mais uma pessoa em casa para ficar mandando nela. Temos que ser aliadas.

— Desculpa... — falo rápido. — É que acho que é muito tempo para esperar um limpa-neve chegar. Não dá para eles virem mais rápido?

— Eu... queria que pudesse ser diferente, Tegan. Queria mesmo.

— Não quero ficar reclamando, mas estou com muita dor mesmo.

— Eu sei — murmura ela, franzindo a testa. — Estou vendo.
Abro a boca, sem saber o que dizer. Claramente, Polly não tem como fazer nada por mim no momento. Ela não pode mover montanhas de neve. Mas também sei que preciso de um médico que examine o meu tornozelo para que eu mantenha alguma esperança de que a fratura calcifique direito e que verifique se a Atunzinha está ilesa. No mínimo do mínimo, preciso que alguém tire essa bota da minha perna esquerda.

— Olha — diz ela. — Assim que as linhas telefônicas voltarem, vamos chamar uma ambulância. Ou, se limparem a neve antes disso, Hank te leva direto para o hospital, vou garantir que isso aconteça.

— Tá. Obrigada — murmuro.

— E, claro — completa ela —, vamos garantir que Jackson saiba que você está bem, se nos der o número dele.

Olho inexpressiva para ela.

— Quê?

— Jackson — repete ela. — O seu *marido*?

Ah, é. Esqueci a minha história idiota. Jackson, o meu marido advogado bonitão. Por que não falei para ela que não tinha marido no horizonte? Mas agora tenho vergonha de admitir, então preciso continuar a mentira.

— Sim, desculpa. Obrigada.

— Agora — diz ela, sorrindo para mim e forçando uma máscara de alegria —, o que você quer de café da manhã?

Eu me limito a ficar deitada por um instante, esperando a Atunzinha falar comigo e me dizer o que ela gostaria de comer. Mas ela está em silêncio.

— Acho que só umas torradas — murmuro.

— É pra já! — gorjeia Polly.

Ela sobe correndo a escada, dois degraus de cada vez. É só quando ela desaparece pela porta do porão que me lembro do spray de pimenta sumido da minha bolsa. E do celular que não consegui encontrar, mesmo tendo certeza de tê-lo jogado de volta na bolsa.

E se a neve já tiver sido removida? E se as linhas telefônicas estiverem funcionando?

E se Hank não quiser que eu vá embora?

CAPÍTULO 18

Passei a maior parte da manhã chorando.

Não sem parar. Não estou chorando de soluçar desde que Polly me contou que não posso ir para o hospital ainda. Mas, a cada meia hora mais ou menos, forma-se um nó na minha garganta e, sem que eu perceba, as lágrimas rolam livremente.

A última coisa que me fez chorar foi uma partida de paciência.

Polly trouxe um baralho para mim e montou uma bandeja na minha frente. A televisão é só chuvisco, então eu precisava de algo para ocupar a mente em vez de só me concentrar em como estou extremamente desconfortável. Distribuí as cartas para uma partida de paciência, mas isso me fez pensar em como foi Dennis quem me ensinou a jogar quando eu tinha uns 5 anos. Ele amava jogar cartas e me ensinou todos os jogos que existem. De peixinho a Texas Hold'Em. Também tentou me ensinar a embaralhar com uma só mão, mas nunca aprendi direito, independentemente de quantas vezes ele me mostrasse.

E, é claro, isso me fez pensar em Dennis. Em como ele deve estar andando de lá para cá no apartamento agora, louco de preocupação. Queria mais que qualquer coisa estar com o meu celular. Mesmo que o sinal seja ruim, em algum momento talvez uma mensagem fosse enviada e eu pudesse avisar a ele que estou bem.

Fico me perguntando o que está rolando com Simon Lamar. Se ele está preocupado de eu ir denunciá-lo para a polícia.

Queria ter conseguido ouvir o que Jackson estava tentando me dizer logo antes de eu bater.

Por volta de meio-dia, Polly desce a escada com um prato de comida. Não sei o que é, mas o cheiro está incrível. Seco as lágrimas dos olhos e reúno as cartas numa pilha para poder comer.

— Hora do almoço! — avisa Polly.

Ela deposita o prato na bandeja à minha frente. Parece um sanduíche de frango grelhado, com o pão perfeitamente tostado e batata frita de acompanhamento. Ela inclusive cortou o sanduíche em quatro partes.

— Obrigada — digo. — O cheiro está maravilhoso.

— De nada!

Olho do sanduíche para a janela coberta de neve.

— O limpa-neve já chegou?

O sorriso desaparece do rosto dela.

— Sinto muito, não. Ainda não.

Polly pega o baralho para tirar da minha frente, mas estendo a mão e seguro seu pulso para a impedir. É o pulso que está com o hematoma, e ela faz uma cara de dor quando a toco.

— Foi mal — falo. — Mas posso ficar com as cartas? É muito tedioso aqui embaixo, sabe?

— Pode, claro. — Ela pausa, ainda segurando o baralho. — Gostaria de jogar alguma coisa comigo enquanto você come?

— Claro. — Qualquer coisa é melhor que paciência. — O que você quer jogar?

Polly bate a ponta do dedo no queixo. A unha dela está roída até o sabugo.

— Eu sei *gin rummy*, solteirona, mau mau...

Apesar da dor, quase dou risada. Parece a seleção de jogos que a avó de alguém gostaria de jogar. Entretanto, tem algo bem antiquado em Polly, com o suéter florido e a trança longa.

— Vamos jogar *gin rummy*.

Polly distribui dez cartas para cada uma enquanto dou uma mordida no sanduíche. O gosto é tão bom quanto o cheiro. Eu antigamente gostava de cozinhar e sempre imaginei que, quando me casasse, faria refeições elaboradas para mim e meu marido.

Claro, agora isso nunca vai acontecer. É provável que eu nunca me case. Por que me casaria? De agora em diante, vamos ser só eu e Atum.

— Você cozinha muito bem — elogio enquanto pego as minhas cartas.

É verdade, esse molho barbecue talvez seja a melhor coisa que já comi.

Polly se acomoda numa cadeirinha de madeira ao lado da cama.

— Tenho que cozinhar. Hank não sabe fazer nada na cozinha. A gente ia morrer de fome!

Ao ouvir o som do nome do marido dela, sinto um gosto amargo na boca, apesar da comida deliciosa na minha frente. Como ela pode falar daquele monstro com um sorriso no rosto?

— Talvez Hank devesse aprender a fazer a própria comida — falo, pegando um ás do baralho. — Você não precisa fazer tudo por ele.

— Mas eu gosto de cozinhar para o meu marido — responde ela, rápido. — Ele trabalha muito e merece uma refeição boa e farta quando chega em casa. Não tem nada de errado com isso, tem?

— Não. É que... você já não trabalha como enfermeira em tempo integral?

— Na verdade... — Ela baixa os olhos para as mãos, com as unhas em carne viva. — Eu não trabalho em turno integral. Nem... em turno nenhum. Não no momento, pelo menos. Hank... queria que eu ficasse em casa. Ele prefere assim.

Um sinal de alerta soa na minha cabeça. Não é isso que homens abusivos e controladores fazem com as esposas, obrigam que elas abram mão do trabalho para não terem a própria fonte de renda? A julgar pela expressão triste dela, Polly claramente não queria deixar o trabalho, mas com certeza ele não ia querer que os colegas dela vissem os hematomas que deixava.

Em vez disso, ela está totalmente sozinha aqui, numa casa caindo aos pedaços no meio do nada. Nem tem um celular para conectá-la ao mundo externo.

— Só acho que você não deveria se sentir obrigada a cozinhar todas as refeições dele — falo. Polly está me encarando, então faço uma piada: — É para isso que serve o micro-ondas.

— Micro-ondas! — Polly parece afrontada ao descartar uma carta na pilha à nossa frente. — Ah, não, Hank nunca... Quer dizer, não acho que um micro-ondas seja um jeito bom de fazer refeições. Você prepara a comida do seu marido no micro-ondas?

Não, não preparo. Mas, para ser justa, não tenho marido.

— Estou brincando — digo por fim ao pegar um ás da pilha.
— Mas... Hank é... Só acho que ele tem sorte de ter você.

Analiso o rosto dela para ver sua reação ao que falei. Está claro para mim que Polly sofreu lavagem cerebral para acreditar que precisa servir ao marido. Chegou a abrir mão de um trabalho que ama por ele. Ela fica de novo com aquela expressão triste e, ao abrir a boca, tenho certeza de que vai me confidenciar algo, mas aí balança a cabeça, quase para si mesma. Claramente, ainda não é a hora.

Quero ajudar Polly. Ninguém estava lá para me ajudar, mas eu pelo menos posso fazer isso por ela.

— Hank e eu temos sorte de ter um ao outro — diz ela por fim, inspecionando as cartas na mão. — E o seu marido? Ele deve estar animado com a bebê.

Engulo uma onda de ansiedade que subia pela garganta. Vai ser muito difícil fazer isso sozinha. Às vezes, parece demais para dar conta. Pelo menos antes eu achava que ia ter dinheiro para me ajudar. Mas, agora, vamos ser só eu e Atum... falidas.

— Ã-hã, claro que ele está animado.

— Que maravilha — diz ela. — Vocês estão casados há muito tempo?

Atunzinha pressiona um cotovelo ou um joelho na minha caixa torácica e me contorço, o que dispara aquela dor elétrica na perna direita.

— Uns dois anos.

— E agora com uma bebê chegando. — Ela descarta um rei, que eu pego. — Que perfeito.

Mais uma vez, sou tomada pela vontade de contar tudo a ela. Tipo, tudo. Sobre conhecer Simon naquele bar, o teste de gravidez positivo e aí o murro no estômago que foi lembrar como ele me drogou e estuprou. As únicas pessoas para quem contei foram o próprio Simon e Jackson, que não acreditou em mim. Mas Polly com certeza acreditaria. Ela vai entender.

Talvez eu conte depois que acabar o jogo.

— *Gin* — digo enfim, colocando as cartas na mesa.

Polly franze a testa. Olha para as minhas cartas na mesa e balança a cabeça.

— Isso não é *gin*.

— É, sim.

— Não é, não. — Ela bate nas cartas. É como se estivesse falando com uma criança. — Ás é baixo. Dama-rei-ás não vale.

— Ás pode ser baixo ou alto.

— Não. — Ela franze os lábios. — Ás é baixo. Eu jogo esse jogo a vida toda e nunca joguei com ás sendo alto.

— Foi mal, mas não é como eu jogo.

— Bom, isso aí é trapaça. — Por um instante, os olhos dela brilham. Ela parece muito chateada com algo que é só uma partidinha boba de *gin rummy*. Mas, um segundo depois, seus ombros relaxam. — Tá bom, então. Você é a hóspede, a gente pode jogar com as suas regras.

Faço que sim com a cabeça, me perguntando com que frequência ela é forçada a ceder nesta casa. Parece bastante acostumada com isso.

Meu tornozelo esquerdo lateja dolorosamente dentro da bota, e faço careta. Polly nota minha reação e segue meu olhar até o meu pé esquerdo.

— Acho melhor a gente tirar essa bota — diz ela numa voz preocupada. — Se tiver uma lesão aí embaixo...

— Não — falo antes de ela conseguir finalizar o pensamento.

Não quero ver o que tem dentro da bota. É como quando eu era criança e jogava um livro pesado em cima de uma aranha para matá-la e depois passava dias com medo de mexer no livro, até que finalmente pedia a Dennis que fizesse isso por mim, porque ele não via problema em matar insetos nem em limpar as tripas deles. Mas eu não conseguia evitar. Sabia que o que quer que estivesse embaixo daquele livro não ia ser bonito e eu tinha medo de olhar.

É exatamente assim que me sinto em relação ao meu tornozelo. Considerando quanto está doendo, não tem nada de bom dentro daquela bota. Em algum momento, vou ter que tirar, mas, por enquanto, quero adiar o máximo que conseguir.

— A decisão é sua — diz Polly gentilmente. — Mas estou preocupada. No mínimo, sua perna está tão inchada que a bota está fazendo pressão nos nervos e nas veias. Se fosse eu, ia querer tirar.

— Está tudo bem. Vou estar no hospital hoje ou amanhã de manhã.

— É — fala ela, devagar. — É verdade. — Ela pigarreia e faz que sim. — Quer jogar de novo?

— Não precisa. — Solto um bocejo exagerado. — Estou me sentindo muito cansada. Talvez tire uma soneca.

Na verdade, eu estava tentando me livrar de Polly. Mas, ao dar mais um bocejo, percebo que estou mesmo bem cansada.

Acho que faz sentido, considerando que mal dormi à noite e, além do mais, estou formando outro ser humano dentro de mim.

Ela me lança um olhar de compaixão.

— Claro. Pode dormir. Eu apago a luz quando subir.

— Na verdade — digo —, prefiro ficar de luz acesa.

Ela faz que sim.

— Claro. Como quiser.

Em seguida, ela pega o meu prato vazio e sobe a escada. Pouco antes de fechar a porta do porão, esquece meu pedido e apaga a luz. Sou mergulhada de volta na escuridão.

— Polly! — chamo. — Polly!

Mas Polly não consegue me ouvir. Ela já se foi, e estou preocupada em continuar gritando e Hank responder. E, para ser sincera, é mais fácil dormir no escuro.

Então fecho os olhos e me permito pegar no sono.

CAPÍTULO 19

Acordo com um baque retumbante vindo lá de cima.

Em algum ponto entre quando almocei e agora, o sol baixou no céu. Olho para o meu relógio e semicerro os olhos para o mostrador no escuro. Mal consigo ver os números.

São oito da noite. Ai, meu Deus. Como posso ter dormido tanto?

Toda hora ouço vozes vindo lá de cima, mas é raro serem altas. Hank está gritando com a esposa, e não é a primeira vez. Mesmo com uma parede entre nós, ele parece *furioso*.

Polly responde alguma coisa. Não consigo entender a resposta dela, mas tem um tremor de medo na voz que me faz encolher.

Em seguida, os baques das botas de Hank, que estremecem até a fundação da casa. Prendo a respiração, esperando o som da porta do porão se abrindo. Será que ele vai descer aqui? Aquele homem me aterroriza.

Se ele fosse tentar me machucar, o que eu poderia fazer? Não consigo fugir dele. Ele pode descontar a raiva em mim sem a menor dificuldade. Estou presa. Mesmo que não estivesse grávida e com o tornozelo quebrado, seria simples para Hank me dominar: sou uma presa fácil.

Mas não. Os passos ficam mais suaves e desaparecem por completo.

Só depois de os passos sumirem que os meus batimentos cardíacos desaceleram e voltam ao normal. Esfrego os olhos, tentando afastar a névoa na mente. Acho que não durmo tantas horas seguidas assim desde o começo do meu terceiro trimestre. E mais: ainda me sinto cansada. Eu me sinto grogue, como se estivesse de ressaca, e a minha boca está seca e nojenta.

Penso no almoço que Polly fez para mim. Eu tinha atribuído o gosto amargo na boca à conversa, mas agora não tenho tanta certeza. Será que ela colocou algo na minha comida e por isso dormi tanto? Ela seria capaz de algo assim?

Não, duvido que Polly fizesse isso. Afinal, ela estava relutante até de me dar analgésicos por medo de fazer mal à bebê.

Mas Hank talvez fizesse.

Agora que os meus olhos se ajustaram à escuridão, vejo um prato de comida na bandeja ao lado da minha cama. Parece espaguete com almôndegas, embora obviamente esteja lá há muito tempo, já que o molho parece solidificado. Polly deve ter descido e deixado para mim enquanto eu estava num sono comatoso. A refeição parece já ter visto dias melhores, mas eu devoraria em segundos se a minha bexiga não fosse uma distração tão grande. Preciso da comadre... tipo, cinco minutos atrás.

— Polly! — chamo. — Polly!

Espero que ela esteja perto o bastante para ouvir. Não sei se sou capaz de segurar por muito mais tempo. Não tenho certeza do que seria pior: a humilhação de fazer xixi na cama ou a agonia de ter que sair da cama para ela limpar os lençóis. Entretanto, daqui a pouco vou estar a caminho do hospital.

— Polly! — berro mais uma vez. Estou preocupada.

Houve uma barulheira vindo lá de cima e Hank estava gritando. E se Polly estiver machucada? E se ela não conseguir chegar até mim por estar encolhida num canto, machucada e sangrando?

Por fim, a porta se abre com um rangido e a luz se acende. Eu me preparo para o som dos passos estrondosos de Hank, mas, em vez disso, são as passadas mais suaves de Polly. Ela está bem.

— Boa noite! — entoa Polly numa voz tensa, com a trança balançando atrás da cabeça enquanto desce a escada. Um segundo depois, ela se aproxima do pé da cama.

Tomo um susto.

Polly está com hematomas roxos embaixo dos olhos. O temperamento de Hank está fora de controle.

Porém, quando ela se aproxima, percebo que não está com hematomas sob os olhos no fim das contas. Foi apenas uma ilusão com as sombras no cômodo. Na verdade, ela está com olheiras que parecem ainda mais proeminentes no rosto pálido. Parece exausta. Tampouco percebo qualquer hematoma novo no corpo dela, mas roupas podem esconder muita coisa.

— Descansou bem? — pergunta ela. — Vim trazer o jantar, mas você estava apagada.

— É, foi mal por isso — balbucio. — E... hum... será que eu poderia... usar a comadre? Agora?

— Claro!

Ela estende a mão para tirar a bandeja do caminho. Talvez seja imaginação minha, mas Polly pareceu se encolher com o movimento, como se estivesse com o braço ou as costelas machucados. Mas posso estar errada, porque ela vai até o banheiro pegar a comadre cantarolando baixinho. Enquanto está mexendo nas coisas lá dentro, sinto uma coceira na garganta. Dou uma tossezinha e, sem que eu consiga controlar, sai de mim um fio de urina. Era inevitável, mas mesmo assim é muito constrangedor.

— Polly — digo, quando ela sai do banheiro carregando a comadre —, eu... hum... acho que molhei um pouco o lençol.

— Ah! — Ela mal pisca. — Sem problema. Tem um protetor de colchão descartável na cama. É só trocar.

Então ela troca, sem fazer grande alarde. É uma pena de verdade Hank a ter obrigado a parar de trabalhar como enfermeira. Eu me sinto culpada por ela ter que cuidar de mim, além de todo o resto, e eu ainda ter tido a ousadia de gritar com ela porque a neve não foi tirada rápido o bastante. A coitada já tem problemas suficientes.

— Muito obrigada, Polly — falo depois de ela me ajudar a tirar a comadre.

Polly dá uma piscadela ao puxar o lençol da minha cama, substituindo por outro limpo.

— Imagina, de nada. Quer que eu esquente a comida?

— Não, não precisa. — Coloco o garfo no espaguete frio. — Não quero que você tenha trabalho.

— Não é trabalho nenhum.

— Não tenho dúvida de que já ouviu isso antes, mas você tem uma natureza incrivelmente cuidadora. Quando tiver filhos, vai ser uma mãe incrível.

Ela para no meio da ação de dobrar o lençol. O rosto se tensiona até enfim relaxar num sorriso.

— Obrigada. É muito gentil da sua parte dizer isso.

— Eu provavelmente vou ser uma mãe horrível. — Enfio uma garfada enorme de espaguete na boca e levo um tempinho para mastigar. — Não tenho ideia do que estou fazendo. Mal sei cozinhar. Não sei nem colocar uma fralda. Para ser sincera, estou apavorada.

E não vou ter marido nem namorado por perto para me ajudar, embora não queira revelar que o que falei para ela antes era mentira.

— Tenho certeza de que você vai pegar o jeito — murmura Polly. — Todo mundo pega.

— Talvez... — Solto um bocejo. A sensação é mesmo de ter sido atropelada por um caminhão. Mas, para ser sincera, não está longe da verdade. — Será que Hank pode me levar para o hospital assim que eu terminar de comer?

Ela faz que não.

— Infelizmente, não. O limpa-neve deve ter se atrasado. Tinha muita neve. Enfim, ainda estamos isolados.

Fico boquiaberta. Nem me ocorreu que eu talvez não conseguisse ir embora hoje.

— Mas e as linhas telefônicas?

— Ainda sem.

Ela evita o meu olhar ao dizer isso, e não consigo deixar de considerar se ela está mentindo. E se os telefones na verdade *estiverem* funcionando? E se a área em torno da casa deles já estiver liberada?

Mesmo assim, eles não querem me deixar ir embora. *Ele* não quer me deixar ir embora.

— Sinto muito — diz Polly, ansiosa. — Estou certa de que o limpa-neve vai chegar bem cedinho de manhã.

Tento me ajeitar na cama, o que se revela um grande erro. Mesmo esse pequeno movimento dispara uma dor extrema no tornozelo, que me deixa sem ar. Deve ter alguma coisa muito errada, pior que uma simples fratura. Por um segundo, não consigo nem pensar direito.

— Tegan? — A voz de Polly soa distante. — Você está bem?

— Por favor... — Minha voz está rouca. — Preciso ir para um hospital. Por favor. Tem que ter um jeito.

— E tem — diz ela. — Juro, a gente vai levar você logo de manhã.

— Por favor, não. — As lágrimas ardem nos meus olhos. — Vou surtar antes disso. Por favor.

Ela me oferece um sorriso todo simpático.

— Eu sei. Entendo como é... Eu entendo. Sério. Prometo, estamos fazendo tudo o que é possível.

As lágrimas escorrem pelas minhas bochechas, e agora estou chorando feio. Não consigo parar de soluçar e fungar. Em segundos, tem meleca por todo o meu rosto, e os meus ombros estão sacudindo. Estou vagamente ciente de Polly estendendo um lenço de papel e o pego para enxugar os olhos e assoar o nariz escorrendo. Ela me observa de testa franzida.

— Vamos tirar você daqui — garante ela. — É só mais uma noite. Juro.

Mas foi o que ela disse na noite passada.

— Fica tranquila — completa. — O limpa-neve vai chegar em breve.

Papo-furado.

— Estamos mesmo presos pela neve? — Ergo os olhos inchados e encontro os dela. — Ou é só o que Hank está te obrigando a me falar?

Ela abre a boca e, no início, só sai um guincho de surpresa.

— É verdade — diz ela por fim, embora sua voz não tenha convicção.

Será que consigo apelar a ela? Ela está encrencada como eu. Será que nós duas podemos fugir daqui juntas? Hank deixaria isso acontecer? Afinal, ele é mais que páreo para Polly, magrela e desnutrida, e para mim, com a minha barriga desconfortável e o tornozelo quebrado. Poderia nos manter aqui com a mão amarrada nas costas.

— Olha — diz ela —, vamos tirar você daqui logo, logo. Mas, nesse meio-tempo, acho realmente melhor a gente tirar essa bota do seu tornozelo.

— Não — digo, ofegante. A ideia de arrancar o meu tornozelo de dentro da bota é impensável. — Por favor, não encosta nele.

— Pelo menos me deixa ajudar a tirar a sua calça. Está imunda.

Ela não está errada. A barra da minha calça recebeu uma boa dose de neve e lama, que secou, ficou dura e formou crostas. Mas não consigo imaginar como ela vai dar um jeito de tirar.

— Não sei...

— Tenho uma tesoura no banheiro — explica ela com aquela vozinha alegre. — Vou só cortar. Mole, mole.

— Tá bom.

Polly entra no banheiro e volta com uma tesoura de cabo cor-de-rosa. Puxa a coberta para revelar o moletom cinza (zero) estiloso que eu tinha colocado por baixo do vestido. Com a eficiência da prática, ela rasga a calça com a tesoura, fazendo um corte final na cintura. Depois de abrir por completo a parte da frente, ela desliza o tecido de forma delicada por baixo do meu corpo.

A maior parte da dor é centrada no meu tornozelo esquerdo, mas a minha perna toda está enorme. Quer dizer, as minhas duas pernas estavam inchadas antes mesmo do acidente, mas a esquerda está notavelmente mais firme e levemente rosa. Entre o peso da bota e o inchaço, é difícil até mexer. E, quando tento, a dor é insuportável.

Meu tornozelo com certeza está quebrado. Não consigo nem fingir que talvez não esteja. E, em vez de estar com ele num gesso ou sendo reparado com cirurgia, estou deitada nesta cama enquanto ele se cura de um jeito totalmente errado. Esse atraso no tratamento médico pode me custar a capacidade de andar com normalidade.

— Pronto, não é melhor assim? — pergunta Polly com um sorriso forçado.

— Ã-hã — respondo, apática.

Talvez Polly esteja falando a verdade sobre tudo isso. Talvez os limpa-neves estejam de fato a caminho e eu chegue amanhã ao hospital, e lá eles deem um jeito em tudo. A medicina moderna é uma coisa incrível. Ainda sinto Atum se mexendo, então ela deve estar bem. Amanhã de manhã, vou direto para o hospital.

Afinal, Hank não pode me prender aqui para sempre.
Pode?

Levanto o rosto para olhar nos olhos de Polly, que me encara. Seus olhos são verde-claros, mas, sob a luz fraca do teto, parecem bem mais escuros. E uma certeza repentina terrível passa pela minha cabeça:

Eu vou morrer aqui.

PARTE 2

UM DIA ANTES DO ACIDENTE

CAPÍTULO 20

POLLY

Enquanto corto cenouras na bancada da cozinha, sinto que estou sendo observada.

Não tem muita gente pela região. Nossa casa é bem fora de mão — o vendedor anunciou como chalé, mas para mim não passa de uma casa grande. Moramos numa parte rural do Maine, e só tem uma única casa em um raio de um quilômetro e meio da nossa. Até nossas caixas de correio ficam na estrada, já que o carteiro se recusa a dirigir pela única via estreita de terra que chega até nós e tende a ficar coberta de árvores e galhos que o próprio Hank corta quando fogem do controle. Não recebemos muitas visitas, pelo menos não hoje em dia.

Agora, mais do que nunca, gosto do isolamento. Mas, quando Hank está na oficina, fico nervosa. Este é o tipo de lugar em que, se você gritasse, ninguém escutaria.

Solto a faca na minha tábua de corte vermelha. Já descasquei e cortei três cenouras grandes, que vão ser adicionadas ao ensopado que Hank e eu comeremos no jantar. Eu me viro e vejo dois grandes olhos azuis me encarando pela janelinha da porta dos fundos. Então escuto. Três batidas suaves em sucessão.

Atravesso o cômodo e solto a única tranca da porta. Abro, e tem uma menininha lá parada, com o cabelo loiro-escuro preso em duas marias-chiquinhas desgrenhadas. Seus olhos gigantes me encaram.

— Sadie — digo —, o que está fazendo aqui?

Ela transfere o peso de um pé para o outro em seus tênis cinza que parecem já ter sido brancos. Tem um buraquinho no dedão do direito, embora esse não seja o real problema: ela deveria era estar usando bota neste tempo.

— O papai ainda não chegou. Posso te ajudar a fazer a janta?

Hesito, embora saiba que vou acabar deixando-a entrar. O pai de Sadie foi bem direto quando me disse que não quer que ela venha para cá depois da escola, mas mesmo assim ando permitindo. Sadie tem 7 anos e, na minha opinião, é pequena demais para fazer a caminhada de quase um quilômetro desde o ponto de ônibus sozinha, mas o pai não parece ligar e a mãe se importa tão pouco que nem mora aqui. Falei para Mitch que eu buscaria Sadie todo dia — Deus sabe que não tenho nada melhor para fazer ultimamente, desde o Incidente —, mas ele não gostou da ideia. Na verdade, suas palavras exatas foram: *Cuida da porcaria da sua vida, Polly.*

Nunca fui muito boa nisso.

— Claro — falo para Sadie. — Pode entrar!

Enquanto ela vem saltitando para a cozinha, faço uma lista mental para ver se tenho todos os ingredientes para fazer cookie de aveia com gotas de chocolate, que é o preferido de Sadie. Mas também vou dar um pouco de ensopado para ela antes de mandá-la para casa. A menina está magra demais. Quando tira o casaco de inverno, com as mangas puídas, vejo todos os ossos despontando nos braços. Essa garota é cheia de ângulos agudos.

— O que você está fazendo? — pergunta Sadie.

— Ensopado de carne — respondo. — O preferido de Hank.

Hank adora o ensopado que eu faço, mas, para ser justa, tudo que coloco na frente dele é devorado e ele deixa o prato limpo. Meu marido é bom de boca.

Coloco Sadie para trabalhar jogando na panela em fogo baixo os ingredientes que corto. Quando ela for um pouco mais velha, vou ensiná-la a cortar os vegetais, mas por enquanto é pequena demais. Mesmo assim, ela gosta de me observar. Ela franze o narizinho quando acendo uma vela na mesa da cozinha.

— Por que você está fazendo isso? — pergunta ela.

— Estou cortando cebola — explico. — Se você acende uma vela antes de cortar cebola, queima as toxinas e não chora.

É uma dica que a minha mãe me deu quando eu era pequena, e temos um monte de vela por aqui, já que a luz acaba sempre que cai uma tempestade. É bom estar preparada.

Estou com o rádio ligado no noticiário. As duas grandes reportagens são a nevasca que chega amanhã — que não é bem uma notícia, já que parece haver uma a cada semana — e uma grande fusão de um empresário de quem nunca ouvi falar. Nenhuma das histórias me interessa, mas gosto do barulho de fundo.

Enquanto corto cebola, a vela vai ficando mais clara, como acontece toda vez. Sempre imagino que as toxinas da cebola estão alimentando a chama. Sadie fica de olhos arregalados vendo o fogo aumentar, com o queixo apoiado na palma da mão. Não deixo de notar a sujeira acumulada bem no fundo das unhas dela.

Quando foi a última vez que essa menininha tomou um banho? Se eu fosse chutar, diria que faz pelo menos alguns dias.

Instruo Sadie a pegar as cebolas e jogar na panela. Mordo o lábio, olhando para ela.

— Sadie?

— Sim?

— Quer tomar um banho de espuma? Vai ser tipo um spa.

Os olhos azuis dela brilham. Hank vai me matar, mas não posso deixar essa garota ir embora da minha casa sem garantir que pelo menos tenha alcançado um nível mínimo de higiene.

Abaixo o fogo da panela para o ensopado poder cozinhar lentamente e vou até o banheiro preparar a banheira para Sadie. Não tenho uma solução de espuma de banho de verdade, mas tenho um frasco de xampu de bebê que faz bastante espuma quando jogo na água morna corrente. Enquanto a água enche a banheira, dou um pouco de privacidade para Sadie se despir e entrar. Fico parada do outro lado da porta, ouvindo-a tirar com dificuldade a blusa e a calça.

— Já pode entrar, Polly! — chama ela.

Empurro a porta do banheiro com delicadeza e encontro Sadie na banheira, com a espuma quase até o pescoço. A temperatura da água está perfeita, e ela sorri de orelha a orelha. Pego as roupas que deixou em cima da privada; estão duras de sujeira velha. Vou jogar na máquina de lavar para um ciclo rápido e estarão limpas e quentinhas quando ela estiver pronta para ir para casa.

Agora a banheira está quase cheia. Estendo a mão para fechar a torneira, então noto o hematoma feio que circunda a parte de cima do braço dela. Tem o tamanho e o formato exatos da mão de um homem.

Minhas bochechas queimam. Antes do Incidente, eu era enfermeira, então imagino o que seja isso. Mitch foi um pouco duro demais com a filha. Não é a primeira vez que vejo uma marca dessas em Sadie. Uma vez, cheguei a ligar para o Serviço de Proteção à Criança, mas não deu em nada. Exceto que Mitch suspeitou de que tivesse sido eu, o que lhe deu ainda mais motivo para me odiar.

— Como isso aconteceu, Sadie? — pergunto.

Ela baixa os olhos para o roxo no braço.

— Eu caí.

Não consigo imaginar como uma queda causaria um hematoma desses, mas não vou interrogar essa garotinha. Fiz o que pude. Liguei para o Serviço de Proteção à Criança. Não é como se eu pudesse pegar Sadie e resgatá-la daquele homem tenebroso sozinha.

Ou será que posso?

Não, não posso.

Sadie passa a meia hora seguinte na banheira. A água antes limpa fica cinza e preciso abrir o ralo e a torneira para que a água suja escoe por completo. Passo xampu no cabelo dela, tentando pentear os nós com os dedos. Uso uma caneca da cozinha e peço que incline a cabeça para trás para eu poder enxaguar sem cair xampu nos olhos dela. É como a minha mãe fazia comigo.

— Você pode fazer uma trança que nem a sua no meu cabelo, Polly? — pede Sadie.

Toco a trança na minha nuca. Nos últimos anos, principalmente desde que parei de trabalhar, tenho usado uma trança longa solta nas costas. Não é estiloso, mas tira o cabelo da frente.

— Claro. Posso até fazer uma trança francesa para você.

— O que é uma trança francesa?

Não sei bem como responder a essa pergunta.

— É como uma trança normal, só que mais chique.

Os olhos de Sadie brilham. Ela com certeza quer uma trança francesa.

Quando estou me levantando para ajudar Sadie a sair da banheira, um punho grande bate à porta do banheiro. Com o coração na garganta, me preparo para o que está prestes a acontecer. Abro um pouco a porta e o meu marido corpulento está parado ali, com uma ruga profunda entre as sobrancelhas. Ele tenta abrir a porta toda, mas bato o pé desta vez, mantendo só uma fresta.

Dou um sorriso forçado.

— Chegou cedo hoje.

Hank baixa os olhos para mim, com os lábios virados para baixo. Com um metro e setenta e sete, sempre me senti alta e desengonçada demais, e antes invejava mulheres de estatura menor. Mas tudo mudou quando conheci o meu marido, que tem impressionantes um e noventa e cinco. Ele tem o porte de um lenhador e metade do rosto dele é escondida por uma barba castanha grossa que foi ficando mais cheia na última década, embora ele jure que a apara uma vez por semana.

Hank é o tipo de homem que faria qualquer um atravessar a rua se o visse numa calçada escura.

— O que você está fazendo aí? — exige saber.

Saio de fininho pela porta, mantendo-a só entreaberta.

— Estou dando um banho em Sadie.

Hank não é de falar muito. Não gosta de dizer nada se não acha que vale a pena e, em sua opinião, não tem muita coisa que valha. Antes dele, saí com muitos homens que gostavam de falar só para ouvir o som da própria voz. Hank não é assim. No nosso primeiro encontro, tagarelei sem parar para preencher o silêncio, e ele só ficou sentado diante de mim no restaurante, assentindo com a cabeça como se estivesse ouvindo cada palavra. Foi a primeira vez que senti que alguém estava me escutando de verdade.

E agora ele só diz:

— *Polly.*

— Eu *sei* — sibilo. — Mas ela estava imunda, Hank.

Desta vez, ele não diz nada. A camisa que usa embaixo do casaco está manchada de óleo. E, como Sadie, as unhas estão todas sujas, por causa do trabalho na nossa oficina mecânica. Mas agora ele vai subir e tomar um banho, como faz todo dia quando entra em casa. Sadie não pode fazer isso.

— Ela veio aqui atrás de mim. — Cruzo os braços. — Vou lavar as roupas dela e depois mandá-la de volta para casa. Mitch não vai nem ficar sabendo.

Hank solta um longo suspiro, mas não diz mais nada. De qualquer jeito, depois de dez anos de casamento, sei exatamente o que ele está pensando. *Você está procurando encrenca, Polly.*
E ele tem razão.
Mas não estou nem aí.

CAPÍTULO 21

Quando passo em frente à porta do porão, sinto um calafrio.

Nunca fui uma pessoa espiritualizada. Sempre acreditei que toda essa história de fantasmas e vida após a morte fosse um monte de baboseira. Mas tenho noventa por cento de certeza de que o espírito da minha mãe está preso no nosso porão.

O único lado bom do Incidente que me fez perder o emprego foi que, quando a minha mãe foi diagnosticada com um câncer de mama agressivo há dois anos, pude ficar ao lado dela. E, quando, perto do fim, ela ficou muito doente, Hank e eu convertemos o porão num quarto de hospital para recebê-la. Botamos uma cama de hospital, uma cadeira sanitária, uma televisão e uma estante cheia de revistas e dos seus livros preferidos. Ela adorava livros de terror. *Nada como um bom susto*, dizia.

Cuidei dela até o fim e ela morreu segurando a minha mão.

Não acho que o fantasma da minha mãe está flutuando pelo porão. Não pirei *totalmente*. Mas sinto a presença dela toda vez que passo em frente à porta. E, quando pressiono os dedos nela, juro que consigo sentir a ponta dos da minha mãe tocando a dos meus.

Mas a minha crença espiritual só chega até esse ponto. Não faço sessões espíritas. Não tento me comunicar com o espírito dela de nenhuma forma. Mas mantenho a porta do porão fechada, porque sinto que isso talvez a mantenha um pouco mais conosco.

Sinto uma saudade enorme dela. Amo Hank, mas não existe ninguém como a própria mãe. Ela era recepcionista de uma clínica médica e foi quem me encorajou a fazer faculdade de enfermagem, mesmo quando eu não sabia se ia conseguir me formar. Ela acreditava em mim de um jeito que ninguém mais acreditava. Ela me dizia que eu era capaz de qualquer coisa.

Enquanto estou parada diante da porta do porão, o som do meu celular ecoa no térreo. Deixei na mesa de centro quando estava vendo TV, então corro até a sala para ver quem está ligando. Sorrio ao ver o nome de Angela na tela. Angela é minha melhor amiga e a única enfermeira do hospital que ainda fala comigo com regularidade.

— Oi, Angela — digo, grata por uma quebra do perpétuo silêncio da nossa casa.

— Oi, Polly. Como você está?

Antes, Angela era a única pessoa capaz de me perguntar como eu estou sem fazer parecer que está falando com uma paciente psiquiátrica. Mas algo na inflexão da voz dela agora me deixa desconfortável.

— Estou bem — respondo. — Como estão as coisas no hospital?

Angela e eu trabalhávamos no Roosevelt Memorial desde a faculdade de enfermagem. Ela foi a primeira pessoa que conheci no meu primeiro dia como enfermeira, durante a orientação do emprego. No meu último dia no hospital, foi ela que ligou para Hank e disse que ele precisava me buscar o quanto antes.

— Carol vai se aposentar — comenta Angela.

— Não acredito!

— Pois é. — Sinto-a sorrindo do outro lado da linha. Carol treinou nós duas, e sempre brincávamos que ela ainda estaria trabalhando lá quando a gente se aposentasse. Pelo menos, ela durou mais que eu. — Não consigo acreditar. Ela só tem uns 100 anos.

— Bem, que bom para ela. — Considero perguntar se ela vai fazer uma festa de aposentadoria e se devo ir, mas decido não fazer isso. Quem estou querendo enganar? Não vou à festa nenhuma no hospital. Seria doloroso demais. — Está pronta para a nevasca que vai cair hoje à noite?

A previsão do tempo está dando uma nevasca, embora, no momento, só tenha uns poucos flocos de neve cobrindo levemente o chão. Mas vai chegar.

— Tenho um armário inteiro de comida enlatada e água — relata ela.

— Aqui idem. E Hank cortou uma pilha de madeira enorme para a lareira.

Nevascas às vezes nos prendem aqui por dias, então aprendi a estar sempre preparada. A última coisa que se quer é lidar com o supermercado quando tem uma tempestade chegando.

— Tem mais uma coisa, Polly. — Angela abaixa a voz, e na mesma hora sei o que ela vai dizer. E meu único desejo é enfiar os dedos nos ouvidos para não escutar. — Eu... eu estou grávida. Está previsto para agosto.

Eu nunca deveria ter atendido. Devia saber que este momento ia chegar. Aconteceu tantas vezes que perdi a conta, e é sempre igualmente doloroso.

Mas Angela é a última amiga que tenho da minha vida antiga e, por algum motivo, dói mesmo assim.

— Ah...

— Eu queria que você soubesse por mim.

Empurro todas as minhas emoções para um buraco dentro do estômago.

— Angela, que fantástico! — grito. — Parabéns! Estou muito feliz por você!

— Bom... obrigada.

— Você vai ter uma menininha ou um menininho?

— É menina.

— Que maravilha! — Não sei como estou conseguindo fazer a voz parecer tão animada enquanto os meus olhos se enchem de lágrimas. — Parabéns! Mesmo!

— Você... você tem certeza de que está bem?

— Lógico! — Minha voz quase falha. Preciso desligar rápido, porque não vou deixar Angela me ouvir chorar. — Só estou muito feliz por você. Que incrível. Sério, que bênção. Eu nem sabia que vocês estavam tentando...

— É que imaginei que, com tudo o que estava rolando com você, era melhor não te incomodar com...

Um punho bate três vezes à nossa porta, desviando minha atenção de Angela e de sua notícia. Levanto rápido a cabeça, confusa. O sol já se pôs, o que significa que é tarde para Sadie vir aqui. Em geral, ela não vem todo dia, então o fato de ter vindo ontem quer dizer que não a verei pelo menos até amanhã ou depois.

Mas não me importo. É uma desculpa para desligar.

— Angela, é melhor eu desligar. Tem alguém na porta.

— Ah, tudo bem. Mas a gente precisa conversar de novo em breve, tá? Quem sabe a gente se encontra para tomar um café?

— Claro! É só me ligar.

Aperto o botão vermelho do meu celular para finalizar a ligação. Fico olhando para a tela, em seguida abro a lista de contatos. Clico no nome de Angela — as informações dela estiveram em todo celular que tive nos últimos treze anos. Meu indicador paira sobre as palavras "bloquear contato".

Pressiono. Não estou interessada em falar de novo com Angela.

Toc, toc, toc.

Quem poderia ser? Não estou esperando mesmo ninguém, e estamos tão longe da cidade que é improvável alguém ter vindo parar aqui sem querer. Nunca recebemos gente pedindo doações ou vendendo algo. Hank ainda está na oficina, embora ele em geral venha jantar antes de voltar para o trabalho por mais algumas horas. É comum ele ficar até tarde quando tem uma tempestade chegando, para ajudar motoristas perdidos que ficam atolados. Fico preocupada com ele dirigindo na neve pesada, mas ele tem uma caminhonete e é um motorista cuidadoso.

De qualquer forma, não é Hank à porta. Ele não bateria.

Vou até a porta e verifico o olho mágico. É Mitch Hambly, que mora mais à frente na estrada: o pai de Sadie. Ele nunca apareceu na minha casa antes. Será que Sadie está bem? Não uso as minhas habilidades de enfermagem desde o falecimento da minha mãe e peço a Deus que não sejam necessárias hoje.

Destranco a porta e abro uma fresta. O vento frio lá de fora bate no meu rosto e, junto com o cheiro sempre presente de madeira úmida, sou atingida por um sopro forte de uísque. Pelos olhos vermelhos de Mitch, ele tomou uma ou duas doses antes de vir aqui. Seu cabelo ralo está bagunçado, espetado para todo lado.

— Oi, Mitch. — Junto as mãos, tanto porque está frio quanto porque estou ansiosa. — Está tudo bem com Sadie?

— *Não*. — Ele joga o peso na porta, empurrando-a por completo para entrar. Vejo o emaranhado de veias azuis nas laterais de suas narinas. Os flocos de neve começaram a cair, e pontinhos brancos salpicam seu cabelo e seus ombros como caspa.

— *Não* está tudo bem.

Na mesma hora percebo o meu erro. Mitch não veio aqui porque está preocupado com Sadie ou porque quer pegar alguma coisa emprestada para a tempestade. Ele está aqui porque está *furioso*.

E bêbado.

Eu jamais deveria ter aberto a porta para ele, para começo de conversa. Mas agora é tarde demais. Ele já passou da soleira. Está dentro da minha casa.

— Mitch — digo, oferecendo o sorriso mais apaziguador que consigo —, qual é o problema?

— *Você* é o problema. — Ele dá um passo na minha direção. — O que te deu o direito de convidar a minha filha para a sua casa? Eu mandei você ficar bem longe dela!

— Calma, Mitch. — Cruzo as mãos trêmulas na frente do peito. — Não precisa ficar agitado. Sadie só parou aqui um pouquinho depois da escola. Só isso.

— Você deu banho nela! Lavou as roupas dela! — Ele me olha com desprezo. — Está achando que não cuido da minha filha?

Dou alguns passos para trás e Mitch me segue, me encurralando na sala. Quase tropeço nos meus próprios pés ao tentar criar distância entre nós. A mão direita de Mitch está fechada em punho, os nós brancos e peludos dos dedos se projetando. Já vi o que ele fez com uma menina indefesa de 7 anos. Não quero saber o que faria comigo. Ele é da minha altura, mas tem pelo menos vinte e poucos quilos a mais — é provável que esse número seja maior — e muito músculo.

— Não estou achando que você não cuida dela — respondo rápido, embora seja mentira. — Ela só queria ver como era tomar banho de espuma. Só isso.

— Você é uma figura mesmo, Polly. — Ele contorce os lábios numa careta. — Acha que eu não sei que você foi parar no hospício tem dois anos? Eu sei. *Todo mundo* sabe. Você é a última pessoa que quero perto da minha filha.

Eu me encolho.

— Mitch, por favor, entenda...

— Não quero ouvir as suas desculpas de merda! — A voz rouca dele ecoa na minha casa vazia. — Já te falei mil vezes para ficar longe da minha menina. E, dessa vez, você vai aprender a lição.

Dou mais um passo para trás, procurando desesperadamente por uma arma. Hank guarda um revólver no armário do nosso quarto, mas nunca vou chegar tão longe e, de todo modo, não está carregado — ele esconde as balas em outro lugar. Eu não chegaria nem à cozinha, onde tem um bloco inteiro de facas. Minha melhor aposta talvez seja o peso de papel na mesa de centro. É surpreendentemente pesado e, se eu der uma bela pancada na cabeça de Mitch, vai reduzir o ritmo dele até eu conseguir encontrar uma arma melhor.

Mas, antes que eu tente pegá-lo, ele segura o meu pulso, os dedos grossos se afundando na minha pele. Tento me soltar, mas o agarrão dele é forte feito um torno.

Estou presa.

CAPÍTULO 22

— Me solta!

Grito o mais alto que posso, mesmo sabendo muito bem que a única casa fora a de Mitch está a quilômetros de distância. Ninguém vai me escutar. Ninguém vai vir.

Como eu disse, ninguém consegue te ouvir gritar por aqui.

Mitch ri. O fedor de álcool no bafo é ainda pior que nas roupas. Jamais deveria tê-lo deixado entrar. No que eu estava pensando? Achei que fosse ficar tudo bem, porque ele é meu vizinho e eu estava preocupada com Sadie. Mesmo agora, com ele apertando mais e os ossos do meu antebraço roçando um no outro, estou preocupada com ela. O que ele fez quando descobriu que a filha tinha vindo à nossa casa? Preciso ver se ela está bem.

Mas não sei como vou fazer isso já que esse homem está prestes a quebrar o meu braço em dois. E, se eu tiver sorte, vai ser só isso.

— O que está acontecendo aqui?

A pressão no meu pulso se alivia imediatamente. Eu nem tinha notado o som das botas pesadas do meu marido no piso do nosso hall de entrada. Ele espalhou lama pelo carpete todo, mas não estou nem aí, porque nunca fiquei tão feliz de ver Hank. Ele está parado quase em cima de Mitch, enorme, vários centímetros maior que ele, parecendo que quer amassar a cara dele.

Mesmo em seu torpor bêbado, Mitch sabe que deve ter medo do meu marido. Ele recua alguns passos.

— Sua mulher está metendo o nariz onde não é chamada. Só vim dizer para ela ficar bem longe.

Hank estala os nós dos dedos, e o som ressoa pela sala. Mitch parece estar prestes a mijar nas calças, e não posso dizer que não estou gostando disso.

— Vê se me escuta — diz Hank, no grunhido grave de um pitbull prestes a atacar. — Não quero te ver na minha casa *nunca* mais. Não quero te ver *nunca* mais a menos de três metros da minha mulher. Entendeu?

Mitch abre a boca, mas não sai nada dela.

Os olhos de Hank escurecem e ele entra na frente de Mitch, bloqueando qualquer chance de fuga.

— *Entendeu?* Porque, se não tiver entendido, temos um problemão aqui, Mitch.

Meu marido não é um homem violento por natureza, mas essa regra não se aplica a me proteger. Quando estávamos casados havia menos de um ano, ele socou o nariz de um cara por ficar de gracinha comigo num bar e acabou passando dois meses na prisão por agressão. Foram dois meses infelizes para ele — algo que não tem a menor vontade de repetir —, mas mesmo assim está falando sério. Ainda quebraria cada osso de Mitch se ele fizesse algo para me machucar de verdade.

— Ã-hã. — A voz de Mitch agora é um chiado. — Tá, saquei.

— Que bom. Agora, peça desculpas por assustar Polly.

— Desculpa, Polly — murmura ele. — Desculpa, Hank.

Hank se afasta da porta, permitindo que Mitch saia aos trancos e barrancos. Duvido que vá voltar a nos causar problemas. Infelizmente, não sei se isso vale para Sadie. Se Mitch não pôde me machucar, será que vai descontar nela? Faço uma anotação mental de dar um jeito de ver como ela está amanhã.

Hank bate a porta quando Mitch sai. Fecha a tranca e se vira para me olhar. Não é surpresa que tenha uma ruga profunda entre suas sobrancelhas castanhas grossas.

— Polly — diz ele —, eu não te disse para ficar longe deles?
— Disse. — Esfrego o pulso. Amanhã, vai estar cheio de hematomas, escuros como os do braço de Sadie. — Mas ela veio me ver. O que eu ia fazer?

Ele balança a cabeça devagar.

— Mandá-la para casa. É isso que você tem que fazer.
— Mas...
— Mande-a para casa, Polly. — O tom dele não abre espaço para discussão. — De agora em diante, é isso que você vai fazer.
— Mas ele a está machucando! — Meus olhos se enchem de lágrimas só de pensar no que ele faz com aquela menininha. Que tipo de justiça existe no mundo se um homem assim tem uma filha linda e maravilhosa e de quem não gosta? — Ele a está machucando, e a gente não vai fazer nada?

Hank olha para mim por muito tempo, e percebo que ele está escolhendo as palavras com cuidado.

— Polly, a gente ligou para o Serviço de Proteção à Criança. Eles investigaram. Não é da nossa conta.
— Mas...
— *Não é da nossa conta.*
— Mas, Hank, como você poderia mandar embora uma garotinha que precisa da nossa ajuda?

Meu marido solta um suspiro. Passa direto por mim e se afunda no sofá da sala, que resmunga com seu peso. Ele sempre se senta no mesmo lugar, tanto que agora temos uma almofada com uma curva permanente no formato de Hank.

— Polly. — Ele ergue os olhos para mim. — E se eu não tivesse chegado em casa agora? E se tivesse ficado trabalhando até tarde? O que teria acontecido com você?

Hank está me encarando, e só agora percebo que o meu marido de um e noventa e cinco e com cento e dez quilos está assustado. Está assustado com o que teria acontecido se ele não tivesse chegado naquele momento. Está assustado com o que pode acontecer da próxima vez.

— Tá bom — digo por fim. — Vou me afastar deles.

Hank estende os braços e eu me jogo no colo dele, abraçando seu pescoço grosso. Hank não faz por mal. Ele é o melhor homem que já conheci, não existe ninguém igual.

E ele teria sido um ótimo pai. É culpa minha que ele nunca poderá vivenciar isso.

— Me desculpa — murmuro no pescoço dele.

Ele me aperta com força em seu corpo quente — Hank irradia calor melhor que qualquer fornalha.

— Só fica longe deles. Só isso.

Ele não faz ideia de por que estou pedindo desculpa.

CAPÍTULO 23

Queria que o meu marido não ficasse fora até tão tarde numa nevasca.

Apesar de eu ter implorado que ele não fizesse isso, Hank voltou à oficina depois do jantar. Ele costuma retornar à noite, porque precisamos do dinheiro extra. Além do mais, a oficina fica logo na saída de uma estrada principal, então ele recebe muito motorista que quer encher o tanque assim que a tempestade começa.

Eu o fiz jurar que voltaria antes que a neve começasse a cair pesado, mas, quando espio pela janela, deve ter quase trinta centímetros de pó branco no chão. A luz acabou faz meia hora, e estive andando pela casa acendendo velas. Mas ainda nem sinal da caminhonete de Hank.

Cadê ele? E se tiver sofrido um acidente?

Ou pior, e se Mitch tiver ido atrás dele? Desarmado, Mitch não chega nem perto de ser páreo para o meu marido. Mas ele parece o tipo de homem que teria um arsenal de fuzis guardado em algum canto. Se Mitch foi atrás de Hank com uma arma...

Esse pensamento faz o meu estômago se revirar. Sem Hank, não haveria motivo nenhum para continuar vivendo.

Quando estou começando a entrar em pânico, a caminhonete verde dele aparece ao longe. Ele está dirigindo devagar e com cuidado, como sempre faz quando tem uma nevasca, mas, mesmo assim, os pneus estão sofrendo. Ele para em frente à nossa casa, mas, em vez de sair direto, fica um tempo na cabine.

O que ele está fazendo lá?

Semicerro os olhos na escuridão, tentando enxergar através do para-brisa da caminhonete. Parece até que...

Tem alguém com ele?

Depois de um bom minuto, Hank sai do carro. Enfia o gorro preto sobre o cabelo curto e vem dando passos pesados na neve alta para chegar à porta de casa. Antes que ele a alcance, eu a escancaro.

— Por onde você andou? — solto.

Hank olha de relance para a caminhonete atrás dele.

— Encontrei uma mulher na estrada. Ela me disse que se chama Megan... não, espera, *Tegan*. Ela sofreu um acidente feio. Bateu numa árvore. Precisei tirá-la de lá e acho que está machucada. Algo com o tornozelo.

— Ah! — Levo a mão ao peito, mas não deveria estar surpresa. Hank vive parando para motoristas ilhados na estrada, mesmo que isso não signifique que vá ser pago. Em qualquer viagem de carro, ele acaba trocando pelo menos um pneu para um completo estranho. — Isso é terrível.

— Os telefones estão funcionando? A gente pode tentar chamar uma ambulância.

Faço que não com a cabeça.

— A linha telefônica e a luz caíram. E não tem sinal de celular.

— Então ela vai ter que passar a noite aqui. — Ele olha de novo por cima do ombro. — Você me ajuda a tirá-la do carro?

Franzo a testa para os trinta centímetros de neve que cobrem a frente da nossa casa.

— Para que você precisa de mim?

— Bom, ela está machucada e você é enfermeira.

Não me dou ao trabalho de apontar que eu *era* enfermeira. Duvido que vá voltar a ser contratada.

— Além disso... — diz ele, enfiando as mãos nos bolsos do casaco — ... acho que ela tem medo de mim.

Quase dou uma gargalhada. Admito que deve ter sido assustador ficar presa num carro destruído numa nevasca e presenciar o abominável homem das neves que é o meu marido indo na direção dela.

Aceito, colocando o casaco e o gorro branco com a bola felpuda, e vou até o carro atrás de Hank. A mulher no banco do carona está mal. Se bem que não é exatamente uma mulher, está mais para uma garota. A pele das bochechas e da testa é perfeitamente macia e sem rugas. Ela parece estar no ensino médio.

Hank a carrega até o nosso sofá e a deita com o máximo de cuidado possível. Ela claramente está com muita dor; ele disse que o tornozelo está machucado, e tem um galo e tanto na cabeça dela. Mas uma coisa que ele não me avisou é que ela está muito grávida. Só noto quando o casaco se abre. A barriga dela se sobressai à luz bruxuleante das velas que acendi pela sala de estar.

E, apesar do sofrimento excruciante dela, sinto uma pontada de inveja.

Mas não posso deixar isso me incomodar. Essa garota está machucada e vai passar a noite aqui, e eu vou recebê-la. Se não conseguir lidar com isso, tenho problemas sérios.

CAPÍTULO 24

Entrar no porão da nossa casa sempre me causa uma onda de déjà-vu. Só desci aqui uma vez desde a morte da minha mãe, para trocar os lençóis da cama de hospital. Eu esperava que o porão tivesse cheiro de morte, mas só cheirava vagamente a antisséptico. Até o aroma do perfume dela foi embora.

Tudo estava exatamente como deixei um ano atrás. A cama ainda está reclinada a trinta graus da posição sentada. E a cadeira sanitária continua ao lado da cama, embora, no fim, ela não tivesse forças nem para usar isso e eu precisasse levar a comadre o tempo todo. Até a estante continua cheia das revistas e dos romances preferidos da minha mãe. Seu livro favorito era *O iluminado*, e o único exemplar está tão amassado e com orelhas que tenho medo de pegar e as folhas simplesmente caírem.

Quando Hank abaixa Tegan na cama de hospital, sinto uma pontada de tristeza no peito. A última vez que estive ao lado dessa cama, estava segurando a mão da minha mãe enquanto ela partia. Ela havia passado meses em cuidado paliativo, mas, de algum modo, nós duas sabíamos que aquele seria o dia.

Hank e eu estávamos os dois com ela naquela manhã. Ela olhou para o meu marido com olhos turvos e disse a ele: *Você vai cuidar bem da minha Polly, não vai?*

Pelo resto da minha vida, prometeu ele. Foram as mesmas palavras que ele disse no nosso casamento, mas, por algum motivo, significavam mais naquele momento, no leito de morte da minha mãe.

No fim ele teve que voltar para a oficina, porque não tínhamos condições financeiras de mantê-la fechada. Depois disso, éramos só minha mãe e eu, sua mão fria e frágil agarrando a minha.

Não se preocupe, Polly, ela me disse. Um dia, a *sua família vai estar completa*.

Ela sabia dos meus problemas de infertilidade, claro. Fora Hank, era a única que conhecia todos os detalhes sórdidos. Mas, ao contrário dele, acreditava que, um dia, eu conseguiria o meu bebê.

Isso só mostra que ela não sabia tudo.

Enquanto Tegan se ajeita na cama, o assunto da gravidez dela vem à tona. Sou experiente em botar um sorriso na cara e fingir que estou felicíssima com o fato de que outra pessoa vai ter um filho, mas está cada vez mais difícil. Qualquer dia desses, vou abrir a boca para parabenizar alguém pelo bebê e simplesmente ficar muda.

O tornozelo dela está muito machucado. É difícil saber quanto, já que ela não me deixa tirar a bota, o que é bem frustrante. Imagine só ser uma adulta às portas da maternidade e nem permitir que uma enfermeira formada avalie seus ferimentos! Mas, apesar de não conseguir olhar direito o tornozelo, o tanto de dor que ela está sentindo indica que está fraturado. Eu apostaria todas as minhas fichas nisso.

Então Tegan começa a implorar por analgésico.

Todos os sedativos da minha mãe continuam no armário de remédios do banheiro de cima. Tenho comprimidos suficientes para matar um cavalo. Ou, ainda mais fácil, uma mulher de um e setenta e sete de altura com uns cinquenta e oito quilos cuja vida está arruinada.

Não que eu tenha pensado nisso. Pelo menos não *recentemente*.

— Posso te dar Tylenol — digo a ela. — Nada mais é seguro tomar na gravidez.

Ela *não* parece contente com isso. Eu daria o braço direito para ter uma bebê a caminho, e ela não está nem aí para o que coloca no próprio corpo. Mas não adianta ficar dando sermão. Só estou tentando mantê-la confortável ao longo da noite, então vou ser o mais agradável que consigo.

— Tá bom — resmunga ela. — Eu tomo o Tylenol.

— Vou pegar para você.

Tegan pede que eu deixe a lanterna e a entrego a ela, embora deteste abrir mão da minha única fonte de luz. Preciso segurar o corrimão da escada que sai do porão para não tropeçar nos próprios pés e subo os degraus com muito, muito cuidado. O último terço da escada está um breu. Tenho que acenar a mão à frente para não dar de cara na porta.

Mas, quando consigo abri-la, minha visão volta graças à luz de todas as velas no térreo. E tenho mais uma sorte: Hank já pegou a bolsa e a mala de lona de Tegan no carro e as colocou ao lado da porta do porão.

Ela pode só ter pedido a bolsa, mas a mala também vai vir a calhar. Há limite para quanto os cobertores conseguem aquecer, e ela vai ficar grata de ter um suéter a mais em vez de ficar deitada de casaco na cama. Decido abrir essa primeiro.

Infelizmente, ela não trouxe muita roupa. Só algumas blusas, calcinha e sutiã, uma calça. Aonde quer que estivesse indo, não planejava ficar muito tempo. Enquanto vasculho as roupas, faço uma leve careta ao sentir uma pontada de dor no pulso direito. Não é surpresa que ainda esteja doendo onde Mitch me segurou mais cedo, tem até um hematoma vermelho-escuro se formando, que amanhã vai estar roxo. Estou tentando ficar com a manga abaixada, porque Hank vai ficar furioso quando perceber como ficou.

Em seguida, dou atenção à bolsa de Tegan. Provavelmente deveria levar para ela lá embaixo, mas não resisto a abrir e olhar o interior. No segundo em que abro, o cheiro de uísque me atinge e quase preciso fechar de novo. Mas respiro pela boca e sigo em frente.

A carta de motorista dela lista seu nome como Tegan Werner. E, quando verifico a data de nascimento, tenho uma surpresa. Estava certa de que ela não tinha mais de 20 anos, mas na verdade tem 23.

Hank desce para levar o cobertor extra para Tegan enquanto continuo vasculhando a bolsa dela. Devolvo a carteira, que só contém notas de dois dólares. Quem anda por aí só com notas de dois dólares? Fico me perguntando qual é a história dela. Hank vai gritar comigo de novo por ficar cuidando da vida alheia, mas tenho a sensação de que a história de Tegan Werner é bem interessante.

A coisa seguinte que encontro na bolsa dela é o celular. Passo o dedo na tela, mas está bloqueada. Faço menção de jogar o telefone de volta na bolsa, mas, no último segundo, por motivos que desconheço, desligo e ponho no meu próprio bolso.

Depois, tiro de lá de dentro um cantil de metal. Desrosqueio a tampa e dou uma fungada, como se tivesse alguma dúvida de onde estava vindo o cheiro de uísque. E é coisa forte, alta octanagem.

Ela está entornando uísque. Já no fim de uma gravidez. Não é surpresa que não tenha demorado a pedir por remédio para dor: claramente está pouco se lixando para o que põe dentro do corpo. Pelo jeito, estamos com a mãe do ano no porão.

Jogo o cantil de volta na bolsa, com o rosto ardendo de raiva. Algumas de nós dariam absolutamente tudo para engravidar. E tem mulheres que ficam grávidas sem nem tentar, depois envenenam o bebê antes mesmo de ele ter uma chance na vida.

Isso me deixa furiosa.

A próxima coisa que encontro lá dentro é um isqueiro dourado. Não vejo nenhum maço de cigarro amassado no fundo da bolsa, mas tenho certeza de que é só porque acabou. Se ela não vai deixar de beber durante a gestação, por que parar de fumar?

Mexo na bolsa pela última vez. Descubro mais um item que me deixa muito feliz por ter dado uma última olhada.

É spray de pimenta.

Ponho a lata no bolso também, acomodada ao lado do celular. Não que eu ache que a garota vai nos machucar, mas não gosto da ideia de uma convidada na nossa casa ter uma arma.

CAPÍTULO 25

Tegan pediu um sanduíche de atum para comer.

Misturo o atum enlatado com um pouco de maionese à luz de velas. Atum tem mercúrio, o que pode fazer mal a um feto em desenvolvimento, mas acho que uma quantidade pequena não seria problema. Não que ela ligue muito, se está virando uísque enquanto dirige.

Tegan Werner alegou ser casada, mas suspeito que tenha mentido. Afinal, ela não tem aliança. E, quando perguntei, hesitou mais do que deveria. E ela é *tão* jovem.

Não acho que seja casada. Acho que está a um mês de virar mãe solo. Uma mãe solo que carrega um cantil cheio na bolsa. Que dirige imprudentemente numa nevasca. Uma mentirosa.

A memória da reclamação sobre ser "ridiculamente fértil" me faz estremecer. Toda vez que uma mulher reclama comigo do quanto é fértil, uma veia da minha têmpora chega perto de estourar. *Coitadinha de mim, sou fértil demais, tenho dinheiro demais no banco e toda vez que como uma fatia de bolo de chocolate perco um quilo!*

Sorte a minha, que não tenho esse problema de ser fértil demais. Aliás, Hank e eu gastamos cada centavo que a gente tinha para ter um filho e o que temos para mostrar como resultado? Absolutamente nada.

Tudo me pegou de surpresa. Minha mãe me alertou que levou muito tempo para me conceber. Mais de dez anos, e depois ela não conseguiu mais engravidar. Mas, mesmo com a minha menstruação irregular, eu não conseguia imaginar que teria problema. Tanto que fiquei chocada quando meu primeiro teste de gravidez voltou negativo.

Agora se passaram oito anos, três ciclos de FIV que nos levaram à falência e uma adoção fracassada. E ainda somos só Hank, eu e um quarto vazio lá em cima.

Volto à despensa, vela na mão, para pegar uns biscoitinhos para acompanhar o sanduíche e noto algo escondido no fundo, atrás das latas de apresuntado e de creme de milho e de um pote inútil de vitaminas pré-natais. Algo em que eu não pensava havia muito tempo, desde que o enfiei ali no fundo, para começo de conversa.

Um ursinho de pelúcia.

O urso é marrom, com a boca costurada num perpétuo sorriso, segurando um coração. Hank comprou para mim. Ou melhor dizendo, para nosso bebê. Houve um mês, no começo de tudo, em que a minha menstruação atrasou e achei que estava grávida, e, em meio à empolgação, ele se precipitou. Deixei na estante da sala. Só depois, quando ficou cada vez mais claro que não haveria bebê no nosso futuro, enfiei no fundo da despensa. Não conseguia jogá-lo fora.

Por um instante, encaro o ursinho com o coração disparado. Então balanço a cabeça para clarear as ideias. Não adianta ficar pensando demais nisso agora.

Depois que a mistura de atum e maionese está finalizada, espalho em duas fatias de pão integral e junto uma na outra para formar um sanduíche. No último instante, pego uma faca e corto o sanduíche em metades.

Ouço algo caindo na sala, depois Hank praguejando. Ele deve ter dado uma topada numa mesa ou numa cadeira, como faz com frequência quando a luz acaba. É grande demais para a maioria dos espaços, e já começa que a nossa sala de estar é pequena.

Meus dedos se demoram no cabo da faca, ainda pensando naquele ursinho na despensa que Hank comprou para mim há tantos anos. Um dia, Tegan provavelmente vai dar um bichinho daqueles para a bebê. E a bebê vai sorrir e balbuciar alegremente. Talvez chupe uma das orelhas macias do urso. Como sempre imaginei que meu filho ou filha faria.

— Polly?

Eu me viro, instintivamente levantando a lâmina da faca. Meu marido está parado atrás de mim e, ao ver a faca que estou segurando, dá um passo atrás e ergue as mãos.

— Epa, Polly! Meu Deus.

Abaixo a faca e a jogo na mesa da cozinha.

Felizmente, está escuro demais para ele ver quanto as minhas mãos estão tremendo.

— Você me assustou.

— Desculpa.

— Ouvi algo caindo na sala.

— Ah. — Ele esfrega o cotovelo e faz uma careta. — Dei um esbarrão na mesa de canto e ela caiu. Está doendo bastante.

— Quer um pouco de gelo?

— A casa toda parece feita de gelo — aponta ele. Baixa os olhos para o sanduíche na bancada. — O que você está fazendo?

— Um sanduíche para Tegan.

— Ah, tá. — De novo aquela ruga entre as sobrancelhas. Ele está preocupado por eu estar convivendo com uma mulher grávida. Não fala nada, mas, desde o Incidente, está esperando que eu surte de novo. — Quer que eu leve lá para ela?

Faço que não com a cabeça.

— Não, você tinha razão. Ela está morrendo de medo de você.

Hank segura o peito como se estivesse ofendido, mas, se tivesse algum interesse em causar menos medo, poderia, para começar, raspar a barba — ou pelo menos aparar. Ele não era nem de perto tão assustador quando o conheci, ainda com vinte e poucos anos, com uma barba curta e bem cuidada. Ele trabalhava numa oficina e eu era uma estudante de enfermagem com uma caixa de câmbio bichada e nenhum dinheiro na conta.

Expliquei a situação do carro a Hank num frenesi, implorando para ver se ele fazia algum tipo de plano de pagamento parcelado, embora na época a oficina não fosse dele. Ele me disse que ia ver o que dava para fazer e, quando voltei alguns dias depois para buscar o carro, me contou que tinha consertado sem custo. Tentei pelo menos oferecer algo pelas peças, mas ele recusou.

Quando o conheci, eu o achei bonito e esperava que ele pedisse o meu número, mas ele não pediu. Na época, eu não sabia quanto ele era tímido com mulheres — não conseguia imaginar que um cara tão grande podia ser intimidado por alguém como *eu*. Mas eu não podia ir embora de lá sem mostrar como estava grata, então me ofereci para levá-lo para jantar em agradecimento. Ainda lembro como os olhos dele brilharam.

Tem muita coisa de que me arrependo na vida. Mas não me arrependo de chamar Hank para jantar naquela noite.

Se bem que, às vezes, me pergunto se ele se arrepende de ter aceitado.

CAPÍTULO 26

Tegan recusou os dois comprimidos que ofereci para a dor.

Na verdade, *não* era hidromorfona, como aleguei. Não eram nem analgésicos. Procurei no nosso armário de remédio por coisas que fossem seguras de tomar durante a gravidez e acabei pegando dois comprimidos de antialérgico. Imaginei que pelo menos ela dormiria bem à noite. E com certeza haveria algum efeito placebo para a dor.

Então ela acabou não tomando. Fico feliz por ela ter feito a coisa certa para a bebê — no fim. Com o tornozelo fraturado ou não, ela não deveria ficar fazendo uso de sedativos.

Quando subo de volta para o quarto, Hank já está na cama. Seu cabelo curto e escuro está molhado, assim como a barba.

— Tomou banho? — pergunto. — No escuro?

— Levei uma lanterna. Você sabe que não consigo pegar no sono se estiver coberto de graxa da oficina.

Olho de relance para o banheiro.

— Tem água quente?

— Que nada. Tomei banho gelado.

Eu me enfio na cama ao lado do meu marido e apoio a mão no abdômen dele. Seus braços e ombros são duros por causa dos músculos desenvolvidos com o trabalho na oficina, mas a barriga é macia.

— Banho gelado, é? Que pena.

Hank ergue as sobrancelhas.

— Polly?

Ele parece chocado, o que me faz sentir uma pontada de culpa. Hank e eu quase não transamos mais e, quando acontece, raramente sou eu quem inicia. Tá bom: *nunca* sou eu quem inicia. E, desde o Incidente, Hank me trata como se eu fosse feita de vidro e é muito delicado na maior parte do tempo. Delicado demais. Basicamente, estamos em celibato.

Nem sempre foi assim. Quando começamos a namorar, parecia que estávamos tentando quebrar algum recorde mundial. Nossa vida sexual desacelerou um pouco depois de estarmos juntos há alguns anos, mas então, depois de nos casarmos e decidirmos tentar ter um bebê, voltamos à corrida pelo recorde.

Na época, era *divertido*. Mas, no fim, "tentar ter um bebê" se transformou em "sofrer com a infertilidade". Sexo virou algo que precisávamos cronometrar perfeitamente quando o kit de ovulação dizia o que era para fazermos.

Acabou sendo tudo a troco de nada, de qualquer forma.

— Está tão frio aqui. — Passo os dedos pelo peito de Hank. — Está a fim de algo para aquecer a gente?

— Claro que sim — responde ele, como se fosse uma pergunta idiota, e acho que é mesmo.

Hank se inclina para me beijar. Ele sempre beijou muito bem, é muito delicado para um homem do seu tamanho. Tento me entregar ao sexo à luz de velas, grata por termos superado aquele momento difícil. Fico feliz de não ter destruído totalmente a nossa relação, apesar de ter me esforçado muito.

Nunca vou esquecer a expressão do meu marido quando foi me buscar no trabalho há dois anos. Foi depois dos tratamentos de FIV fracassados que esvaziaram as nossas contas. E depois da adoção fracassada, quando a mãe adolescente mudou de ideia após segurar a bebezinha no colo e decidir que, no fim das contas, não poderia entregá-la.

Durante toda essa situação, Hank foi uma rocha. *A gente tenta de novo, Polly. O nosso filho está aí em algum lugar.*

Não, eu disse, chorando de soluçar, *não consigo passar por isso de novo.*

Então vamos ser só eu e você. Não tem nada de errado com isso.

As palavras dele ecoaram no meu ouvido no dia seguinte quando tive que dar um plantão noturno no berçário. Eu deveria ter recusado, dado como estava me sentindo. Mas achei que fosse mais forte que os meus sentimentos. Achei que ficar perto de todos aqueles bebês novinhos pudesse melhorar meu humor.

Eu estava errada.

Depois do que aconteceu naquele dia, perdi o emprego no hospital. Tenho sorte de não terem me prendido. Eu amava aquele trabalho e, por mais difícil que tenha sido ir embora, foi ainda pior admitir *por que* tive que ir. Em geral, digo que Hank queria que eu ficasse em casa, focada na nossa família. Infelizmente, o Incidente significava que não haveria família: tivemos que tirar nosso nome da lista de espera para adoções e para ser lar temporário de crianças. Nunca nos tornaríamos pais.

A gente não precisa ter um filho, Polly, vive me dizendo Hank. *A gente tem um ao outro.*

Então minha mãe ficou doente e me joguei nos cuidados dela — isso me deu um propósito e uma razão para viver de novo. Mas, desde que ela se foi, tem pouca coisa para ocupar o meu tempo. A contabilidade da oficina não é exatamente um emprego em tempo integral. Hank pode estar satisfeito sem filhos, mas eu não estou.

Nunca estarei.

Faz muito tempo desde que transamos pela última vez e ainda mais tempo desde que transamos e foi bom. Hoje, o sexo é muito bom. E, quando acaba e eu caio em cima dele, Hank sussurra no meu ouvido:

— Eu te amo tanto, Polly.

Tenho um flashback de ele se ajoelhando ao lado da minha cama na ala de internação psiquiátrica, agarrando a minha mão frágil na sua, bem maior. Seu olhar desesperado. *Por favor, fala comigo, Polly. Eu te amo tanto.*

— Eu também te amo — digo.

Ele me aperta mais forte, nossos corpos grudados de suor.

— Foi tão bom. Eu não esperava... quer dizer, achei que talvez você estivesse chateada hoje... porque aquela mulher lá embaixo está...

— Não estou chateada.

Ele abre um sorrisão.

— Que bom que você está tão melhor. Fico feliz.

— Eu também.

Ele me beija mais uma vez.

— E que bom que você é minha esposa. Fico feliz de sermos só nós dois.

Desta vez, não falo nada. Não quero mentir para ele. Eu *não* fico feliz de sermos só nós dois. *Nunca* ficarei feliz com a nossa situação, como ele aparentemente consegue ficar.

Mas tudo bem. Porque hoje tomei uma decisão. Muito em breve, vamos ter uma filha nossa. Enfim vamos poder usar aquele ursinho de pelúcia com o coração que eu tinha enfiado na despensa tantos anos antes. Ele só não sabe ainda.

No fim, minha mãe estava certa. Logo, a nossa família estará completa.

CAPÍTULO 27

Estou me sentindo bem nesta manhã.
Cantarolo para mim mesma enquanto passo manteiga na torrada de Tegan. Nem sei exatamente o que estou cantarolando. É só música genérica. Mas é que o dia parece *tão* agradável. Apesar de toda a neve no chão, o sol está brilhando e estou feliz de a luz ter voltado.
Tegan estava mentindo sobre ter um marido. Vi a cara dela quando repeti o nome que ela me deu. Não sei se existe algum Jackson, mas com certeza não é o marido dela. Não existe marido nenhum. Não deve existir nem um namorado. É só ela, sozinha. E logo serão ela e uma bebê que ela nem *queria*, para quem não vai nem olhar depois de nascer.
Dois braços musculosos envolvem os meus ombros, então o calor do corpo de Hank se irradia pelo meu.
— Oi — sussurra ele no meu ouvido.
Eu me inclino para trás para descansar a cabeça no peito dele.
— Oi, você.
Ele me puxa para mais perto. Está só de cueca boxer e camiseta branca.
— Ontem à noite foi muito bom.
Sinto um pouquinho de culpa por meu marido estar tão animado só por termos transado ontem. Ele tem sido *tão* paciente comigo. Não foi lá muito fácil lidar comigo nos últimos anos.

— Foi *mesmo*. — Eu me contorço para sair do abraço dele para poder me virar e dar um beijo em sua boca. Para isso, tenho que levantar a cabeça e ficar na ponta dos pés. — *Você é muito bom.*

Ele abre um sorriso para mim, o que me lembra daquele dia na oficina há tantos anos — antes de sermos casados, antes mesmo de estarmos namorando — quando o convidei para jantar e ele pareceu tão feliz. Ele passa a ponta dos dedos pela lateral do meu rosto.

— Talvez eu possa deixar a oficina fechada hoje para a gente fazer algo junto. O que você quiser.

Dou risada.

— Não sei o que fico confortável de fazer com aquela mulher lá no porão.

— Bom, estou falando depois que ela for para o hospital.

O sorriso que passou a manhã inteira no meu rosto desaparece.

— Como ela pode ir para o hospital? A linha telefônica não voltou.

Ele levanta um ombro.

— Não tem problema. Eu a levo.

— Nada disso! As estradas ainda estão cobertas de neve!

— Pois é, mas eu tenho aquele limpa-neve na garagem para conectar na frente da caminhonete — lembra ele. — É só colocar e com isso vamos conseguir chegar até a estrada principal.

É verdade. Eu me esqueci completamente do limpa-neve que ele comprou no inverno passado. Ele disse que estava de saco cheio de esperar o limpa-neve vir e que, a longo prazo, íamos economizar. Isso quer dizer que não vem ninguém tirar a neve da frente da nossa casa.

— É que... — Torço uma mão na outra. — Não acho uma boa ideia movê-la agora. Ela está com muita dor. É melhor esperar o nosso telefone voltar e aí podemos chamar os paramédicos.

— Mas tenho certeza de que ela quer ir embora.

— Ah, não. — Balanço a cabeça. — Eu falei que talvez demore mais um pouquinho e ela não se importou. A ideia de ir para o hospital a está deixando ansiosa.

Hank coça a barba e eu prendo a respiração, esperando para ver se ele vai comprar a história. Por fim, dá de ombros.

— Se ela não liga...

Faço que sim, ávida.

— Ah, sim. E com certeza a linha telefônica vai voltar em breve. Melhor você ir para a oficina e me deixar cuidar de tudo.

Ele parece hesitante, mas sobe de novo para se vestir. Está topando agora, mas, quando a noite chegar e Tegan ainda estiver no porão, vai começar a fazer mais um monte de pergunta. Quando isso acontecer, talvez ele não goste tanto das respostas, mas, no fim das contas, vai fazer exatamente o que eu mandar.

Ele não tem escolha.

CAPÍTULO 28

Tegan dorme a tarde toda.

Não é surpresa, já que amassei vinte e cinco miligramas de antialérgico no molho em que cozinhei o frango dela para o almoço. É um remédio totalmente seguro durante a gravidez. Tenho certeza de que ela vai tirar bom proveito das horas de sono e é melhor do que ficar acordada a tarde toda se perguntando quando vamos levá-la para o hospital. É mais fácil se ela estiver grogue e complacente.

Principalmente porque não tenho intenção alguma de levá-la para o hospital hoje nem amanhã.

Nem nunca.

Agora que a nossa internet voltou, faço uma busca por Tegan Werner. Encontro um perfil de rede social lotado de fotos da garota em nosso porão. Ela não está grávida em nenhuma. Não há menção a um marido, isso é certo. Ela é bonita de um jeito jovem, com o rosto em formato de coração e cabelos loiros sedosos. Em toda foto, ela está segurando algum tipo de bebida alcoólica, o que não é surpresa alguma, baseado no fato de que a bolsa dela estava fedendo a álcool.

Ah, sim, tenho certeza de que ela vai ser uma ótima mãe.

Ela me contou aquela história sobre querer ser enfermeira, e sem dúvida também foi uma mentirada. Está tentando puxar o meu saco. Mas, mesmo que seja verdade, não muda nada. Ela ainda é uma garota que tomou uma decisão irresponsável e agora vai ficar sobrecarregada com uma bebê de que não consegue cuidar. Tegan não vai dar a vida que aquela bebê merece. Eu vou.

Depois de olhar fotos demais de Tegan parecendo jovem e irresponsável, me levanto e vou até a cozinha planejar o jantar. Da janela da cozinha, consigo distinguir com dificuldade a casa da família Hambly. Antes de ir embora, Hank abriu um caminho em torno da nossa casa e fez um até a do vizinho. Embora nenhum de nós dois goste de Mitch Hambly, Hank faz isso para ser um bom vizinho e deixar uma trilha para Sadie poder ir até a escola.

A caminhonete de Mitch não está em casa, o que significa que ele deve ter ido trabalhar. Como é quase certo que as escolas estão fechadas por causa da neve, isso quer dizer que Sadie está em casa sozinha.

Espero que esteja bem. Espero que eu não tenha causado muitos problemas para ela.

Baixo os olhos para o meu próprio pulso, que ficou roxo-escuro, como eu tinha previsto. Mitch Hambly *não* é um homem bom. Não estou nem aí para a decisão do Serviço de Proteção à Criança: ele não deveria estar cuidando daquela garotinha. Todas as vezes que ela veio aqui, nunca a vi bem cuidada. E a coitadinha parece desnutrida, não é normal as clavículas se destacarem tanto.

Se eu tivesse um filho, ele nem conheceria o significado dessa palavra. Seria bem gordinho.

Será que Mitch pelo menos deixou comida para Sadie ao sair para trabalhar? Eu a imagino abrindo a geladeira e só encontrando um fardo de seis cervejas, cinco delas quase vazias.

Por impulso, abro a minha geladeira e pego um pouco de pão e peito de peru. Vou fazer um sanduíche para Sadie. Começo a adicionar ingredientes e passo bastante maionese, igualzinho minha mãe fazia. Embrulho com cuidado em papel-alumínio, depois pego alguns Oreos da despensa e jogo dentro de um Ziploc.

Coloco as botas, o meu casaco verde e vou até a casa dos Hambly para dar uma olhada em Sadie. Nossa própria casa não é nada de mais, mas Hank sabe consertar qualquer coisa que precise de reparo e nós dois passamos uma nova demão de tinta a cada poucos anos. Mas a casa da família Hambly parece estar a uma telha quebrada de ser condenada. Quando ponho o pé no primeiro degrau da varanda, a madeira cede um pouco sob o meu peso. A porta de tela está pendurada pela dobradiça de cima — estou chocada de a tempestade não a ter levado embora.

Empurro a porta de tela delicadamente, torcendo para não cair na minha mão. Em seguida, bato à porta da casa. E espero.

Por favor, esteja bem, Sadie. Por favor.

Depois do que parece uma eternidade, passinhos se aproximam da porta. Espero a maçaneta girar, mas nada acontece.

— Sadie? — chamo.

Mais um longo silêncio.

— O papai disse para não deixar ninguém entrar.

— Não tem problema. Ele estava falando de estranhos. Não quis dizer eu.

— Ele *disse* você.

Sinto uma dor no peito. Se Sadie não puder ir à minha casa depois da escola, vai voltar todo dia para uma casa vazia. Mitch chega tarde do trabalho.

— Você almoçou? — pergunto.

— Ã-hã. Comi bolacha de água e sal.

Bolacha de água e sal *não é* uma refeição balanceada para uma garota de 7 anos.

— Sadie, eu fiz um sanduíche para você. Vou deixar na porta. Não precisa me deixar entrar, mas, se estiver com fome, pode comer o sanduíche. — Noto a hesitação dela e completo: — Também tem uns biscoitos para você.

Sadie não fala nada. Eu me abaixo e deixo os biscoitos e o sanduíche no capacho. Então me afasto da porta e, quando nada acontece, começo a voltar na direção de casa.

Mais ou menos na metade do caminho, escuto um barulho atrás de mim. Eu me viro bem quando a porta da casa da família Hambly se abre. Uma mãozinha se estende e pega o sanduíche e os biscoitos que deixei. Em seguida, antes mesmo de eu conseguir levantar a mão para acenar, a porta bate outra vez.

CAPÍTULO 29

O sol se põe e Tegan ainda está dormindo.

Entreabro a porta do porão para ver como ela está e consigo ouvir a respiração pesada. Na verdade, parece mais um ronco. Enfim, ela ainda está apagada. Aquele antialérgico foi bem eficiente.

Quando a minha mãe ainda estava viva, hospedada no nosso porão, eu às vezes deixava uma fresta da porta aberta e ouvia a respiração dela. Sabia que não tínhamos muito tempo juntas, então cada inspiração e expiração parecia um presente. Ela era uma ótima mãe. Ela me ensinou tudo: a amarrar os sapatos, a ler, a assar um peru perfeito com todos os acompanhamentos para as festas de fim de ano. Toda vez que penso nessas memórias, não consigo deixar de sorrir. Sempre sonhei em um dia passar esse conhecimento a uma filha minha.

Há certa ironia no fato de que vai ser a mulher ocupando o leito de morte da minha mãe que realizará o meu sonho.

Um dia, a sua família vai estar completa.

Hank volta para casa às sete da noite, sujo de graxa e faminto, como sempre ao fim de um dia de trabalho. Ele me pega no fogão fazendo almôndegas. Hank adora as minhas almôndegas. Uso carne moída oitenta por cento magra e com vinte por cento de gordura, além de vários temperos, pão triturado e uma pitada de queijo parmesão, e deixo cozinhar no molho de tomate por meia hora. Hank é capaz de devorar a panela toda sozinho.

— Sinto cheiro de almôndega — nota o meu marido ao se abaixar para me dar um beijo e delicadamente afastar meu cabelo do rosto, como sempre faz quando me cumprimenta na cozinha depois do trabalho. — Meu prato preferido.

Dou risada.

— Qual prato *não é* o seu preferido?

— Epa, não é culpa minha eu ter uma esposa tão boa na cozinha. — Ele esfrega um ponto de graxa na testa, mas só consegue espalhar mais. — Parece que o telefone voltou a funcionar. Aquela moça foi levada pelos paramédicos?

— Foi — minto, mexendo o molho.

— Que bom. Tomara que ela esteja bem.

Não vai demorar muito para ele descobrir que Tegan ainda está no porão. Não é o tipo de coisa que eu possa esconder dele. Mas vai ser mais fácil conversar sobre o assunto depois que ele tomar um banho e estiver de barriga cheia.

Hank sobe para se lavar enquanto jogo um pouco de espaguete numa panela de água fervente. Sempre sonhei em ter minha própria máquina de macarrão para fazer massa fresca, mas não parecia valer a pena só para nós dois. Sempre imaginei que, quando tivéssemos filhos, seria algo para eu fazer com eles. Eu podia ensiná-los a fazer massa, e a mãozinha rechonchuda deles ficaria coberta de farinha. Íamos cozinhar juntos toda noite.

Hank assobiou durante o banho e continuou enquanto descia, de camiseta limpa e jeans, o cabelo ainda molhado. Ele abre um sorriso para mim, mais largo que qualquer um que eu tenha visto nos últimos anos — faz até ruguinhas no canto dos olhos. Vendo-o sorrir assim, de repente percebo como andávamos infelizes. Antigamente, ele vivia sorrindo, mas agora é uma ocorrência rara. Quase me esqueci de como era.

Sirvo um prato de espaguete com almôndega para Hank, mais ou menos com o triplo da altura do meu. Ele me abre aquele sorriso de novo e começa a comer. Giro um pouco de massa no garfo, cheia de frio na barriga. Não vai ser uma conversa fácil.

— Hank — falo.

— Hum?

— Preciso te contar uma coisa.

Ele para no meio da mordida, arregalando os olhos castanhos.

— Você está grávida?

Como ele pode me perguntar isso? Como pode achar que é *possível* eu estar grávida? Por que ele *diria* uma coisa dessas? E a pior parte é a esperança nos seus olhos. Mesmo depois de tantos anos, ele ainda está torcendo.

— *Não* — respondo, tensa. — Não estou grávida.

— Ah. — Ele faz o que pode para esconder a decepção. — Desculpa, eu...

— Deixa para lá. — Aceno com a mão em sinal de desdém. — Enfim, o que eu queria te contar é que... Tegan ainda está aqui. Está dormindo no porão.

Um olhar de confusão preenche o rosto do meu marido.

— Como assim? Por quê?

— Porque ela está cansada. Eu não queria obrigar que ela fosse correndo para o hospital agora.

— Tá, justo — diz ele, devagar. — Então podemos chamar os paramédicos assim que ela acordar.

Esta é a parte difícil. Preciso fazer a coisa do jeito certo.

— Essa é a questão. Acho que não deveríamos. É melhor ela se recuperar aqui.

Hank limpa uma gota de molho de tomate no canto da boca com o dorso da mão, embora tenha um guardanapo perfeitamente bom bem à frente.

— Ela está machucada, Polly. Precisa ir para o hospital.

— Será? — Estendo a mão com o meu próprio guardanapo e dou batidinhas nos lábios dele, que ainda estão com um pouco de molho grudado. — Ela está bem. Só precisa de uns dias de amor e cuidado, depois podemos mandá-la embora. Hospitais nem sempre são a melhor opção. Sei disso depois de trabalhar em um por tantos anos. Você não lembra quando a gente levou a minha mãe para tratar uma infecção do trato urinário e ela pegou uma pneumonia?

— Tegan está machucada. Ela precisa do hospital.

A lógica de Hank às vezes é tão preto no branco. É de enlouquecer.

— Eu *sou* enfermeira, sabe. Consigo cuidar dela.

— Com um tornozelo quebrado?

Aceno a mão em desdém.

— Não está quebrado — minto. — Mal está torcido.

— Parecia bem feio.

— Você nem viu direito — aponto. — E ela não tem plano de saúde. Não pode pagar pelo hospital. Vai falir.

Aquela ruga entre as sobrancelhas dele retorna mais uma vez. O sorriso é uma memória distante.

— E Tegan quer ficar aqui?

— Ela... quer, mais ou menos.

Hank respira fundo.

— Polly...

— Olha, ela é uma garota ainda. Não está em condições de saber o que é melhor para ela. Está confusa e querendo que eu diga o que fazer.

Ele afasta o prato de espaguete com almôndegas, embora só tenha comido metade.

— Vou ligar para a emergência. Agora.

— Hank, não. — Empurro a minha cadeira para trás e ela cai no chão. — Você não entende. Estou tentando fazer a coisa certa aqui.

— Polly, não vou deixar uma mulher grávida refém no meu porão, tá?

— Meu Deus, a gente não está com ela de refém. Deixa de ser tão *dramático*.

Mas Hank não está mais me escutando. Ele se levanta da cadeira e marcha até o telefone ao lado do sofá. Tento agarrar seu braço, mas ele se solta com facilidade. Corro atrás e, antes de ele conseguir começar a digitar, arranco o fio do aparelho da parede. O telefone todo cai no chão, com um baque alto que o quebra em quatro pedaços e ecoa na sala inteira.

— Polly! — É raro ele levantar a voz, mas agora ela está mais alta do que jamais ouvi antes. — O que você acha que está fazendo?!

Eu me envolvo com meus braços.

— Espera. Só espera, tá?

— Meu celular está carregando lá em cima. É só eu ligar dele.

Considero subir correndo e jogar o telefone pela janela antes de ele conseguir pegar. Mas nunca vou conseguir fazer isso a tempo. Meus olhos se enchem de lágrimas.

— Dá para você só me ouvir por cinco segundos?

Hank se vira para mim com os ombros curvados.

— Olha, Polly, eu sei que você anda se sentindo meio perdida desde que a sua mãe morreu. E toda essa coisa de bebês... foi difícil para mim também. Eu entendo tudo isso. Mas tem alguma coisa nessa situação que não está certa. Vou subir e ligar para a emergência para virem buscar Tegan, a gente conversa depois... Talvez você precise de ajuda de novo. Acho bom a gente dar uma ligada para a Dra. Salinsky. Tudo bem, Polly?

Ele me olha, esperando que eu concorde, que eu diga que é uma ótima ideia chamar uma ambulância e dar um alozinho para minha ex-psiquiatra. Quando não faço isso, ele solta um suspiro alto.

— Tá bom, então — diz.

Ele se vira para a escada. Assim que coloca uma das mãos grandes no corrimão, eu grito:

— Hank! — Ele sobe o primeiro degrau, sem mostrar sinais de que vai parar. — Hank, espera! Espera, por favor!

Ele não está me escutando. Não quer mais falar disso. Ele só quer ligar para a emergência e tirar Tegan da nossa casa.

Não posso deixar que ele faça isso. Não posso deixar que estrague tudo.

— Hank! — Cruzo a sala até estar na base da escada, onde tenho certeza de que ele consegue me ouvir. — Hank, se você fizer isso, vou ligar para a polícia.

Ele fica paralisado no meio da escada, o corpo robusto estático.

— E — completo — vou contar o que você fez.

CAPÍTULO 30

Agora Hank está prestando atenção.

Ele se vira tão devagar que é como ver uma rocha se movendo. A expressão triste de pouco antes foi substituída por um olhar de desconfiança.

— Você não faria isso — diz ele.

Arqueio uma sobrancelha para ele.

— Será que não?

Ele está com a respiração irregular e os ombros subindo e descendo.

— Não foi culpa minha.

— Ah, e com certeza a polícia vai concordar. — Cruzo os braços, olhando para ele ainda no meio da escada. — Lembra os dois meses que você passou na cadeia por quebrar o nariz daquele cara? Lembra como foi divertido para você? O que você disse quando chegou em casa? — Ele não responde, então eu o lembro: — Você disse: "Prefiro pular numa banheira de ácido de bateria a voltar para lá."

As partes do rosto de Hank que consigo enxergar acima da barba ficam cor-de-rosa.

— A coisa toda foi ideia sua!

— É, mas está com a *sua* assinatura.

— A sua também, Polly.

— Eu sei.

A desconfiança em seus olhos está se transformando em raiva. Ele tem razão: *foi* ideia minha. Mas ele concordou, e isso é tudo o que importa.

Ele desce batendo os pés, com passos tão pesados que temo que vá quebrar um degrau. Quando chega à base da escada, me olha com raiva.

— O que você quer?

— Só quero que ela fique aqui mais alguns dias, só isso. Quero garantir que ela esteja bem, depois ela vai para casa. Estou tentando ajudá-la a evitar o hospital.

— Alguns dias — repete ele.

— Sim.

— Então, dois dias?

— Por alguns quero dizer *três*, Hank.

— E se ela disser que quer ir embora?

— Não vamos segurar a menina aqui à força, lógico. Se ela disser que quer ir embora, vamos deixar.

E, para ser sincera, não é como se ela fosse a lugar nenhum por conta própria, embora Hank não saiba disso.

— Você jura que vai deixar que ela vá embora?

— Claro. Não tenho nenhum problema de saúde mental.

Ele lança um olhar estranho. Imagino que alguns psiquiatras por aí discordariam disso. E vários funcionários que estavam trabalhando no berçário naquela manhã há dois anos.

— Três dias. — Hank levanta três dedos, um dos quais carrega sua aliança de casamento dourada. — Três dias e ou ela vai para casa, ou vai para o hospital. Estou falando sério, Polly.

— Claro.

A questão é que, daqui a três dias, nada vai ter mudado. Hank ainda não vai querer acabar preso. Tegan ainda vai ser uma criança irresponsável que não merece criar uma filha linda. E eu ainda vou ser infértil.

Em três dias, vou fazer Hank entender o melhor a fazer. Tenho certeza.

PARTE 3

DOIS DIAS DEPOIS DO ACIDENTE

CAPÍTULO 31

POLLY

Hank já está no banho quando me levanto na manhã seguinte. Ontem, ele me acordou com um beijo no pescoço, os pelos da barba fazendo cócegas até eu despertar. Mas hoje ele não está assim tão amoroso, o que, bom, não é surpresa.

Enquanto ele está no banho, coloco as pantufas, o roupão e desço para dar uma olhada em Tegan. Hoje vai ser um dia difícil. Ela ficou histérica quando falei que precisava ficar mais um dia e, se eu não relatar logo a chegada do limpa-neve, vai ficar agitada. Talvez até desconfie de que eu não estou sendo cem por cento sincera.

Como com Hank, preciso fazer tudo certo. Porque Tegan não pode ir embora daqui antes de ter aquela bebê.

Quando desço até o porão, as luzes estão apagadas, mas os olhos dela estão abertos. Por um segundo aterrorizante, fico com medo de ela estar morta. De ter falecido durante a noite e agora eu ter que a abrir para tirar a bebê e depois me livrar do cadáver. Mas, depois de alguns instantes, ela se mexe, então suspiro de alívio.

— Bom dia! — falo com a voz mais alegre que tenho. — Como você está?

Tegan abre a boca e, por um instante, não sai som nenhum. Ela parece péssima — pior até do que na noite em que chegou aqui. Tem olheiras e o cabelo está embolado. Parece ao mesmo tempo velhíssima e dolorosamente jovem.

— Comadre — geme ela.

Vou buscar e a ajudo a esvaziar a bexiga. Sua urina está parecendo um pouco escura, o que não é surpresa, porque ela não está bebendo tanto líquido quanto deveria. Está suscetível a infecção urinária, já que está deitada em lençóis sujos e grávida, então vou precisar garantir que ela se hidrate o suficiente hoje. Ela com certeza não vai fazer isso pelo bem da bebê. Não está claro para mim o quanto ela se importa ou mesmo quer essa criança.

Quando saio do banheiro depois de esvaziar a comadre, levo um copo de água para ela. Coloco na bandeja à sua frente.

— Bebe tudo.

Ela fica olhando por um instante, sem se mexer.

— O limpa-neve já chegou?

— Chegou, sim.

Aquele olhar apático desaparece e há uma faísca da garota que ela era antes.

— Sério?

— É, sério. Eles precisam de um tempinho para tirar toda a neve, mas acho que vamos conseguir sair até o fim da manhã.

— Ai, graças a Deus. — Seus olhos se enchem de lágrimas. — Desculpa. Você foi muito gentil comigo, mas...

— Eu entendo. — Pigarreio. — O que você quer para o café da manhã?

Um sorrisinho chega aos lábios dela.

— Estou meio com desejo de ovos com bacon. Pode ser?

— Claro. — É o café preferido de Hank. Não vai ser trabalho nenhum fazer a mais para Tegan. E, no momento, eu faria qualquer coisa para mantê-la feliz. — Vai estar pronto para você em um minutinho.

— Obrigada, Polly. — O sorriso dela é torto, mas genuíno. — Só quero que você saiba que sou muito grata por tudo o que você fez por mim nos últimos dias. Passei por coisas muito difíceis ultimamente... Não quero falar muito, mas a minha vida realmente foi por água abaixo nos últimos tempos. Enfim, ajuda saber que tem gente boa como você no mundo.

Meu rosto arde. Tenho certeza de que ela considera engravidar solteira um exemplo da vida indo por água abaixo. É provável que deseje toda noite que isso não tivesse lhe acontecido. Ela é o tipo de mãe que vai deixar a bebê chorar a noite inteira em vez de confortá-la.

Subo de volta a escada para preparar o café da manhã. Preciso comprar duas dúzias de ovos por semana só para ter o suficiente para o meu marido de manhã. Eu devia tentar deixá-lo mais saudável, mas ele se mantém em forma e tem só 39 anos. Em algum momento dos próximos cinco anos, vou tentar fazer a transição para aveia e fruta de manhã, mas, no momento, não posso privá-lo de seu desjejum preferido.

Deixo um prato repleto de ovos com bacon na mesa da cozinha e desço com um para Tegan também. Nunca consegui comer muito no café; em geral, só dou conta de uma torradinha. A verdade é que só o cheiro de ovos de manhã às vezes me deixa enjoada. Nunca contei isso a Hank, porque, se soubesse, ele me diria para não fazer. E ele merece ter ovos com bacon no café da manhã.

Estou sentada à mesa da cozinha, mordiscando minha torrada, quando os passos altos de Hank na escada ecoam pela casa. Pouco depois, ele aparece na porta do cômodo.

— Bom dia — falo.

Ele resmunga algo inaudível e se joga na cadeira em frente ao prato lotado de comida.

— Dormiu bem? — pergunto.

Ele me olha sério, o que acredito merecer, uma vez que sei muito bem que ele passou a noite inteira fritando na cama. Nós dois passamos.

Estou tentando pensar em algo para dizer que o faça parar de me encarar com raiva quando sou salva pelo som da campainha tocando.

— Eu atendo — digo.

Estou tão contente com a interrupção que nem me ocorre o quanto é estranho alguém estar batendo à minha porta a esta hora da manhã. E não me ocorre questionar quem é até eu olhar pelo olho mágico e meu estômago revirar.

É a polícia.

CAPÍTULO 32

POLLY

Tem um policial parado à nossa porta, e eu estou surtando.

Devia ter me ocorrido que isso aconteceria. Afinal, estou mantendo uma mulher desaparecida no meu porão contra a vontade dela. Não é surpresa a polícia aparecer aqui. Só preciso lidar com isso da forma certa, como todo o resto. Não posso me permitir entrar em pânico.

É só um policial. Se realmente achassem que ela está aqui, não iam mandar um cara sozinho. A cavalaria toda estaria lá fora.

— Um segundinho! — digo. — Não estou vestida!

Corro de volta à cozinha, quase tropeçando nas minhas pantufas peludas. Hank ainda está sentado à mesa, empurrando os ovos pelo prato com o garfo. Mal comeu.

— Hank — digo —, tem um policial na porta.

Ele abre os olhos de repente.

— Quê?

— Não deve ser nada de mais — falo rapidamente. — É só você ficar aqui e comer o seu café da manhã e...

Hank se levanta da cadeira.

— Ficar aqui? Mas...

— Fica aqui a não ser que ele te chame. — Minha voz está firme. — E, se ele perguntar, você não pode contar que ela está aqui.

Seus olhos se enchem de pânico.

— Como assim? Por que não? Você disse que ela não se importa de estar aqui.

— Bom, é *basicamente* verdade.
— Polly...
— Olha — sibilo para ele —, se encontrarem aquela garota no nosso porão, nós dois vamos sair daqui algemados, tá? Então é só ficar com essa boca tonta calada. Você é bom nisso.

Hank me olha sério. Meu marido é a pessoa mais honesta que já conheci. É algo de que ele sempre se orgulhou. Foi só por minha causa que ele dobrou as regras quando estava à beira de perder a oficina.

Isso foi culpa minha também, é claro. Ele precisou fechar por um tempinho depois do Incidente, e colocar todo o nosso dinheiro em tratamentos de infertilidade e naquela adoção fracassada não ajudou em nada. Íamos perder a oficina e, depois que ela fechasse e nenhum de nós tivesse uma fonte de renda estável, provavelmente perderíamos a casa também. Estávamos prestes a perder num piscar de olhos tudo pelo que ele tinha trabalhado. Por minha causa.

Como eu não podia mais trabalhar como enfermeira, estava fazendo a contabilidade, então fui eu que encontrei a solução simples para os problemas dele.

Então falsifiquei — um pouquinho — a declaração de imposto de renda. Tomei cuidado. Não fiz nada que fosse levantar algum sinal de alerta. Não contei a Hank, porque sabia que ele se recusaria e perderia a oficina para não arriscar fazer algo que o levasse de volta à prisão. Só entreguei a declaração e ele assinou, porque confiava em mim. Pensei que, se um dia fôssemos pegos, eu aceitaria a culpa.

No entanto, ele descobriu. Ficou fora de si quando viu o que fiz, mas já era tarde demais. Se ele tentasse corrigir o erro, seria uma admissão de ilegalidade. Para não mencionar que ainda não tínhamos dinheiro para dar um jeito na situação. Então ele ficou calado.

Faz quase um ano que entreguei os documentos. Ninguém veio bater à nossa porta. A gente se safou.

Nunca achei que fosse usar isso contra o meu marido. Para chantageá-lo. Afinal, eu tinha planejado assumir a culpa se fôssemos pegos. Mas não vou precisar denunciá-lo. Hank vai fazer o que quero. Ele faria qualquer coisa por mim.

Tenho certeza.

Por fim, ele se joga de volta na cadeira com tanto peso que tenho medo de ela quebrar sob seu corpo.

— Tá bom — diz ele.

Eu sabia.

Fecho o roupão rosa atoalhado mais apertado no corpo e corro de volta para a porta. Giro a maçaneta e abro.

— Olá, senhor — digo. — Como posso ajudar? Está tudo bem?

O policial parado à porta está de farda azul-escura. Como Tegan, é dolorosamente jovem — pela aparência, não deve ter saído do ensino médio há muito tempo.

— Olá, Sra. Thompson. Eu sou o agente Maxwell. Queria saber se posso fazer algumas perguntas à senhora.

— Claro. — Abro um pouco mais a porta. Não gosto de ele ter me chamado pelo sobrenome, mas imagino que a propriedade da casa seja um documento público. — O que houve?

— Alguma chance de eu poder entrar? Odiaria que a senhora perdesse todo o calor pela porta.

Uma vez, li que um policial não pode entrar na sua casa sem mandado a não ser que seja convidado. Estando lá dentro, ele tem muito mais flexibilidade no que pode fazer. E se Tegan me chamar do porão? De jeito nenhum vou deixá-lo entrar.

— Acabei de mandar limpar o carpete. — Faço questão de olhar para as botas dele, cobertas de neve. — Agradeceria se o senhor pudesse ficar na varanda.

— Sem problemas. — Ele faz que sim com a cabeça para mim. — Enfim, acho que não vai demorar. Estamos procurando uma mulher que desapareceu há duas noites. O nome dela é Tegan Werner.

Bato a ponta do dedo no queixo.

— O nome me parece familiar.

— Talvez a senhora tenha ouvido falar do desaparecimento dela no noticiário hoje de manhã — diz ele. — Ela estava viajando nessa direção para visitar um parente, e encontramos o carro não muito longe daqui. Parece que ela se envolveu em algum tipo de acidente, mas não estava no veículo.

— Ah, puxa! — Coloco a mão na frente da boca. — Será que ela foi jogada do carro durante o acidente?

— Não, senhora. — Ele balança a cabeça. — A bolsa e a mala de lona dela não estavam no veículo, mas ainda não conseguimos localizá-la. Achamos que ela saiu a pé, mas a neve cobriu seu rastro. Estamos fazendo uma busca pela região e queria saber se a senhora, por acaso, a viu.

— Sinto muito, policial. Infelizmente, não vejo ninguém tem dois dias. A gente basicamente ficou soterrado pela nevasca.

Ele não parece surpreso, mas, mesmo assim, puxa uma foto do bolso.

— Pode dar uma olhada? Essa é ela.

Baixo os olhos para a foto colorida de Tegan Werner — é uma das fotos do seu perfil na rede social, onde ela parece muito jovem e bonita, as bochechas redondas coradas pelo álcool. Se ele a visse agora, mal a reconheceria. Devolvo a foto.

— Desculpa, não reconheço.

Ele começa a guardar a foto de volta no bolso. Acabei de conseguir me safar dessa? Ele vai só dar meia-volta? Mas, então, ele hesita.

— Mora mais alguém aqui?

Eu queria dizer que não e colocar um ponto-final nisso, mas não deveria mentir sobre algo tão fácil de refutar.

— Meu marido. Mas ele também não viu.

— A senhora se importa se eu mesmo perguntar?
Olho por cima do ombro.
— Ele está no meio do café da manhã. É mesmo necessário?
— Eu não pediria se não fosse importante, senhora. Já procuramos essa moça por todo lado.

Hank é um péssimo mentiroso. A última coisa que quero é arrastá-lo para cá e forçá-lo a falar com esse policial. Mas também não posso negar. Pareceria muito suspeito.

— Claro — digo. — Vou chamá-lo.

Fecho a porta na cara do policial como quem pede desculpas, explicando que quero manter o calor. Preciso me arrastar de volta para a cozinha e trazer Hank. Ele não vai ficar feliz.

De fato, quando chego lá, ele ainda está sentado à mesa, olhando para o prato, apático. Não está nem fingindo comer mais. Isso não é nada bom. Quando Hank perde o apetite, basicamente significa que o mundo está acabando.

— Hank — falo —, o policial quer falar com você.

Ele não responde. Só fica olhando para os ovos.

— Não é nada de mais — continuo. — Ele só quer saber se você viu Tegan. É só dizer que não e pronto.

Ele levanta a cabeça para me olhar. Suas olheiras se parecem muito com as de Tegan.

— Ah, é? É só isso?

— Hank...

Quando ele se levanta, a cadeira arranha o chão. Ele vai devagar até a porta de casa, como se estivesse sendo levado para a execução. Coloca a mão na maçaneta e, logo antes de virá-la, lança um último olhar sofrido para mim.

Por cima do ombro de Hank, o policial lhe dá o mesmo sorriso amigável de desculpas que abriu para mim.

— Olá, senhor. Não sei se a sua esposa falou, mas estamos procurando uma mulher desaparecida.

Hank se limita a grunhir.

O policial põe a mão no bolso e puxa a mesma foto que me mostrou.

— O senhor viu essa mulher nos últimos dois dias? O nome dela é Tegan Werner.

Hank fica olhando para a foto por muito tempo. Tempo demais. Ah, *não*, ele vai falar. Vai contar tudo para o policial. Vai levá-lo direto até Tegan no porão. Meu marido não foi feito para isso. Por que achei que fosse?

— Não — responde Hank enfim. — Não vi.

— Certeza?

— Certeza.

Meus ombros relaxam. Eu sabia que Hank faria qualquer coisa por mim. Afinal, ele socou a cara de um homem por mim. Isso não é nada.

Olho para o rosto do policial, mas não há suspeita ali. Ele enfia a foto de volta no bolso e acena com a cabeça para nós.

— Bem, obrigado pelo tempo dos senhores. Por favor, não hesitem em entrar em contato com a polícia se por acaso a virem em algum lugar.

— Pode deixar, policial! — falo.

Ele começa a se virar. Meus joelhos quase cedem de alívio. Será que me safei mesmo? Mas, pouco antes de sair da varanda, ele para de repente.

— Sra. Thompson, a senhora se importaria se eu desse uma olhadinha em torno da casa? Só para garantir que ela não está se escondendo em algum lugar do seu quintal ou algo nessa linha.

Está dentro dos meus direitos negar, mas que motivo eu poderia ter para dizer que ele não pode dar uma volta na minha casa?

— Claro! — respondo. — Puxa, espero mesmo que vocês a encontrem e que ela esteja bem.

— Eu também, senhora — diz ele numa voz desanimada que indica que não acha que é provável que vá encontrá-la e que ela vá estar bem.

É só quando a porta está de novo trancada e o policial está descendo os degraus que ouso olhar para o meu marido.

— Obrigada — falo para Hank.

Ele me dá um olhar que não consigo decifrar. Estou acostumada com Hank me olhando como se eu estivesse louca ou como se estivesse preocupado comigo. Ou, quando ainda namorávamos ou no início do casamento, como se o mundo girasse à minha volta. Mas isso é diferente. É pior, mas não consigo entender. Estamos juntos há tanto tempo que achei que sempre conseguia saber o que ele estava pensando, mas talvez não seja bem assim.

Mas não posso me preocupar com ele no momento.

Corro até a cozinha para ver o que o policial está fazendo no quintal dos fundos. De lá, tenho uma vista pela janelinha na porta. Ele está andando por lá, com neve até o joelho, circundando o carvalho gigante que uma vez Hank comentou que era "perfeito" para pendurar um balanço para um filho futuro. Não sei exatamente o que o policial está procurando, mas não vai encontrar nada no nosso quintal.

Pelo menos acho que não.

O policial está apenas lá parado. Parece estar olhando para algo no chão, embora eu não consiga ver o quê. Puxa o rádio do bolso e começa a falar nele, o que faz o meu coração bater forte.

Não tem nada no quintal, lógico, mas percebo que, de onde ele está, tem uma janela visível para o porão. Mas a neve deve estar alta o bastante para escondê-la. Não tem como ele ver dentro do meu porão através daquela janela.

Tem?

Ele levanta a cabeça e, por um instante, seus olhos encontram os meus pela janelinha da porta da cozinha. Ele sabe que eu estava observando. Fico paralisada, esperando que o policial marche de volta para casa e exija ver o meu porão.

Mas, em vez disso, ele levanta a mão. Está dando oi.

Levanto a minha também. E forço um sorriso.

Eu me ocupo limpando a cozinha, mas o tempo todo estou de olho no policial lá fora. Depois de alguns minutos, ele guarda o rádio e desaparece. Volto para a sala correndo bem a tempo de vê-lo entrar de volta na viatura e ir embora.

Dou um suspiro de alívio. A polícia foi embora e não tem motivo para pensar que vá voltar. Nós nos livramos.

A bebê de Tegan será minha.

CAPÍTULO 33

TEGAN

Faz tempo que a Atunzinha não se mexe.

Em geral, ela é uma bebê bastante ativa. Por isso o fato de ter se passado uma hora sem ela se mexer nenhuma vez é motivo de preocupação. Pode ser por eu não estar me hidratando o suficiente. Polly mencionou que era importante eu tomar mais água. Sei que ela tem razão, mas, se eu beber água demais, quer dizer que vou precisar da comadre com mais frequência. E essa não é uma experiência agradável.

E não é só isso: eu me pergunto se é possível Hank colocar algo na minha bebida antes de Polly trazê-la. Não seria a primeira vez que uma coisa dessas acontece comigo.

Massageio a barriga, tentando acordá-la.

— Vai, Atum. Dá um chute na mamãe.

Por fim, recebo um pequeno cutucão na costela. *Ainda estou aqui, mamãe. Mas não estou me sentindo muito bem.*

— Nem eu, Atum — sussurro.

Quando Polly volta ao porão perto do meio-dia, estou pronta para pular da cama, como se isso fosse possível. Reconheço que Hank vai ter que me ajudar a sair e entrar no carro. A última coisa que quero é aquele homem terrível encostando em mim de novo, mas é minha única escolha, se as linhas telefônicas de fato não estão funcionando.

— A estrada já está liberada? — pergunto a Polly.

Ela hesita, segurando uma tigela de comida — meu almoço, imagino.

— Sim, praticamente.

Quase não acredito que aqueles limpa-neves idiotas finalmente abriram a estrada e eu vou conseguir sair daqui. Parece bom demais para ser verdade.

— Tá. — Eu me endireito na cama, o que dispara outro raio de dor violento no meu tornozelo esquerdo. — Quando podemos ir?

— Bom, Hank teve que ir trabalhar — explica ela. — E eu nunca vou conseguir te carregar pela escada sozinha.

— Eu consigo subir a escada — protesto. — É só segurar o corrimão.

Ela ergue bem as sobrancelhas.

— Consegue? Toda vez que eu te mexo, mesmo que um pouquinho, você grita de dor.

Isso não deixa de ser verdade. Eu torcia para que a dor no meu tornozelo já tivesse melhorado um pouco, mas a verdade é que está piorando a cada dia. Subir aquela escada, mesmo com Polly ajudando, seria um desafio. Mas estou tão ansiosa para me mandar daqui que estou disposta a tentar.

Bem quando estou prestes a sugerir isso, ecoa um grunhido alto do teto.

— O que foi isso?

— Isso? — Polly afofa um travesseiro ao pé da cama. — Ah, nada. É só a casa se acomodando.

A casa se acomodando? Sério?

— Pareceram passos.

— Como seria possível? Não tem ninguém lá em cima.

Mas será que isso é verdade? Então me ocorre que Hank talvez não esteja de fato no trabalho e isso seja só uma mentira que ele a obrigou a me contar. E se ele estiver logo ali em cima e não quiser que eu vá embora?

Eu sabia que estava fácil demais.

— Quero tentar a escada — insisto.

— Não consigo apoiar o seu peso nos degraus — retruca ela, com a voz frustrantemente calma. — E o corrimão também não é muito estável. Se você caísse por aquela escada... Bom, você não quer arriscar a vida da sua bebê. — Ela faz uma pausa como se quisesse induzir uma resposta. — Né?

Olho por cima do seu ombro para a escada íngreme que dá para o piso principal da casa. Se eu caísse daquela escada, seria o meu fim e o fim de Atum. Ainda estou me coçando para tentar, mas admito, relutante, que ela está certa.

— E os telefones? — pergunto, desesperada.

— Sinto muito. O serviço aqui nunca é muito bom, ainda não estou conseguindo sinal.

Claro que não está.

— Fica tranquila — diz ela. — Vamos assim que Hank voltar.

— E quando vai ser isso?

Polly coloca a tigela do que parece arroz com legumes na minha bandeja.

— Lá pelas seis ou sete?

— *Seis ou sete?* — Quero chorar tudo de novo. — Mas é daqui a horas!

— Bom, você passou duas noites aqui. O que são mais algumas horas?

— Não. — Fecho a mão direita em punho. — Se a estrada está liberada, talvez você possa dirigir até uma loja que tenha um telefone funcionando. Não posso ficar aqui mais seis ou sete *horas*. Simplesmente não posso.

Ela fica em silêncio por um instante, como se considerasse a ideia.

— Não sei se é uma boa. Melhor você ficar paradinha por enquanto.

Ela está de brincadeira?

— Sinto muito, mas preciso mesmo ir para um hospital. Fico grata por tudo o que você fez por mim, mas preciso de cuidado hospitalar agora.

— Se você simplesmente tomasse um pouco mais de água, estaria bem.

— Não me dê ordens! — devolvo. — Preciso ir para um hospital! *Agora*. Você é enfermeira, pelo amor de Deus. Não era para ser mais responsável?

Polly fica parada, com o corpo rígido. Lamento muito por ter gritado com ela, mas ao mesmo tempo não me arrependo. Ela precisa saber que não vou só ficar aqui deitada no porão chupando o dedo.

— Você pode sair da cama se quiser — oferece Polly. — Temos uma cadeira de rodas que a minha mãe usava. Não me importo de te ajudar a sentar nela.

Ela gesticula para o canto do cômodo, onde de fato há uma cadeira de rodas escondida nas sombras. Uma fileira de teias de aranha decora o espaço entre o descanso de braços e a parede. Os apoios de pé estão marrons de ferrugem.

Não quero me sentar naquela cadeira. Polly alega que está tentando fazer o que pode para me ajudar, já que Hank não me deixa ir embora, mas não é o suficiente: eu só quero sair desta casa.

— Só quero ir para o hospital.

— Mas você sabe o que eles vão fazer no hospital, né? — diz ela. — Vão te encher de drogas, principalmente se forem fazer cirurgia. É a pior coisa possível para a bebê.

Ela não para de dizer isso. Mas sou eu que estou com dor. Ela não faz ideia de como é terrível. E, enfim, a decisão não é dela.

— Então o que você quer que eu faça? Fique aqui deitada com um tornozelo quebrado?

— O que é mais importante para você: andar ou a sua própria filha?

Ela diz como se eu fosse egoísta só de considerar a primeira opção. Mas está errada. O hospital não vai fazer nada de mal para mim nem para Atum. Eu ligo mais para a minha bebê que para qualquer outra coisa no mundo, mas não acredito que ir a um hospital seja a coisa errada a se fazer. E é difícil imaginar que, sendo enfermeira, ela pense isso.

Acho que ela está me dizendo exatamente o que Hank mandou.

— Quero ir para o hospital — digo com firmeza.

Ela faz que sim devagar.

— Tá bom, acho que você está tomando a decisão errada, mas entendo o seu ponto de vista. Que tal terminar o almoço e depois a gente conversa mais sobre isso? Mas acho mesmo que o melhor para você é ficar aqui até Hank voltar.

Começo a protestar, mas Polly já deu as costas para mim e está subindo a escada.

Assim que ela se vai, pego a bolsa. Vasculho-a mais uma vez, garantindo com certeza que o meu celular não está lá dentro. Não está. Definitivamente não.

Posso aceitar que talvez tenha me esquecido de colocar o telefone de volta na bolsa. Mas estou mais desconfortável com o fato de que o meu spray de pimenta não está mais lá. Tenho certeza de que estava quando comecei a viagem. E agora não está mais.

Aonde ele foi parar?

Uma coisa que consigo localizar dentro dela é um isqueiro dourado.

O isqueiro foi presente de Jackson no meu aniversário mês passado, apesar de eu nem ter contado para ele que era meu aniversário. Ele deve ter descoberto na papelada.

Dennis estava começando a temporada mais movimentada no resort de esqui, e eu tinha me afastado dos meus amigos, já que estava trabalhando sem parar para guardar dinheiro para a chegada da bebê. Eu me resignei a passar meu aniversário de 23 anos sozinha. Foi quando Jackson apareceu com um bolo de chocolate — meu preferido. *Um passarinho me contou que era seu aniversário.*

Deixamos o bolo na minha casa e ele me levou para jantar, em vez de comermos comida chinesa direto das caixas do delivery na minha sala de estar. Fomos a um restaurante bacana a meia hora de distância e nos divertimos bastante. A garçonete não me olhou feio por ser uma garota grávida sem aliança. Aliás, ao falar com Jackson, se referiu a mim como "sua esposa" e ele não a corrigiu. Por um instante, pareceu que eu estava num universo paralelo em que Jackson era mesmo pai da minha bebê, nós dois íamos criá-la juntos e viver felizes para sempre.

Quando voltamos para o meu apartamento, Jackson puxou umas velas para colocar no bolo, embora felizmente não vinte e três. Ele brincou comigo por não ter um isqueiro para acendê-las.

Como assim você não tem isqueiro?

Bom, eu não fumo, expliquei.

Todo mundo tem que ter um isqueiro. Nunca se sabe quando você vai precisar de um.

Quando ele deu boa-noite, nós dois ficamos parados em frente à minha porta e, por uma fração de segundo, tive certeza de que ele ia me beijar. Mas aí o momento passou e, em vez disso, ele estendeu o braço e apertou a minha mão. *Feliz aniversário, Tegan. Nesse mesmo dia do ano que vem, você vai comemorar com a sua filha.*

Achei que fosse o fim da história. Mas então, duas semanas depois, ele apareceu com um cupcake, uma única vela e um isqueiro com o meu nome gravado. *Agora a gente pode fazer direito*, disse. E eu ri quando ele acendeu a vela no bolinho e me mandou fazer um desejo e soprar.

Meu desejo foi que, quando ele dissesse boa-noite naquele dia, me beijasse.

Não se realizou.

O isqueiro é lindo. Ele mandou gravar. Ninguém simplesmente compra um isqueiro gravado no caminho de casa depois do trabalho. Ele encomendou com antecedência só para mim.

A memória faz os meus olhos se encherem de lágrimas. Acho que não tinha percebido até agora o quanto estava me apaixonando profundamente por Jackson. Que idiota eu fui. Não tinha ideia de quem ele era de verdade. Não percebi que ele só estava "resolvendo as coisas comigo" para o chefe dele. Fiquei magoada por ele não acreditar em mim quando contei o que Simon fez de fato comigo, mas talvez ele soubesse desde o começo. Talvez Simon tenha contado o que aconteceu e ele estivesse fingindo ser meu amigo para impedir que eu procurasse a polícia.

Não tenho ideia de qual é a verdade. Só sei que Simon abusou de mim e Jackson me traiu.

Mas, independentemente de qual fosse a motivação dele, graças a Jackson, apesar de eu não ter meu spray de pimenta, tenho um isqueiro. Ainda tenho uma chance.

CAPÍTULO 34

POLLY

Minha conversa com Tegan não foi como eu esperava. Ela é tão jovem. Achei que seria fácil intimidá-la para ela aceitar ficar com a gente. Mas ela é mais teimosa do que imaginei.

Claro, a coisa mais inteligente a se fazer seria ela dar a bebê a alguém que pudesse cuidar dela. Alguém como eu. E, em troca, eu a ajudaria com as despesas médicas. Não temos muito dinheiro, mas eu apertaria os cintos e economizaria para dar tudo de que ela precisasse, se ela estivesse disposta a me dar o que desejo há anos.

Talvez ela pudesse ficar aqui. Poderia ficar de forma permanente no nosso porão, e poderíamos criar a bebê dela juntas — principalmente eu. Ela nem precisa de remédio ou cirurgia para os ferimentos. Sim, o tornozelo dela provavelmente está fraturado, mas eu poderia colocar uma tala, ela é jovem o suficiente para ele se curar sozinho, em algum momento — mais ou menos. Eu poderia até comprar um pouco de matéria-prima para fazer gesso. E temos aquela cadeira de rodas — eu deixaria para ela. Mesmo que Tegan nunca mais conseguisse andar sem muletas, não seria a pior coisa do mundo. Uma pessoa que não é madura o suficiente nem para deixar que eu tirasse aquela bota e realizasse os primeiros socorros não deve ligar tanto assim para a própria saúde e certamente não tem maturidade para ser mãe solo.

Também vou precisar comprar alguns suprimentos para o parto. Faz bastante tempo que não ajudo em um, mas com certeza vou me lembrar de tudo.

Antes de descer para conversar de novo com Tegan, faço um sanduíche e embrulho em papel-alumínio. Também pego mais alguns Oreos e ponho num Ziploc. Como ontem, vou até a residência dos Hambly na outra ponta da rua. A caminhonete de Mitch não está de novo, mas tem uma luz acesa lá dentro. Ou seja, Sadie está em casa.

Desta vez, quando toco a campainha, me afasto sem esperar uma resposta. Não quero que ela fique encrencada, mas a menina precisa comer.

Depois de ter cuidado de alimentar Sadie, desço até o porão. Quando chego ao pé da escada, Tegan já quase raspou o prato. Ela só costuma comer mais ou menos metade do que dou. Agora que sei que ela não está a fim de ficar aqui, queria ter colocado um pouco de antialérgico na comida dela. Fica para a próxima.

— Tem alguém cheia de apetite! — digo.

Ela dá um sorriso fraco.

— Eu preciso comer. Pela bebê.

— Claro que precisa. Tudo o que você faz de agora em diante é por ela.

Tegan acena com a cabeça timidamente.

— É, eu sei. E foi por isso que decidi. Preciso ir para o hospital. Agora. Você não vai me convencer a não ir.

Ergo as sobrancelhas.

— Você acha mesmo que é o melhor para a sua bebê?

— Acho. — A voz dela não vacila. — É.

— Sabe, a primeira coisa que vão fazer quando você chegar pela porta é enfiar um acesso e te dar um monte de drogas.

Seus olhos brilham de lágrimas.

— Por favor, Polly.

Como eu suspeitava. Ela não está nem aí para a bebê.

— Tá bom, então — digo. — Hank ainda não voltou, mas vou encontrar um telefone que esteja funcionando e chamar uma ambulância.

Os ombros dela cedem.

— Obrigada, Polly.

Claro, não tenho intenção de chamar ambulância nenhuma. Ela não vai sair do porão tão cedo. Mas, quanto mais tempo eu conseguir manter Tegan feliz, mais fácil vai ser.

CAPÍTULO 35

POLLY

Para o jantar, estou fazendo o prato preferido de Hank: bife à milanesa à moda do Sul, com molho de carne.

Mostre-me um homem que não gosta de bife à milanesa à moda do Sul e eu te mostro um homem que não sabe o que está perdendo. Uso a receita da minha mãe, que foi passada pela mãe dela. Minha mãe me convenceu a fazer na primeira vez que recebi Hank para jantar, quando ainda estávamos namorando. *Pelo que você me contou de Hank, ele parece um homem que gostaria muito de um bom bife à milanesa.* Ela estava certa. Acho que Hank se apaixonou por mim no dia em que experimentou o meu bife.

Ela também estava certa em relação a Hank. Assim que o conheceu, disse que era com ele que eu deveria me casar. Eu já estava pensando nisso, mas confiava mais na opinião dela do que na minha. Desde que ela morreu, ando me sentindo meio perdida. Como saber o que é certo ou errado sem a mãe para dizer?

Mas, quando estou no fundo do poço, ainda procuro conforto em suas últimas palavras para mim.

Um dia, a sua família vai estar completa.

E agora vou tornar isso realidade.

Passo os bifes nos ovos, em seguida os mergulho numa mistura de farinha, bolacha de água e sal quebrada e muito tempero. Depois, frito na frigideira de ferro até a casquinha estar dourada e crocante. Já preparei bife assim tantas vezes que faria de olhos fechados.

Para me entreter, ligo a televisãozinha que deixamos na cozinha. A tela tem mais ou menos o tamanho da minha mão e não a usamos com frequência, mas estou curiosa para ver se tem alguma atualização sobre o desaparecimento de Tegan, então sintonizo no noticiário local. Há uma breve menção a ela e não consigo deixar de notar que não falam de um marido. Não me surpreende ter uma confirmação de que ela estava mentindo.

Enquanto o bife chia na frigideira, amasso umas batatas numa tigela grande. Coloco bastante manteiga, creme de leite e sal. O purê de batata está quase chegando na consistência certa quando a porta da frente bate — Hank chegou.

Há um instante de silêncio enquanto ele tira a bota. Em seguida, seus passos pesados ecoam pelo corredor até ele parar na entrada da cozinha. Sorrio para ele do fogão.

— Estou fazendo o seu prato preferido — digo. — Está sentindo o cheiro?

Hank fica me encarando.

— Ela ainda está aqui?

— Claro que está. Eu te disse que ela ficaria alguns dias. Ela não se importa.

Ele não diz nada. Só se vira e sai da cozinha, os passos machucando a madeira da escada. Alguns minutos depois, o chuveiro é ligado.

Claramente, Hank ainda não está feliz com a ideia de Tegan ficar com a gente. Tudo bem. Ele vai se acostumar. Os fins justificam os meios.

O bife está dourado o suficiente, então tiro do fogão. Hank vai levar mais alguns minutos no banho, por isso faço um prato para Tegan. Só desci ao porão uma vez desde o almoço para ajudar com a comadre e garanti a ela que a ambulância estava a caminho. Isso pareceu acalmá-la, mas não vai funcionar por muito tempo. Então, trituro um comprimido de antialérgico e misturo no purê. Isso vai mantê-la quieta durante a noite.

Também corto o bife para ela. Nada de bom virá se eu der uma faca para ela.

Quando abro a porta do porão, Tegan está em silêncio. Sei que ela continua lá embaixo, porque aonde mais poderia ter ido? Mas fico desconfortável quando ela está tão silenciosa.

— Trouxe o jantar! — anuncio.

Os olhos dela estão quase vazios ao me encarar. Ela não parece bem. Mesmo que não estivesse com o tornozelo quebrado, ia ter dificuldade de sair da cama.

— Cadê a ambulância? Por que ainda não chegou?

Dou de ombros.

— Vai saber. Essa não é uma cidade grande como você está acostumada. Aqui, as pessoas são mais lentas. Pode levar um tempo para as coisas acontecerem.

— Já faz *horas*.

Deposito o prato na bandeja à sua frente. Ela mal olha. Está puta comigo.

— Será que foram para o endereço errado? — sugiro.

Ela me encara, os olhos injetados.

— Você por acaso chamou mesmo uma ambulância?

Ela é jovem, mas não é idiota.

— Claro que chamei.

— Porque eu acho que, se tivesse chamado — continua ela —, a ambulância com certeza já estaria aqui. Não acho que ainda estaríamos esperando.

— Como eu disse, talvez tenham entendido errado o endereço.

— Bom, então quem sabe você devesse ligar de novo.

Assinto devagar.

— Posso fazer isso. Mas, primeiro, vamos jantar.

Baixo os olhos para o purê de batata empilhado no prato dela. Se ela comer tudo, não vai mais pensar em ir embora. Mas Tegan não parece interessada no purê. Só fica me encarando com os olhos avermelhados.

— Acho que você não chamou uma ambulância — diz ela.

— Deixa de ser boba.

— Você não chamou, né?

Coloco as mãos na cintura.

— Mesmo que eu não tivesse chamado, teria sido pelo seu próprio bem. Você acha mesmo que ficaria melhor sob o bisturi de um cirurgião do que aqui?

— A decisão não é sua! É *minha*!

Empurro o prato um pouco mais para perto dela na bandeja.

— Talvez então você devesse tomar decisões melhores.

O que acontece em seguida é tão rápido que, se eu tivesse piscado, teria perdido a coisa toda. Ela pega o garfo do prato que eu trouxe e, por um segundo, me sinto aliviada. Ela vai deixar esse assunto de lado e jantar. Mas o que ela faz não chega nem perto disso. Tegan ergue o garfo acima da cabeça e, antes que eu consiga processar o que está acontecendo, crava fundo os dentes do talher na minha mão.

CAPÍTULO 36

POLLY

Dou um grito.

Claro que dou. A mulher *me furou com um garfo*. Que bom que não entreguei uma faca a ela!

Arranco a mão da bandeja, com o garfo ainda preso na pele entre o polegar e o indicador. Felizmente, um segundo depois, ele cai, porque definitivamente não ia ser agradável puxar aquilo.

— Qual é o seu problema? — grito.

— Você precisa chamar uma ambulância — diz Tegan entre os dentes. — Precisa chamar *agora mesmo*.

Já cansei dessa patacoada. Subo correndo os degraus do porão, segurando a mão direita, que agora está com bastante sangue escorrendo. Será que dá para pegar tétano de um garfo? Vou precisar pesquisar, embora acredite que estou com a antitetânica em dia.

— Polly! — grita Tegan atrás de mim. — Chama uma ambulância!

Bato a porta do porão ao sair, ofegante. Sem dúvida eu não precisava correr, já que não tinha como ela me seguir. Mas parecia haver alguma chance de ela reunir uma força sobre-humana e me perseguir com o tornozelo quebrado. Afinal, eu nunca esperei que ela fosse me furar com um garfo, pelo amor de Deus. Aquela garota tem mais coragem do que achei que tivesse.

Hank está descendo do quarto. Ele passa por mim a caminho da cozinha, mas para e dá meia-volta.

— Polly?

É aí que noto que tem sangue por toda a minha blusa.

— Polly. — Ele arfa. — O que você fez com ela?

Eu o encaro, possessa.

— Eu não fiz nada. O sangue é *meu*. Ela me furou com um garfo.

Mostro a ele minha mão machucada como evidência. Ele faz uma careta.

— Deus do céu.

— Está tudo bem. Você pode só... pode me trazer o kit de primeiros socorros? Preciso desinfetar.

Hank marcha, obediente, até o armário do corredor onde guardamos o kit. Sigo para a sala atrás dele, que já abre o kit para mim na mesa de centro. Afundo no sofá e procuro na caixa com a mão esquerda os cotonetes com antisséptico enquanto ele me observa.

— Por que ela te furou? — pergunta ele.

— Ela está meio confusa.

— Acho que é hora de ela ir embora.

— Hank...

— Eu só não entendo o que você está tentando conseguir aqui. — Ele me observa do outro lado do sofá. — As estradas já estão liberadas. Ela precisa ir para o hospital.

— Você nunca confia em mim — resmungo. — Estou fazendo isso pelo bem dela.

Hank fica em silêncio por um instante, assistindo à minha batalha com o curativo. Por fim, ele se aproxima e me ajuda a fixá-lo.

— Da próxima vez — diz —, eu que vou descer lá.

Faço que não enfaticamente.

— Não acho que seja uma boa ideia. Ela não gosta de você.

— Bom, ela não pode fazer comigo nada pior do que fez com você. — Ele ergue as sobrancelhas. — Enfim, se ela está brava com você, é melhor dar uma chance para ela se acalmar.

Não estou muito animada com a ideia, mas me recordo do antialérgico no purê. Se ela comer, vai estar grogue quando Hank descer para pegar a louça suja. Não é como se eles fossem ter uma grande conversa, que é algo que eu preferiria evitar.

E, no momento, de fato não estou animada para descer lá outra vez.

— Tá — falo.

Espero que isso não seja um erro.

CAPÍTULO 37

TEGAN

Não me arrependo de ter furado Polly com um garfo.

Ela estava pedindo. Falou que chamou a ambulância, mas não chamou. Ela está mentindo em nome de Hank. Tudo bem ela não conseguir se defender, mas não pode esperar que eu engula essa palhaçada. No segundo que vi a mão dela vulnerável na bandeja, ao meu alcance, não consegui resistir. Eu estava tão irritada.

Mas, depois de ela gritar e subir correndo, com sangue escorrendo pela blusa toda, senti, sim, uma pontada de remorso. Polly ainda está com aquele hematoma escuro no pulso e, embora seja sempre ela quem desce até o porão, não acho que seja quem está manipulando a situação.

É Hank que quer que eu fique aqui. Tenho certeza. É ele que está me mantendo presa, e ela só está fazendo o que ele manda. Se for esse o caso, não é ela que merece ser furada com o garfo. Ela também é uma vítima.

Qual será o plano de Hank para mim? Pensar nisso me causa um arrepio na espinha.

Eu como a refeição que Polly me trouxe, apesar da falta de apetite. O bife à milanesa está incrível, embora eu tenha que comer com a mão, uma vez que meu garfo continua no chão. O purê de batata também está bom, mas, depois de algumas porções, começo a notar aquele retrogosto parecido com giz que estava no frango, então deixo de lado. Tenho quase cem por cento de certeza de que o que quer que tivesse naquele molho barbecue foi o que me fez dormir metade do dia. Hank está me drogando para me manter subjugada e eu não vou mais colaborar.

Por volta das oito da noite, a porta se entreabre. Espero ouvir os passos leves de Polly na escada, mas o meu estômago se revira ao perceber que as passadas são bem mais altas e pesadas. Não é Polly que está descendo a escada.

É Hank.

Meu coração bate dolorosamente conforme os passos ficam mais altos. Quando chega ao pé da escada, ele para por um instante. Mesmo que eu conseguisse ficar em pé, ele ia ser bem maior que eu — ele parece ser uns trinta centímetros mais alto que eu e duas vezes mais pesado. Presa nesta cama de hospital, estou completamente à sua mercê. Ele está de jeans bem surrado e camisa de flanela vermelha e preta, e, assim como na primeira noite em que o vi, uma barba grossa esconde metade do seu rosto.

Ele é ainda maior e mais assustador do que eu me lembrava. Principalmente só parado ali ao pé da escada, me observando em silêncio. Não consigo parar de tremer.

Esse homem é o motivo de eu estar aqui. Ele bate na mulher e agora se recusa a me deixar ir embora.

— Vim pegar o seu prato — diz ele baixinho.

— Tá bom — murmuro.

— Você não vai tentar me furar, vai?

Faço um movimento brusco com a cabeça para olhar para o chão, onde o garfo ainda está caído, levemente ensanguentado.

— Não posso.

Hank pega o talher, examina os dentes e enfia no bolso. Ele dá um passo à frente, eu me encolho.

— Por favor — sussurro. — Por favor, não...

Ele suspira e pega o prato à minha frente. Eu me contorço, tentando ficar o mais longe dele possível, embora, com a minha barriga e a minha perna, eu claramente não vá a lugar algum. Mas ele não faz nada sinistro tipo tentar me pegar ou acariciar meu cabelo ou meu rosto. Só pega o meu prato como se fosse um auxiliar de garçom.

— Boa noite — murmura ele ao se virar para ir embora.

— Espera! — grito. Posso até não confiar nele, mas não consigo deixar de tentar ir embora. — Por favor! Não vai! Eu faço o que você quiser. Só, por favor, chama uma ambulância. Por favor!

Hank não diz nada enquanto segue em direção à escada.

— Por favor! — grito de novo. — Eu faço o que você quiser! Qualquer coisa! Só, por favor... Me deixa ir...

E agora ele está subindo como se não me ouvisse.

Tá, implorar não me levou a lugar nenhum. Gente como ele... essa gente curte ver os outros sofrendo. Ele deve adorar me ver suplicando.

Não, a primeira coisa que realmente chamou a atenção deles foi furar Polly com aquele garfo. Talvez eu estivesse no caminho certo ali. Talvez, se eu decidir lutar, eles decidam que sou encrenca demais. Já ouvi falar que homens miram mulheres que parecem submissas como Polly, mulheres que não se defendem.

Preciso mostrar a ele que não sou fraca.

— Ei! — chamo. — Ei, Hank?

Ele continua subindo os degraus, me ignorando.

— Ei! — chamo de novo. — Você precisa falar para Polly que, da próxima vez que ela descer aqui, vai ser furada no olho.

Hank fica congelado no degrau. Ele vira a cabeça para me olhar.

— Como é?

Bom, finalmente chamei a atenção dele.

— Você me ouviu. E, se vocês não me derem um garfo, vou encontrar outra coisa. Talvez as minhas unhas.

A expressão no rosto de Hank fica sombria. Parecia uma boa ideia falar todas essas coisas, mas agora não tenho tanta certeza.

Ele desce pisando forte, jogando meu prato no pé da cama, de modo que bate na minha perna e dispara uma onda de dor lancinante. Não consigo saber se era a intenção dele ou não, mas deu conta do recado.

Em seguida, ele vem na minha direção para eu poder olhar bem nos olhos castanho-escuros dele.

— Escuta aqui. — Ele se aproxima de mim e consigo sentir cheiro de bife à milanesa e cerveja em seu hálito. — Vamos tirar você daqui dentro de alguns dias, Srta. Werner. Eu te prometo. — A voz dele vira um grunhido baixo. — Mas, se você puser outro dedo na minha esposa, um dedinho que seja, vai se arrepender.

Faz algumas horas que não uso a comadre e tudo que está na minha bexiga sai espontaneamente no papel absorvente embaixo de mim. Acho que nunca me senti tão apavorada na vida. Eu tinha julgado Polly por não se defender contra ele, mas, agora que vejo o que ela está enfrentando, entendo. Esse homem parece que arrancaria cada um dos meus membros alegremente.

— *Você me entendeu?* — diz ele naquele grunhido horrível.

Faço que sim com a cabeça, porque não consigo levar minha voz a funcionar.

Ele se demora por um segundo enquanto o meu corpo treme. Por fim, ele se endireita. Pega o prato de novo da cama e passa a mão para tirar a sujeira. Então, sem dizer mais nada, sobe a escada outra vez e bate a porta ao sair.

CAPÍTULO 38

POLLY

Hank está deitado ao meu lado sem dormir.

Sei que está acordado porque não está roncando. Ele ronca como uma motosserra, mas sempre consigo dormir independentemente disso. Mas, agora, é uma da manhã e ele não está roncando. Seus olhos estão bem abertos e ele está encarando o teto. Sinto a mão latejando sob o curativo.

Hank e eu passamos por muita coisa. Ele passou por muita coisa por minha causa. E esta é mais uma delas.

Espero não ter sido demais para ele.

Depois de pegar o prato, não o forcei mais a descer até o porão. Tegan precisava usar a comadre e eu não podia pedir que ele a ajudasse com isso. Não seria certo. Quando desci, o cabelo dela estava embolado e grudado no couro cabeludo, e ela parecia precisar de um bom banho. Mal conseguia me olhar e não respondeu quando perguntei como estava. *Pode acreditar*, falei para ela. *Essa não vai ser a pior coisa que vai te acontecer na vida.*

Na verdade, estou fazendo um enorme favor a ela. Estou devolvendo sua vida. Ela não vai precisar ser mãe de uma bebê carente que ela nem quer. E estou dando a mim e Hank uma chance de sermos felizes.

Um dia, a sua família vai estar completa.

Antes, eu torcia e rezava para minha mãe estar certa. Mas estou cansada de esperar que o universo me dê o que quero. Vou *garantir* que as palavras da minha mãe se tornem realidade.

— Ei. — Passo a mão pelo peito nu de Hank, que está coberto com uma camada saudável de pelos pretos. — Você está bem?

Ele vira a cabeça para mim.

— Precisamos conversar.

Ai, não. Nenhuma conversa boa jamais começou com essas duas palavras.

— Tá...

Ele se vira todo para mim. É difícil ver seus olhos com clareza no quarto escuro.

— Por que você está fazendo isso?

— Fazendo o quê?

Ele grunhe.

— Para com isso, Polly. Só fala logo por quê.

— Eu já disse. Estou tentando ajudar. Não vão cuidar direito dela no hospital.

— Mentira. Fala a verdade.

Ele me conhece bem demais. Consegue ver todas as minhas mentiras... bom, a maioria.

— Tegan é tão nova, não é nem casada. Nem tenho certeza de que ela sabe quem é o pai da bebê. Nós seríamos pais muito melhores para essa criança.

— Ah, Polly. — Ele põe uma mecha de cabelo atrás da minha orelha. Eu desfaço a trança quando estou na cama; Hank hoje em dia é a única pessoa que pode me ver de cabelo solto. — Isso nunca vai acontecer, você sabe.

— Você não tem como saber — digo, teimosa. — Se me der tempo suficiente, posso convencê-la. Nós duas podemos chegar a um acordo. A gente pode ajudá-la.

— Polly, ela te furou com um garfo hoje. Ela não vai te dar a bebê.

Tegan realmente me furou com um garfo. Isso é verdade. Mas estava muito mais tranquila quando desci mais tarde para ajudar com a comadre. O que quer dizer que não tentou me atacar. Chegou até a balbuciar um pedido de desculpas envergonhado por ter sujado os lençóis.

— Quero tentar convencê-la — digo. — Você concordou em me dar três dias. E se não der...

— Não me ameace. — Ele range os dentes. — Eu te disse que te daria três dias e não vou voltar atrás nisso. Além do mais, já mentimos para a polícia. Se você não fizer as pazes com aquela mulher, ela vai mandar prender a gente por sequestro.

— Vou resolver tudo. Você tem que confiar em mim.

— Como você acha que isso vai funcionar? Acha que vai fazer o parto daquela bebê no nosso porão? Simplesmente aparecer no consultório da pediatra com uma bebê aleatória?

Eu conseguiria fazer o parto, tenho certeza. Quanto à pediatra, vou pensar em alguma história para contar a ela.

— Deixa que eu me preocupo com tudo isso.

Mesmo no escuro, vejo a dúvida no rosto de Hank. Ele não confia em mim. Não acha que vai funcionar.

— Escuta — diz Hank. — Acho que você devia dar uma ligada para a Dra. Salinsky.

Odeio quando ele diz isso. Por que eu deveria ligar para a minha psiquiatra? Estou *feliz* pela primeira vez em um bom tempo. Estou animada com o nosso futuro juntos. Nós três.

— Não preciso da Dra. Salinsky — respondo entre os dentes.

— Não precisa contar para ela o que está acontecendo. Mas... acho que você deveria ligar.

— Hank. — Traço a curva de sua clavícula com a ponta do dedo. — Você não entende? Essa garota pode dar tudo o que a gente sempre quis. Ela pode tornar a nossa vida completa. Não vale a pena dar uma chance para isso?

— Mas eu já tenho tudo que sempre quis.

Meu marido às vezes me enlouquece.

— Bom, eu não tenho. E, se você não acha que vale a pena tentar tornar nossa família completa, então nem sei.

— Polly...

Mas para mim essa conversa já deu. Se Hank está fingindo que não quer um filho tanto quanto eu, então nem adianta falar com ele. Pego a coberta, puxo até o queixo e me viro de lado, de costas para ele. Seus dedos estão no meu ombro, mas não me viro.

— Preciso que você dê um jeito nisso, Polly — diz ele.

Não falo nada. Vou dar um jeito, mas não vai acontecer da forma como ele quer.

De qualquer jeito, vou ficar com a bebê de Tegan.

CAPÍTULO 39

TEGAN

Suplicar não funcionou.

Tentar criar uma conexão com Polly não funcionou.

Furar a mão dela com um garfo não funcionou.

Se vou sair daqui, tenho que fazer alguma outra coisa. Preciso me levantar, porque está claro que é o único jeito de eu ir embora.

Espero até a casa estar em completo silêncio. Embora não consiga discernir nenhuma conversa, escuto passos no piso acima de mim. As botas de Hank são particularmente distintas: têm som de trovão. Quando esses barulhos desaparecem, suponho que Hank e Polly tenham subido. Então espero mais uma hora, só para garantir.

Estou correndo um risco enorme, mas preciso fazer isso para me salvar e salvar a minha filha. Vou ter que ser extremamente silenciosa. Mesmo que Polly e Hank estejam dormindo, qualquer som do térreo pode acordá-los. Pensar em Hank me pegando no térreo, tentando ir embora, é simplesmente apavorante. E não estou em condições de correr dele. Só consigo imaginar o que ele vai fazer se me pegar.

Se me pegar.

Meus olhos se ajustaram ao escuro, o que é bom, porque estou com medo demais de acender a luz. Nas sombras, consigo identificar a escada que leva ao térreo. Prestei bastante atenção quando Polly subiu da última vez e não escutei nenhuma tranca girando, mas isso não quer dizer que não tenha uma. Mesmo que eu consiga subir a escada toda, talvez não dê para ir embora.

Mas pode ser que eles não tenham trancado a porta do porão porque acham que não sou capaz de subir. E, se eu sair do porão, vou direto pegar as chaves da caminhonete de Hank. Minha perna direita está mais ou menos normal, então devo conseguir dirigir. Só vou parar quando chegar a um hospital.

Tá bom, lá vou eu.

Estou deitada bem no meio da cama. Mexo nos controles para levantar a cabeceira até o fim e conseguir um pouco de impulso. E...

Por que estou tão zonza?

Mamãe, não estou me sentindo muito bem.

É a posição mais vertical em que fico desde que cheguei aqui. Começa a brotar um suor frio da minha testa e, por uma fração de segundo, quase parece que vou desmaiar. Respiro fundo algumas vezes e a tontura acaba melhorando.

Estou bem. Eu consigo. Estou bem.

Agora que a minha cabeça não está mais girando, corro os olhos pelo cômodo, escuro e quase todo envolto em sombras. Semicerro os olhos na escuridão, tentando avaliar as dimensões do porão. É relativamente pequeno, como o restante da casa, e a distância do pé da minha cama até a base da escada é só de uns três metros. Não é nada longe.

Enquanto estou contemplando o que fazer em seguida, algo chama a minha atenção no canto do cômodo. No canto direito dos fundos, que fica mais longe de qualquer janela e mais escuro que todos os outros. Quase parece que...

Tem alguma coisa se mexendo.

Prendo a respiração com o flash de movimento. Tem alguma coisa aqui, tenho certeza. Achei que estivesse sozinha aqui no porão. E se não estiver? E se Hank esteve aqui o tempo todo, me observando? Me vendo dormir. Me vendo entrar em pânico.

E me vendo sofrer. E se ele tiver escutado cada conversa que Polly e eu tivemos e estiver se certificando de que ela não me dê nenhuma chance de fugir.

E se...

Espera.

Ai, graças a Deus. É só um rato.

Não posso dizer que não estou um pouco enojada de estar dividindo o espaço com um roedor que deve ter entrado de fininho para evitar o frio, mas ainda é bem melhor que a alternativa. Um rato não vai fazer nada para me machucar. Só é nojento.

Empurro as mãos na cama para mudar meu peso corporal considerável para a direita, imaginando que vou conseguir sair por esse lado com mais facilidade, usando a perna que não está machucada. Sinto um raio daquela dor elétrica pela perna direita, o que não é agradável, mas consigo respirar até passar.

Você consegue, Tegan.

Dou um jeito de balançar a perna direita e tirá-la parcialmente da cama. A dor elétrica é ruim, mas nada com que eu não tenha lidado antes. Agora é hora de mexer a perna esquerda. Respiro fundo e pego a coxa esquerda com as mãos para mexê-la.

Mas, no segundo em que a minha perna se move no colchão, um choque de dor atravessa o meu corpo todo, fazendo a dor no ciático ser fichinha em comparação. É uma dor lancinante. É o suficiente para eu arfar e parar no meio do movimento.

Ai. Meu. Deus.

Não achei que a dor fosse ser tão grave. Ainda nem tentei colocar peso na perna. Nem a balancei para fora da cama, mas a dor me fez ver estrelas. Não existe a menor chance de engolir o choro com essa dor, ela é maior que tudo.

E está piorando.

Fico olhando para a bota que ainda cobre o meu pé esquerdo. Eu me recusei a permitir que Polly a tirasse porque doía demais e achei que logo estaria num hospital, mas agora queria ter deixado. Não tem nada de bom acontecendo dentro dessa bota. A pior parte é que, embora a dor seja avassaladora, mal sinto o pé. A perna toda é só uma massa dolorosa, mas sem qualquer sensação na ponta.

Mexa os dedos.

Tento mexer os dedos do pé esquerdo. Não consigo saber se eles estão fazendo algo, já que estou com essa bota idiota, mas definitivamente não consigo sentir. Não é um bom sinal.

Meus olhos se enchem de lágrimas de frustração. Não consigo sair da cama. Não posso salvar a Atunzinha e a mim. Estamos as duas nas mãos daquele homem terrível.

CAPÍTULO 40

TEGAN

TRÊS DIAS DEPOIS DO ACIDENTE

Depois da minha tentativa fracassada de sair da cama, passei o restante da noite quebrando a cabeça para descobrir o que fazer agora. Infelizmente, quando Polly desce logo de manhã cedo, ainda não tenho nenhuma ideia brilhante. Ela está de novo com o cabelo preso numa trança perfeita, mas não consigo deixar de notar que está com olheiras e a pele parece estar com manchas.

— Bom dia! — Sua voz em geral alegre parece forçada. — Quer a comadre?

— Quero.

Enquanto Polly me ajuda, noto que sua mão direita está com um curativo onde a machuquei e sinto uma pontada de culpa. É Hank quem a está forçando a me manter aqui. Só Deus sabe o que ele faz com ela quando os dois estão lá em cima. Às vezes escuto batidas lá, e sempre estremeço. Hank é um homem incrivelmente assustador; eu vi por conta própria. Não consigo imaginar o que aconteceria se ela o desafiasse.

Mas talvez essa seja a chave. Talvez Polly e eu possamos nos ajudar mutuamente.

— Há quanto tempo você e Hank são casados? — pergunto quando ela sai do banheiro depois de esvaziar a comadre.

Ela para, surpresa por minha pergunta.

— Pouco mais de dez anos.

— Como vocês se conheceram?
— Ele consertou o meu carro. — Ela costuma parecer muito faladeira e simpática, mas agora tem uma desconfiança em seu tom. — E depois a gente saiu para jantar.
— Dez anos é muito tempo — comento. — E casamento nem sempre é fácil.
Polly me olha por bastante tempo antes de enfim responder:
— Não, não é fácil.
É a minha chance. Ela não está feliz no casamento. Posso ajudar. Embora ela seja mais velha que eu, talvez eu possa dar conselhos. Talvez nós duas possamos ter um final feliz aqui.
— Às vezes, maridos podem fazer coisas para machucar.
Ela acena a cabeça devagar.
— Sim...
— Mas isso não significa que é certo, Polly.
— Não — concorda ela —, nunca é certo. Um marido jamais deveria machucar a esposa.
Eu me dou um tapinha nas costas. Estou de fato fazendo-a entender. Consigo trabalhar com essa mulher. Posso convencê-la a chamar a polícia quando o marido sair para trabalhar. Quem sabe até hoje.
— Polly — digo devagar —, você não precisa fazer o que Hank manda só porque tem medo de ele te machucar.
Ela levanta a cabeça bruscamente. Eu não deveria ter dito isso, foi cedo demais. Quase vejo as pontes caindo.
— Do que você está falando? Como ousa! Hank jamais me machucaria. *Jamais.* Ele é um homem bom.
— É, mas... — Gesticulo para o roxo desbotando no pulso dela. — Ele obviamente perde o controle às vezes.
Ela baixa os olhos para o pulso e seu rosto fica vermelho. Polly baixa a manga do suéter.
— Isso não foi Hank. Foi... um acidente.
— Um acidente?

— Exato — responde ela, irritada, mas não elabora, e não consigo imaginar nenhum "acidente" capaz de causar um hematoma assim. — Enfim, você deveria se preocupar com você mesma. Vai ficar com escaras se passar muito mais tempo nessa cama. E não quer que os seus músculos atrofiem.

Não é uma ameaça vã. Tem uma dor persistente na parte inferior do meu corpo de passar tanto tempo deitada e estou ficando mais fraca a cada dia. Quero me mexer desesperadamente, mas o meu tornozelo não está nem um tiquinho melhor. Nem consigo imaginar tentar andar.

— O que eu posso fazer?

Ela aponta para a cadeira de rodas no canto.

— Me deixa levantar você. Vai ser melhor do que passar o dia deitada na cama.

Por mais que odeie ficar aqui deitada, pensar em mexer o tornozelo esquerdo me deixa nauseada. Mas ela tem um bom argumento. Pelo jeito não vou embora daqui hoje, e seria uma boa ideia me mexer um pouco.

Talvez eu consiga encontrar uma forma de sair.

— De repente depois do almoço — falo.

Polly se anima.

— Ótima ideia. Acho que vai ser muito bom para você.

Enquanto Polly sobe a escada para pegar o meu café da manhã, passo a mão na barriga. Sinto um chute tranquilizador da Atunzinha. Ela está bem. É só isso que importa.

Fica tranquila, Atum. A mamãe vai te tirar daqui do jeito que for preciso.

CAPÍTULO 41

POLLY

Não sei do que raios Tegan estava falando.

Ela começou a tagarelar alguma bobagem sobre Hank, que não me machucaria nem se tivesse uma arma apontada para a cabeça dele. Mas, claro, ela viu os hematomas deixados por Mitch e fez suposições.

Não que Tegan seja uma santa. Ela mentiu sobre ter um marido e claramente engravidou por acidente. Não quer essa bebê nem se importa o suficiente para não beber uísque de um cantil durante a gestação — e enquanto dirige, ainda por cima! Não estou surpresa por ela ter enfiado o carro numa árvore. Teve sorte de não ter perdido a bebê.

Quero que ela admita que está mentindo sobre ter um marido. Quero que ela admita que está sozinha e não quer a bebê. Porque, se fizer isso, vou ter certeza de que é a coisa certa a fazer.

De todo modo, essa criança precisa nascer o mais rápido possível. Ela me disse que está de oito meses, ou seja, pode levar um tempinho antes de entrar em trabalho de parto espontaneamente. Não tenho dúvidas de que o acidente vai acelerar as coisas, mas não o bastante.

Trabalhei por um tempo como enfermeira no centro obstétrico e estou confiante de que vou conseguir fazer o parto. Lembro que os médicos costumavam prescrever magnésio para acelerar o processo, mas não posso fazer isso aqui. Então começo a pesquisar como induzir um parto em casa.

Muitos sites sugerem sexo e longas caminhadas. Bom, ela não vai fazer *nenhuma* dessas coisas. Não pode fazer longas caminhadas. E, quanto a sexo, acho que eu até poderia pedir a Hank que...

Não. De jeito nenhum. Ele jamais concordaria.

Andei tentando encorajá-la a sair da cama para tomar banho, achando que talvez isso ajudasse. Mas ainda não é um grande desafio atlético. Não, ela não é capaz de realizar nenhuma atividade física no momento. Tem que ser algo tomado oralmente.

Depois de vasculhar a internet, descubro uma receita de algo chamado Poção das Parteiras. O site alega uma taxa de sucesso de oitenta e cinco por cento de indução de parto dentro de vinte e quatro horas. Os ingredientes incluem óleo de rícino, suco de pêssego, chá de limão e manteiga de amêndoa.

Verifico os armários para ver o que tenho. Tenho chá, mas não é de limão. Tenho manteiga de amendoim, mas não de amêndoa. Suco de laranja, mas não de pêssego. Pelo jeito, vou ter que ir ao supermercado. O que significa que vou ter que deixar a casa com Tegan sozinha no porão.

É arriscado, mas vale a pena se a bebida induzir o parto como prometido. Hank não vai me deixar manter essa mulher lá por muito mais tempo.

Quando desço para servir o café da manhã de Tegan, ela está deitada quieta na cama. Parece estranhamente submissa em comparação a antes. Talvez tenha se cansado um pouco de lutar.

— Aqui está. — Coloco o prato de ovos com bacon na bandeja diante dela, junto com um copo grande de suco de laranja. Tomei cuidado de não incluir um garfo. Ela pode comer com as mãos. — Um café da manhã nutritivo.

— Obrigada.

— Sabe — digo —, quando você tiver a sua filha, vai precisar fazer três refeições por dia, todo dia.

Ela me olha irritada.

— Eu sei.

— Não dá para pular só porque está cansada, machucada ou de ressaca.

Ela lança um olhar estranho para mim, mas não diz nada. Pega um pedaço de bacon crocante e dá uma mordida.

— Só estou falando — continuo — que ser mãe é um trabalho pesado. E você é tão nova. Deve ter várias outras coisas que quer fazer com o seu tempo.

— Eu dou conta — insiste ela, embora haja um tremor na voz.

— Bom, espero que sim. Maternidade não é para todo mundo.

Espero que ela confesse que está temerosa de ter que cuidar de uma bebê que não para de gritar. Vejo nos olhos dela que a verdade é essa. Mas ela é teimosa e obviamente se recusa a admitir.

Tá bom.

Quando subo, Hank já saiu para a oficina sem se despedir. Ele sempre se despede de manhã. Sempre me beija, diz que queria não precisar me deixar e então me envolve num abraço que me lembra quanto me ama. Hoje, não fez nada disso.

Mas a verdade é que estou feliz de ele ter ido. Preciso correr até o mercado e não quero que ele saiba o que vou comprar.

Entro no meu Bronco e dirijo até o centro comercial onde fica o supermercado. Faço muitas das minhas compras na mercearia familiar a cinco minutos de casa, mas não tenho certeza de que lá vão ter todos os ingredientes de que preciso. Além do mais, o caixa do Benny's me conhece e vai ficar se perguntando por que estou comprando ingredientes tão estranhos. Melhor ir a um mercado onde eu possa me manter anônima.

Encontro os quatro ingredientes com facilidade, depois jogo mais alguns itens no carrinho para servir como disfarce. Uma caixa de leite. Um pouco de carne para hambúrguer. Quase pego uma lata de fórmula infantil, mas então me pergunto se seria suspeito e decido não levar. Quando chegar a hora, mando Hank buscar.

Tenho mais ou menos doze itens quando chego ao caixa, onde uma mulher de cabelo grisalho sem a menor pressa passa todas as compras. Olho meu relógio. Saí faz menos de uma hora. Não é tanto tempo, mas parece uma eternidade quando se tem uma bomba-relógio no porão.

Enquanto estou parada na fila, consigo ver o estacionamento através das portas deslizantes. Tem uma viatura parada, e o meu coração fica pesado. Será que é o mesmo policial que esteve na minha casa ontem? Como no outro dia, ele está falando num rádio. Eu me forço a desviar o olhar.

É possível que ele esteja aqui atrás de mim? Será que Tegan deu um jeito de se libertar no curto tempo em que passei fora e alertar a polícia? Não, é impossível. Como eles saberiam que estou no supermercado? Só pode ser coincidência.

De todo modo, preciso voltar para casa o mais rápido possível. Preciso ver como Tegan está.

— Ah, oi, querida — diz a caixa quando finalmente chega a minha vez. — Que dia frio, né?

— É — respondo. Em geral, gosto de bater papo com caixas. O que mais tenho atualmente é tempo. Mas hoje estou irritada com essa funcionária tagarela.

Ela pega o frasco de óleo de rícino, depois o suco de pêssego.

— Passou da data prevista, meu bem?

— Como é?

A caixa olha incisivamente para a minha barriga. Estou usando um casaco de inverno muito volumoso, então não dá para ver muita coisa. Até onde ela sabe, eu posso estar grávida de quarenta semanas.

— Você pegou todos os ingredientes para um coquetel de induzir parto. Achei que estivesse querendo agilizar as coisas na questão do bebê. De quantas semanas você está?

Coloco a mão na barriga. Penso em negar, mas talvez não devesse. Afinal, se no futuro eu voltar aqui com uma bebê, não vai fazer mal se as pessoas acharem que eu estava grávida.

— Quarenta e uma.

— Ui. — Ela faz cara feia. — Bom, você deve estar ansiosa para esse pequeno sair. Boa sorte com o coquetel! Funciona mesmo.

Estou contando com isso.

Quando chego ao estacionamento com a minha sacola de compras de papel pardo, quase espero que o policial aponte uma arma para mim e me diga que estou presa. Mas isso não acontece. Aliás, a viatura foi embora. Só estou sendo paranoica.

Enquanto dirijo de volta para casa, me sinto cada vez mais agitada por conta da minha interação com a caixa. Eu devia ter dito para ela que eram só ingredientes aleatórios. Agora, ela vai se lembrar de mim. E se a polícia começar a perguntar por aí sobre uma mulher grávida? Pode ser que ela se recorde e diga que eu estava comprando ingredientes para induzir um parto. A caixa não conseguia ver que eu não estava grávida, mas a polícia vai saber só de olhar para mim.

Por que não fiquei com a minha boca idiota calada?

Mas, quando chego ao fim da rua sem saída onde fica a minha casa, esqueço totalmente a caixa. Porque há outra coisa com que me preocupar.

Tem um carro desconhecido na minha entrada. E um homem parado na varanda, na minha porta.

E ele está me esperando.

CAPÍTULO 42

TEGAN

Não estou com o meu spray de pimenta. Mas estou com o isqueiro que Jackson me deu.

Não tenho certeza do que fazer, mas não posso sair daqui andando, isso está claro. Se eu quiser ir embora, vou precisar que a ajuda venha até mim. E, embora eu talvez não tenha uma arma, tenho uma forma de fazer fogo.

Estou certa de que, quando me deu este isqueiro, Jackson não imaginava que ele ia salvar a minha vida.

Tem um detector de fumaça no canto do cômodo, não muito longe da cama. A luz vermelha indica que está funcionando. Então, se houver um incêndio aqui embaixo, ele vai disparar.

Mas tenho que tomar muito cuidado. A última coisa que quero é botar fogo no porão e acabar torrada viva. Mas, se a chama for pequena, os alarmes vão disparar e Polly vai ser obrigada a ligar para a emergência.

Admito que estou um pouco preocupada de não ser suficiente. Pode ser que Polly se sinta capaz de extingui-lo sozinha. Mas é a minha única chance.

Primeiro, preciso de algo para queimar.

Essa parte é fácil. Tem várias revistas empilhadas na mesa de cabeceira ao lado da cama. Pego uma delas e rasgo uma foto do rosto de Jennifer Aniston. Nada contra Jennifer Aniston. Mas preciso queimar alguma coisa.

Minha mão está tremendo um pouco quando pressiono o polegar na roda acionadora até chegar ao disparador. Há uma pequena faísca, mas nada de fogo. Tento de novo e, desta vez, acende. Uma chama laranja contínua se levanta do isqueiro. É um isqueiro de qualidade.
Obrigada, Jackson.
Por que você tinha que acabar sendo tão babaca?
Seguro as páginas da revista e encosto a chama na ponta. Quase instantaneamente, pegam fogo.
Bingo.
Enquanto as chamas crescem, seguro os papéis e os balanço no ar. Fico de olho no detector de fumaça.
Começa a soar.
Por favor, pelo amor de Deus, começa a soar.

CAPÍTULO 43

POLLY

Não reconheço esse homem.

Parte de mim quer ir embora, mas seria a pior coisa que eu poderia fazer, dado o que está escondido no meu porão. De qualquer forma, ele já me viu. O som do motor do meu Bronco faz o homem virar a cabeça e estreitar os olhos para o meu carro, fazendo contato visual comigo.

Pelo lado bom, ele não parece irritado. Não parece bêbado. E não está com farda da polícia. Está usando um gorro de lã com uma jaqueta de esqui por cima de jeans e bota. Não parece mesmo um investigador. Talvez seja só um vendedor. Talvez não seja motivo de preocupação.

Então desligo o motor do meu Bronco e saio do carro, segurando a sacola de ingredientes na mão direita. Pelo menos *ele* não vai reconhecer o que estou tentando fazer com isso.

— Olá — digo com uma simpatia forçada. — Como posso ajudar?

O homem mantém os olhos azuis injetados em mim enquanto me junto a ele na varanda. Ele tira a mão do bolso do casaco e a estende para mim.

— Oi. Meu nome é Dennis Werner. Posso falar com você por um segundo?

Werner. Não é um sobrenome que eu gostaria de ouvir no momento.

— Pode... — Fico parada na varanda, com o ar frio fazendo as minhas bochechas arderem. Mas não vou deixá-lo entrar. — É sobre o quê?

Dennis Werner enfia as mãos de volta nos bolsos do casaco.

— Na verdade... É sobre a minha irmã, Tegan. Ela está desaparecida faz três dias.

— Ah. — Ponho uma expressão confusa no rosto. — Eu... sinto muito ouvir isso.

— Ela estava... ela estava indo me ver. — O pomo de adão dele sobe e desce um pouco. — Mas acho que foi pega pela tempestade. Enfim, o carro dela foi encontrado batido numa árvore não muito longe daqui. Mas a polícia não está conseguindo encontrá-la. E as buscas estão intensas.

— Puxa — digo. — Que coisa terrível. É, a polícia passou por aqui ontem perguntando, agora que você mencionou. Mas não vi ninguém.

— Certo... — Dennis olha por cima do ombro para a paisagem branca com árvores cobertas de neve até onde o olho consegue ver. — É que ela não foi jogada do carro. Não tinha nenhuma janela quebrada, e todas as portas estavam fechadas. A bolsa e a mala de lona dela não estavam no carro e... a minha irmã não iria mesmo viajar sem essas coisas, então definitivamente estavam com ela quando saiu.

— Que estranho!

Ele pressiona os lábios.

— Minha irmã não desiste nunca. Ela está grávida de oito meses e teria feito o possível para encontrar ajuda. E essas casas aqui... são as mais próximas de onde o carro dela foi encontrado.

Dou de ombro.

— Queria mesmo poder ajudar, mas, como eu disse, não a vi.

— Faz algumas noites já, foi na noite da nevasca. Tem certeza de que você não ouviu nada? Batidas à porta que achou que pudesse ser outra pessoa? Se soubermos que ela passou por aqui, talvez a gente consiga encontrá-la...

Desespero nos olhos dele. Eu poderia contar que a irmã dele está aqui no nosso porão. Poderia acabar com isso agora mesmo.

— Infelizmente não.

— Entendo. — Ele baixa os ombros. — E a outra casa? Eu bati à porta e ninguém atendeu.

— Mitch Hambly e a filha dele moram lá — falo. — Ele não costuma estar em casa durante o dia. — Abaixo um pouco a voz. — Ele é meio alcoólatra, então duvido que ajudaria uma mulher procurando ajuda. Mas nunca se sabe.

Dennis Werner acena com a cabeça devagar. A respiração está trêmula, e ele pisca rápido. Está tentando afastar as lágrimas.

— Desculpa — consegue dizer. — Eu... eu estou morto de preocupação com a minha irmãzinha. Não paro de imaginar todas as coisas terríveis que podem ter acontecido com ela e...

Mande esse homem embora, Polly. Diga para o cara bacana que você não tem como ajudar e aí o mande embora.

Em vez disso, falo:

— Quer entrar para tomar um café? Você pode se esquentar por um minutinho.

Ele hesita por um instante, então faz que sim.

— Obrigado. Só um minutinho.

Dennis entra em casa atrás de mim e a imbecilidade épica do que estou fazendo me atinge como uma tonelada de pedras. Nosso porão não é à prova de som. Se Tegan me chamar ou fizer qualquer barulho alto, a farsa acabou. E Hank e eu vamos ganhar uma passagem só de ida para a cadeia. E, mais importante, não vamos ter a nossa bebê.

— Que casa aconchegante você tem. — Dennis tira o gorro, revelando uma cabeleira castanho-clara. Ele se parece um pouco com Tegan. — Muito bacana.

— Obrigada. A cozinha é por aqui.

Prendo a respiração ao passarmos pela porta do porão. Também percebo que existe uma chance muito real de Tegan conseguir ouvir a voz do irmão de lá de baixo. Rapidamente o direciono para a cozinha.

— Por favor, sente-se. — Gesticulo para a mesa. — Como você gosta do café? Com leite? Açúcar?

— Só um pouquinho de cada. — Ele tira o casaco de esqui e pendura nas costas da cadeira. É magro e musculoso, mas não seria páreo para o meu marido. Infelizmente, Hank não está aqui para me proteger no momento. — Muito obrigado...

— Polly.

— Polly. — Ele consegue dar um sorriso. — Prazer. Me desculpa por ter ficado um pouco abalado lá fora.

Começo a passar o café, torcendo para conseguir tirá-lo daqui o mais rápido possível. Minhas mãos tremem um pouco quando sirvo o pó.

— Totalmente compreensível.

— E eu não paro de me culpar — continua ele. — Ela estava indo me visitar. Achei que ela tivesse tempo antes da nevasca, mas ela não saiu no horário que mandei. Era eu que deveria ter ido vê-la. Não queria faltar no trabalho, mas... Meu Deus, ela é minha irmã e está grávida. Eu deveria...

— Você não pode pensar assim. — Olho nervosa para o bule de café, querendo que passe mais rápido. — E, se ela não foi encontrada no carro, aposto que achou ajuda em algum lugar. Aposto que ela está bem.

— Então por que ela não entrou em contato com ninguém?

— Será que perdeu a memória?

— É, mas ela está com a bolsa. — Ele me lança um olhar perplexo. — A carteira dela está lá, com todas as informações.

Não tenho uma resposta para isso que não envolva contar que a irmã dele está presa no meu porão sem acesso a um telefone.

— Em geral, tento pensar positivo. Tenho certeza de que ela vai aparecer sã e salva.

Ele consegue dar um sorrisinho.

— Você parece Tegan. Ela tenta sempre ser positiva.

— É a chave da felicidade.

Ele balança a cabeça.

— É que... é que estou com medo de ela ser encontrada enterrada embaixo de um monte de neve, morta congelada.

A cafeteira apita, avisando que o café está pronto. Graças aos céus. Pego uma das canecas brancas do armário em cima da pia e sirvo para ele mais ou menos dois terços da caneca. Adiciono uma dose de leite e uma pitada de açúcar, então apresento a bebida fumegante.

— Muito obrigado — diz ele. — Você não vai tomar?

Se eu tomar café, vou entrar em parafuso.

— Não, não. Tomei um pouco mais cedo.

Dennis dá um golinho enquanto eu me junto a ele à mesa da cozinha, querendo que beba mais rápido. Começo a tamborilar sobre a mesa, distraída.

— Desculpa — fala ele. — Você deve estar ocupada. É melhor eu ir.

— Só preciso cuidar de algumas tarefas. — Forço um sorriso. — Mas desejo muita sorte para encontrar a sua irmã.

Ele desliza a caneca de café bebida pela metade na mesa e começa a colocar o casaco. Solto um suspiro de alívio. Ele está indo embora. Cometi um erro idiota, mas não vai acontecer nada de terrível por isso.

De repente, um som alto vindo do porão.

Dennis levanta a cabeça subitamente.

— O que foi isso?

— Isso? — Minha risada soa terrivelmente falsa aos meus próprios ouvidos. — É a nossa gata. Ela vive derrubando coisas.

Já acordei no meio da noite achando que tinha um ladrão em casa!

— Ah.

Por um instante, Dennis Werner estuda o meu rosto. Minhas bochechas ficam quentes, ele vai perceber que estou mentindo. Vai irromper no porão, encontrar a irmã lá embaixo e tudo chegará ao fim.

Claro, se eu for bem rápida, posso empurrá-lo pela escada do porão. Uma queda dessas com certeza o deixaria inconsciente. Posso amarrá-lo antes de ele acordar — se ele acordar. No entanto, tem o problema do carro dele. Eu teria que achar um jeito de me livrar disso também. Mas as chaves estão no bolso dele.

Se for preciso, consigo me livrar desse homem.

— Eu tinha uma gata quando era criança — conta Dennis. — Ela vivia derrubando tudo. Não dava para deixar um copo de água na mesa.

— Então você entende!

Ele sorri para mim. Aleluia, consegui me safar dessa. Não preciso matá-lo e desovar o corpo, afinal. Que bom, porque, sinceramente, não sei se conseguiria.

Eu o acompanho até a porta de casa. Ele agradece mais uma vez a minha hospitalidade e anota o telefone num papelzinho. Pede que eu ligue caso fique sabendo de qualquer coisa. Prometo que vou ligar. E, sem mais, ele se foi.

No segundo que a porta bate, corro até a porta do porão e chamo:

— Tegan? Está tudo bem?

Não há resposta. Abro a boca para chamar o nome dela de novo, mas, antes de conseguir falar, sinto um cheiro forte de fumaça. E não é só um pouquinho de fumaça, está forte a ponto de eu ficar chocada por não ter sentido o cheiro lá de cima.

Nossa casa está pegando fogo.

CAPÍTULO 44

TEGAN

Acendi três grupos de folhas de revista sem sorte.

Por fim, pego a revista toda — tenho que arriscar fazer um fogo maior. Na pressa, derrubei várias revistas no chão, e a bandeja toda virou, o que me deixa preocupada com a possibilidade de ter alertado Polly de que havia algo acontecendo aqui embaixo. Isso quer dizer que não tenho muito tempo.

Bem quando a ponta da revista pega fogo, uma voz flutua escada abaixo.

— Tegan? Está tudo bem?

Polly está vindo. É a minha última chance.

Seguro a revista flamejante na direção do detector de fumaça. Abano, torcendo para disparar o alarme. Nada acontece. Não tenho muito tempo, e o fogo está começando a chamuscar os meus dedos, então, em vez disso, lanço a revista na pilha que joguei no chão. Mais rápido do que imaginei, a pilha toda explode em chamas.

Agora sim.

Prendo a respiração, esperando o alarme de incêndio soar. Mas, antes que isso aconteça, Polly irrompe no porão. Deve ter visto a fumaça do alto da escada e corre o mais rápido que consegue.

— Tegan! — grita ela. — O que você está fazendo?!

A pilha de revistas ao lado da cama está rapidamente desaparecendo sob as chamas crescentes. Em um instante, Polly arranca um cobertor da minha cama e joga em cima do fogo para abafá-lo. Em seguida, antes que eu perceba o que está fazendo, ela agarra o isqueiro dourado da mesa de cabeceira onde o deixei.

— Qual é o seu problema? — berra Polly. — Você podia ter queimado a casa toda com você dentro!

— Desculpa. Achei que o alarme de incêndio ia...

— Não tem alarme de incêndio no porão — diz ela.

Então foi tudo em vão. E, mesmo que tivesse um alarme, vai saber se alguém teria ouvido.

— Como você pode ser tão burra? — Ela balança a cabeça para mim. — Se não consegue agir de forma responsável pelo seu próprio bem, pelo menos pensa na sua bebê!

Percebo quanto ela está certa. Até onde sei, Polly não fez nada para machucar a mim ou a Atunzinha. Mas, se eu tivesse colocado fogo neste cômodo, poderia ter morrido aqui. Polly não é capaz de subir a escada comigo. E, considerando o quanto estamos longe da civilização, o corpo de bombeiros levaria um tempo para chegar aqui. A casa teria queimado inteira comigo dentro.

Eu não teria feito isso se não estivesse desesperada.

Meus olhos se enchem de lágrimas.

— Eu só quero ir para o hospital. Você não pode ligar para a emergência, por favor?

Polly fica em silêncio por um segundo, me olhando.

— Infelizmente, não posso. Pelo menos não agora. — Ela fecha os dedos em torno do isqueiro. — Mas vou guardar isso para você não fazer mais nenhuma idiotice com ele.

— Foi presente...

— Eu não vou *roubar*. — Ela parece ofendida. — Vou devolver quando você for embora daqui. E, pode acreditar, você vai. — Ela lança um olhar sério. — Só vê se não vai ser num saco mortuário.

Polly coloca o isqueiro no bolso do jeans. E é isso: a minha única arma em potencial agora já era.

Estou preocupada com a possibilidade de que, independentemente do que aconteça, eu vá, sim, sair daqui num saco mortuário.

CAPÍTULO 45

POLLY

Em torno de uma da tarde, enquanto estou lavando a louça do almoço, ouço a batida à porta.

Ainda estou à flor da pele por ter descoberto aquele incêndio no porão. Eu nem sabia que ela tinha um isqueiro. Eu me lembro vagamente de ter visto na bolsa e fui burra demais de não pegar, como fiz com o celular e o spray de pimenta. Ela podia ter matado nós duas com essa gracinha. Bom, eu teria me safado. Mas ela e a bebê provavelmente teriam morrido.

E se ela tivesse conseguido disparar o alarme de incêndio enquanto o irmão estava aqui? Teria sido bem ruim. Ela não sabe como chegou perto de criar um problema sério para mim.

Preciso ficar mais de olho em Tegan. É óbvio que não dá para deixá-la sozinha por muito tempo. Mesmo presa na cama, ela gosta de arrumar problema.

E agora tem alguém à porta de novo.

Imediatamente, meu coração dispara. Não pode ser nada bom. Será que Dennis Werner voltou depois de decidir investigar o barulho no porão? É o policial de ontem outra vez?

Queria fingir que não estou em casa, mas o meu Bronco está bem na entrada. E, enfim, quem quer que seja, com certeza vai voltar mais tarde.

Seco as mãos no jeans e corro até a porta. Da janela, não vejo nenhuma luz azul e vermelha piscando, então é um bom sinal.

Não tem ninguém aqui para me prender por sequestro. Verifico o olho mágico e o meu coração desacelera.

É Sadie.

Abro a porta, e ela está lá parada com o casaco puído, o cabelo loiro-escuro ainda nas tranças que fiz para ela dias antes, embora quase se desfazendo. O que eu mais quero no mundo é comprar um casaco decente para essa garota. E botas. E esfregar o rosto dela um pouco.

— Oi, Sadie — digo. — O que foi, querida?

— Oi, Polly. — Ela arranha a calça de *stretch* que está usando, que tem um buraco no joelho esquerdo. — Hum, acabou a nossa bolacha.

Levo um segundo para entender o que ela está me dizendo. Dois dias atrás, ela falou que tinha almoçado bolacha de água e sal. Hoje, não tem mais bolacha. O que significa que, nos últimos dois dias, a única coisa que ela teve para comer, sem contar os sanduíches que preparei, foram bolachas e, agora, elas acabaram.

— Entra — chamo. Eu tinha jurado não deixar mais ninguém entrar na nossa casa, mas Sadie não entra nessa categoria. Não existe nada que vá me impedir de deixar essa garotinha entrar.

Sadie me acompanha até a sala e fica com as bochechas rosadas.

— Que quentinho aqui!

Não está *tão* quente na nossa casa. Só quente o bastante para ser confortável, o que faz com que eu me pergunte se Mitch Hambly está pagando a conta de aquecimento.

Levo Sadie direto para a cozinha, onde sirvo um copo de suco de laranja até a boca e começo a preparar um sanduíche. Eu adoraria fazer comida de verdade para ela, mas a coitadinha deve estar morta de fome, então é melhor ser rápida. Vou para os frios de novo. Sadie gosta de mortadela.

— As aulas estão canceladas por causa da neve? — pergunto.

— Não — responde ela. — Mas, quando tem neve demais no ponto do ônibus escolar, o ônibus não passa.

Sinto a ira subir no peito. O ônibus escolar é obrigado a buscá-la de qualquer jeito, ele não pode deixá-la para trás só por causa de um pouquinho de neve além do normal. E, no fim das contas, Mitch podia ter limpado a área ao redor do ponto. Vou precisar pedir a Hank que faça isso quando voltar para casa. Eu mesma faria, mas estou bem relutante em deixar Tegan sozinha outra vez.

Coloco o sanduíche diante de Sadie e, antes mesmo de conseguir me sentar junto a ela na mesa da cozinha, ela devorou o lanche em, tipo, três mordidas. Fico observando, me perguntando quando foi a última refeição decente que ela fez. Nem dou chance para ela pedir: pego o prato e começo a montar um segundo sanduíche.

— Você tem mais Oreo? — pergunta ela, com esperança.

— Mas é claro! — respondo.

Guardo os biscoitos na despensa, só para não me sentir tentada demais a beliscar durante o dia. É difícil passar o dia todo em casa, e a tentação de comer para acabar com o tédio é forte. Termino de montar o segundo sanduíche de Sadie e saio da cozinha para olhar o armário da despensa.

Não gosto tanto assim de Oreo, mas Sadie gosta, então sempre tenho na despensa. Encontro um pacote quase cheio na terceira prateleira e, pouco antes de fechar a porta, vejo de novo aquele ursinho de pelúcia marrom. O que segura o coração vermelho.

Hank estava tão animado no dia que trouxe esse urso para casa. Seu rosto praticamente reluzia quando ele apertou o bichinho de pelúcia nos meus braços. *É para vocês dois.* Eu tinha rido. *É o primeiro presente dela... ou dele.*

Então, no dia seguinte, minha menstruação desceu.

Estendo a mão e acaricio o pelo macio do ursinho. Ainda está em perfeitas condições, sem ninguém nunca ter babado nele, sem a orelha mordida por nenhum neném. Eu tinha começado a acreditar que nunca daríamos aquele urso para uma criança nossa.

Mas agora está tão perto que já sinto o gostinho.

Fecho a porta da despensa, armada com o pacote de Oreo. Volto à cozinha para ver se Sadie terminou o segundo sanduíche. Estou tentada a deixar que ela pegue todos os biscoitos que quiser, mas provavelmente não deveria permitir isso. Dois ou três vão ser suficientes.

Só que, quando volto à cozinha, a cadeira que Sadie estava ocupando está vazia.

— Sadie? — chamo.

Saio da cozinha, imaginando que ela foi usar o banheiro. É quando noto uma coisa.

A porta do porão está escancarada.

CAPÍTULO 46

POLLY

Sadie entrou no porão.

Isso não é bom.

Se ela vir Tegan lá embaixo... bom, não sei bem o que vai fazer. Ela pode só ter 7 anos, mas é uma menina esperta. Vai entender o que está acontecendo.

Preciso lidar com essa situação.

Eu me aproximo da porta com o coração batendo forte. As luzes estão acesas lá dentro e, conforme me aproximo, vejo Sadie parada lá, no terceiro degrau de cima para baixo. É como se estivesse paralisada, com medo de ir mais fundo no porão.

— Oi? — chama a voz de Tegan. — Polly?

Ai, não.

— Sadie! — sibilo para a garotinha. — Sadie, não é para você descer aí!

Sadie vira a cabeça para me olhar, com os grandes olhos azuis luminosos. Está de boca aberta, mas sem falar nada.

— Quem está aí? — chama Tegan da cama de hospital. A voz dela falha. — Tem alguém aí? Eu preciso de ajuda! Por favor, me ajuda!

Tomo uma decisão rápida. Fecho os dedos no pulso magrelo de Sadie e a puxo na direção da porta do porão. Ela me segue obedientemente, tropeçando no degrau de cima. Quando saímos do porão, fecho a porta. Sadie está me olhando.

— O que você estava fazendo lá embaixo? — pergunto, irritada.

— Eu ouvi um barulho — responde ela, com a voz cheia de medo, o que faz com que eu me arrependa imediatamente do meu tom duro. — Achei que você estivesse lá embaixo procurando biscoitos e queria te dizer que também podia ser Fig Newton, se não tivesse Oreo.

Não consigo fazer o coração desacelerar. Minhas mãos estão tremendo demais e preciso fechá-las em torno do peito.

— Você não devia ter descido lá.

O queixo de Sadie estremece.

— Desculpa.

— Aquela mulher lá embaixo — digo — é... é a minha prima. Ela está doente. Muito, muito doente. E estou cuidando dela. — Pauso. — E ninguém pode descer lá porque vai pegar a doença dela. — Pauso de novo. — Você entende?

— Você está cuidando dela? — pergunta Sadie, devagar.

— Isso.

— Porque você é enfermeira?

— Exato. — Consigo dar um sorrisinho. — Ela vai ficar boa, mas não quero você nem mais ninguém doente que nem ela. — Pergunto de novo: — Você entende?

Ela faz que sim, solene.

— E, também — complemento —, não conta para ninguém sobre isso. Porque, se as pessoas souberem, vão querer visitar e podem ficar doentes. Então vamos manter isso entre nós duas, tá bom?

— Tá — diz Sadie baixinho.

E acredito nela. Ela vai guardar o meu segredo.

— Boa menina. — Coloco a mão em seu ombro delicado. — Agora, vou embalar uns Oreos para você levar para casa. E, se quiser comida de novo, é só vir aqui e eu preparo o que você quiser. Não precisa esperar até ficar com muita fome.

Só que, da próxima vez, vou estar com a comida pronta com antecedência para poder entregar a ela e mandá-la para casa. Não posso arriscar ter ninguém em casa enquanto Tegan estiver no porão. Nem mesmo Sadie.

CAPÍTULO 47

TEGAN

Estou surtando de tédio.

Não tem muito o que fazer aqui. Andei completando as cruzadinhas que Polly me deu e folheando as revistas, que são bem velhas. Tentei ler alguns livros, mas não consegui me concentrar em nada. Estou até começando a sentir saudade do meu trabalho no supermercado.

Por volta da hora do almoço, tive certeza de ter ouvido alguém entrar no porão. Não sabia quem era, mas não parecia Polly. Os passos eram diferentes, eles eram mais suaves e mais hesitantes. Quase consegui discernir o som de uma respiração e aí — tive quase certeza — uma fungada. Mas, quando chamei por ajuda, não houve resposta.

Fiquei me perguntando se tinha imaginado coisas.

Então, quando Polly desce no meio da tarde e me oferece a oportunidade de sair da cama, decido aceitar.

— Acha que consegue me levantar sozinha? — pergunto enquanto ela traz a cadeira até a cama e trava as rodas.

— Claro. — Ela ri.

Não duvido. Polly é bem mais alta que eu e, apesar de magra, é forte. Não tenho dúvida, com base em seu conhecimento e em sua eficiência com o equipamento neste cômodo, de que ela é mesmo enfermeira, e com certeza durante a carreira transferiu uma boa quantidade de pacientes para cadeiras de rodas.

Mas, ao mesmo tempo, a esta altura, estou apavorada com a ideia de alguém sequer encostar na minha perna.

Ela passa uma esponja na cadeira antes de tentar me colocar nela. Tem uma fina camada de poeira no assento e, quando ela termina, o metal reflete a luz do teto.

— Pronta? — pergunta ela.

Não. Mas preciso fazer isso. Se tenho alguma esperança de sair deste porão, primeiro preciso sair da cama.

Polly é muito delicada e tem um ar confiante que me faz acreditar que não vai me derrubar. Não consigo deixar de pensar que, se eu um dia conseguir viver meu sonho de fazer faculdade de enfermagem, ela é exatamente o tipo de enfermeira capacitada que eu gostaria de ser. Vamos bem devagar e, quando ela muda a posição das minhas pernas por mim, a dor não é tão lancinante quanto na noite passada, quando tentei sozinha. Quando ela me põe sentada, sinto aquela onda de tontura que leva ainda mais tempo para passar do que ontem.

— Você está bem? — pergunta Polly.

— Ã-hã — consigo dizer.

Ela espera quase um minuto antes de eu dar sinal verde para prosseguir. Então, tira as minhas pernas da cama muito, muito devagar. Está indo bem, mas, no segundo que minha bota esquerda toca o chão, grito de dor.

— Tegan. — Ela se endireita para olhar nos meus olhos. — Estou muito preocupada com essa perna. Você me deixa tirar a bota, por favor?

Ela tem razão. Ela tem toda a razão, a bota precisa sair. Só que, neste ponto, já faz tempo suficiente para eu estar tomada de medo do que tem lá embaixo. Coloquei na cabeça que a bota está segurando toda a minha perna, como uma tala. E, se ela tirar, meu pé vai simplesmente desintegrar.

— Não — respondo. — Deixa.

Ela me olha sério, mas não insiste.

Polly trouxe um cinto, imagino que do próprio guarda-roupa. Prende na minha cintura, logo abaixo da protuberância da barriga, e segura enquanto me leva da cama para a cadeira num só movimento controlado. Embora ela esteja tomando cuidado, a dor da perna esquerda sendo movida basta para os meus olhos se encherem de lágrimas. Mas, de repente, conseguimos. Estou na cadeira.

— Olha só você! — diz Polly com a voz animada. — Saiu da cama!

Objetivamente, não é uma conquista lá tão impressionante, mas, no momento, parece. Polly posiciona as minhas pernas nos apoios, outra aventura agonizante, mas depois fico bem. Estou segura na cadeira e, pela primeira vez, consigo me deslocar pelo cômodo.

— Obrigada — falo. — Isso é ótimo.

Ela sorri para mim.

— De nada!

— Então, como se usa isso?

— Ah, é mamão com açúcar. — Ela toca o aro de impulsão da cadeira. — É só empurrar para a frente para ir em frente e para trás para ir para trás. Se quiser virar à direita, vira a roda direita... Você sacou, né?

Faço um teste, me empurrando pelo comprimento do porão. É mais difícil do que imaginei, dada a minha circunferência abdominal. Mas Polly está me animando.

— É um ótimo exercício — diz ela. — Você devia dar umas voltas pelo porão.

— Sim. — Passo os dedos pelo aro de impulsão.

— Eu só... eu só queria poder sair desse cômodo.

Na mesma hora, o sorriso desaparece do rosto dela. Eu não devia ter dito isso. Estávamos criando uma conexão e talvez fosse uma oportunidade de conversar com ela sobre o abuso do marido. Mas vejo as pontes desmoronando outra vez.

— Vou te dar privacidade — avisa ela. — Preciso mesmo começar a preparar o jantar.

Ela desaparece escada acima, mas isso não é ruim. Afinal, eu não podia explorar de verdade este espaço com ela aqui comigo. Com ela aqui, não tenho a menor chance de sair.

Uma vez que a porta do porão bate lá em cima, começo a explorar. Felizmente, Polly manteve o chão relativamente livre. Fora umas poucas mobílias, posso rodar por aí.

Alguns porões têm portas que levam diretamente para o lado de fora. Presumo que Polly não me deixaria sozinha se eu conseguisse sair por aqui, mas talvez ela não saiba da porta. É bastante improvável, mas pode ser a minha única esperança.

Dou uma volta completa, mas nem sinal de uma porta secreta. Imaginei. E, quanto às janelas, são altas demais para alcançar mesmo que eu conseguisse me levantar, coisa que não consigo. Mas, se eu pudesse ficar de pé, poderia empilhar algumas caixas no canto e subir lá...

É idiotice cogitar isso. Não posso me levantar. Mal consegui ir da cama até a cadeira, e isso com Polly fazendo todo o trabalho. E, mesmo que eu conseguisse chegar lá em cima, duvido que a minha barriga caberia.

Sim, minha prioridade é sobreviver. Tenho que conseguir sair e tenho que salvar a Atunzinha. Mas, de forma egoísta, estou preocupada com o dano no meu tornozelo a cada dia sem cuidado médico. Se estiver quebrado, os ossos estão sem dúvidas se calcificando do jeito errado. E ainda não tenho cem por cento de certeza de que consigo mexer os dedos, porque não consigo vê-los.

E se a minha perna sofrer dano permanente? E se, de alguma forma, eu conseguir me libertar, mas for tarde demais para os médicos consertarem o prejuízo? E se eu precisar usar muleta pelo resto da vida? E se a dor nunca melhorar?

Tudo bem, tem coisas piores. Não posso pensar nisso agora, de todo modo. Preciso me concentrar em sair deste lugar. Preciso fazer isso pela minha filha.

Por favor, salva a gente, mamãe! Estou contando com você!

Não posso decepcioná-la.

Vou com a cadeira até a escada. As rodas da frente batem inutilmente no primeiro degrau. Não vou subir um lance de escada numa cadeira de rodas, disso eu tenho certeza. Mas, agora que saí da cama, talvez tenha um jeito. Se eu conseguisse me abaixar para fora da cadeira, poderia usar a força dos braços para me içar pelos degraus um a um. E talvez conseguisse estender a mão e abrir a porta no alto.

Seguro os aros de impulsão, testando o meu peso. Será que consigo?

Não. Não consigo. É tão inútil quanto ontem à noite.

Não consigo me abaixar com segurança na escada. Mesmo que fosse capaz disso, na melhor das hipóteses, com essa bola de basquete na barriga não dá. Tem peso demais. Vou cair no chão, o que pode machucar a bebê, e aí Polly vai perceber o que eu estava tentando fazer. Nunca mais vai me deixar sair da cama.

Se não posso sair daqui sozinha, só tem mais uma coisa que posso fazer.

Preciso encontrar uma arma.

CAPÍTULO 48

TEGAN

Tem que ter alguma coisa que eu possa usar como arma neste porão.

Infelizmente, ele foi usado como quarto de hospital para a mãe de Polly e está limpo e higienizado. Não vai ser fácil encontrar alguma coisa para usar como arma. Mas tem que haver *algo*.

Vou com a cadeira até a cama. Tateio a lateral de plástico, vendo se tem algo que eu consiga soltar e que tenha uma ponta afiada. Mas a cama é de qualidade. Não tem nada perigoso nela.

Polly deixou um copo de água para mim na mesa de cabeceira. Se eu o quebrar, os cacos de vidro serão extremamente afiados. Porém, quando o pego, percebo na hora que é de plástico. Não é uma arma.

Está mais difícil do que pensei.

Vasculho as gavetas da mesa de cabeceira. Tem que ter alguma coisa aqui. Até um clipe de papel pode ser transformado em arma. Mas a única coisa na mesinha inteira que chega perto são alguns lápis. E estão frustrantemente sem ponta.

Cacete.

Mas não posso desistir. Preciso fazer isso por Atum. Tenho que tirá-la daqui. Porque tenho uma sensação ruim de que, se não fizer alguma coisa, nenhuma de nós duas vai sair viva.

Minha próxima parada é o banheiro, que felizmente tem uma porta larga o suficiente para passar a cadeira de rodas.

Tem que ter *alguma coisa* aqui para eu usar. Até uma pinça pode funcionar.

O armário de remédios está fora do meu alcance. Mesmo quando me apoio no braço da cadeira e me estico o máximo que consigo, não dá para chegar. O que pode ser bom, porque, se eu achasse algum analgésico lá dentro, seria quase certo ficar tentada a tomar comprimidos demais. Da mesma forma, há algumas prateleiras na parede bem longe do meu alcance.

Eu me recosto na cadeira, bufando. A pia tem uma gavetinha embaixo. Procurei em todo lugar deste porão, então é a minha última chance de encontrar algo que eu possa usar para ir embora daqui. Abro com força, esticando o pescoço para ver o que tem dentro.

O conteúdo é totalmente desinteressante. Uma escova com alguns fios de cabelo branco presos entre os dentes. Um pente. Uma pasta de dente anunciando um sorriso mais branco. Fio dental.

Cada vez mais frustrada, enfio a mão dentro da gaveta, tateando, torcendo para os meus dedos baterem em algo afiado. Mas não batem. São só escovas de dente extras, mais fio dental e então um saquinho plástico que parece meio grudento. Puxo o saquinho e o meu coração para.

Ele contém duas seringas. E uma agulha.

Considerando que eu tinha planejado usar um lápis como arma, a agulha parece um presente de Deus. Isto vai me tirar daqui.

Abro o saquinho plástico. Puxo a seringa e a removo da embalagem. Obviamente está na gaveta há um tempo, mas parece funcional. De qualquer forma, não preciso dela para aplicar medicamento, só preciso que segure a agulha.

Em seguida, pego a agulha e tiro a proteção de plástico. Parece se encaixar rosqueando na seringa. Pego a seringa, me preparando para rosquear e...

Derrubo a agulha.

Ai, não.

Em circunstâncias normais, isso não seria grande coisa.

Mesmo uma semana atrás, eu poderia me abaixar lentamente para pegar. Mas, agora, essa agulha no chão parece estar a quilômetros de distância. Como se eu tivesse que correr uma maratona inteira para chegar a ela. E com certeza a qualquer minuto Polly vai descer para ver como estou. Como vou conseguir pegá-la a tempo?

Você consegue, mamãe!

Preciso tentar. Pela minha filha.

Posiciono a cadeira ao lado da agulha. Imagino que não tenha jeito de eu me esticar por cima da bola de basquete na minha barriga, mas quem sabe eu possa pegar de lado. Eu me abaixo o máximo que consigo e minhas costas sofrem um espasmo, seguido por uma dor lancinante no meu tornozelo. Mas ainda estou a vários centímetros de distância.

Droga.

Preciso descobrir um jeito de chegar mais perto. Olho para o meu pé direito, posicionado no apoio. Se não estivesse ali, eu poderia me aproximar da agulha.

Respiro fundo. Levanto delicadamente a perna direita do apoio, ignorando como isso dispara um choque de dor excruciante na outra perna. Então me abaixo e giro a placa. Agora, me dei mais alguns centímetros de alcance. E, quando os meus dedos se fecham na agulha, toda a dor vale a pena.

Quando Polly descer outra vez, vou estar pronta para ela.

CAPÍTULO 49

POLLY

Enquanto Tegan está passeando de cadeira de rodas pelo porão, faço para ela uma leva da Poção das Parteiras.

Ainda estou abalada pelo irmão dela ter aparecido aqui de manhã, por Sadie quase ter descoberto o nosso segredo e, para piorar, por Tegan quase ter queimado a casa consigo dentro. Tudo isso enfatiza o fato de que não posso mantê-la aqui para sempre. É arriscado demais. Preciso colocar as coisas em movimento, o que significa acelerar o trabalho de parto dela.

Começo fervendo água, depois passo o chá. Deixo o saquinho na infusão por dez minutos inteiros na caneca de cerâmica, porque as instruções dizem que precisa ser "bem forte". Quando está marrom-escuro, coloco no liquidificador. Em seguida, adiciono duas colheres de sopa de óleo de rícino, duas colheres de sopa de manteiga de amêndoa e meia xícara de suco de pêssego. Por fim, pressiono o botão para bater.

Fico olhando o líquido se transformar numa cor homogênea de café com leite. Admito que não parece apetitoso. Vai ser um desafio fazer Tegan beber.

Mas talvez beba. Ela parece estar cooperando mais, principalmente agora que a ajudei a sair da cama. Foi um risco dar mais mobilidade para ela no porão, mas estou preocupada com a possibilidade de ela desenvolver um coágulo sanguíneo de tanto ficar deitada. Embora não seja o mesmo que andar, é melhor que nada.

A cadeira de rodas era da minha mãe. Compramos quando ela ficou fraca demais para andar, e eu a encorajava a usá-la pelo menos uma vez por dia. Eu me lembro de transferi-la com o mesmo cuidado que tive com Tegan e seu tornozelo quebrado. Perto do fim, minha mãe estava tão frágil que parecia que eu seria capaz de quebrar os ossos dela se a levantasse de qualquer jeito. Mas ela sempre confiava em mim.

Tegan precisa confiar da mesma forma. Ela parece ter aceitado que está presa aqui pelo menos pelo futuro próximo, e Hank... bem, não parece estar ativamente fazendo nada para ela ir embora. Com sorte, se essa bebida fizer o que deve fazer, ela não vai precisar ficar muito mais tempo.

Coloco a mistura numa caneca. Enfio uma colher dentro e provo. Tem gosto de manteiga de amêndoa. Não é tão ruim quanto parece, mas não é algo que eu beberia por prazer.

— O que é isso?

Fico tão assustada que quase derrubo a caneca. Hank está parado na entrada da cozinha, com aquela ruga profunda entre as sobrancelhas. Depois dos últimos dias, ele nunca mais vai se livrar dessa ruga.

— É para Tegan — digo. — É para ajudar com a náusea.

— Ah — fala Hank.

— O que você está fazendo tão cedo em casa?

— Só queria ver como estão as coisas. — Ele franze a testa para mim. — Ela está bem?

— Está ótima — garanto a ele. — Ela está muito bem. Eu a coloquei na cadeira de rodas da minha mãe e ela está se movendo bem por aí. Está muito grata.

— Imagino — murmura ele.

— Ela me contou que acha que seríamos um bom lar para a bebê dela — falo. — Está pensando nas opções.

Hank só fica me olhando.

— Quem sabe ela não decide até amanhã — completo.

De novo, Hank fica em silêncio. Coça a nuca com a ponta dos dedos manchadas de óleo.

— Vou tomar banho.

Ele não acredita em mim. Não acha que vai funcionar do jeito que quero. Queria que ele confiasse em mim como antes.

Assim que Hank desaparece escada acima, desço os degraus do porão com minha caneca da Poção das Parteiras. Encontro Tegan na cadeira de rodas da minha mãe, sentada ao lado da estante de livros, inspecionando a coleção.

— Oi — digo.

Ela levanta a cabeça para mim.

— Oi.

— Esses livros eram da minha mãe.

Ela faz que sim.

— Hank está em casa?

Ela não para de me perguntar sobre ele, como se isso fosse mudar alguma coisa.

— Está.

Ela parece estar prestes a dizer mais alguma coisa, então põe os olhos na caneca que estou segurando na mão direita.

— O que é isso?

— Ah. — Balanço a mistureba na caneca. — É um remédio natural para dor. Pesquisei na internet. Achei que seria melhor que um analgésico.

— O que tem nele?

— Chá de limão — respondo. — E suco de pêssego e manteiga de amêndoa.

Não menciono o óleo de rícino. Estou com medo de isso assustá-la e ela não beber.

Ela torce o nariz.

— E como isso funciona para aliviar a dor?

— A combinação de limão e pêssego entorpece as fibras nervosas — explico, inventando na hora. — E a manteiga de amêndoa mantém no seu sistema digestivo por mais tempo, para funcionar por um período maior.

Parece que poderia ser verdade, não parece?

— Experimenta — insisto.

Ela estreita os olhos para mim.

— Toma você primeiro.

Ah, pelo jeito ela descobriu que andei batizando a comida dela com antialérgico. Felizmente, não tem nada nessa mistura que eu relutaria em ingerir. Obedientemente, dou um gole, deixando que ela veja minha garganta se mexendo enquanto o líquido viaja pelo meu esôfago.

— É gostoso! — comento.

Tegan lança um olhar de soslaio ao aceitar a caneca. Ela cheira como se ainda não tivesse certeza de que não está envenenado. Mas deve estar sofrendo mesmo, porque acaba dando um gole. Mal consigo conter o sorriso no rosto.

Logo nossa família vai estar completa.

— Uau — comenta ela. — Dá para sentir mesmo o gosto da manteiga de amêndoa.

— Não sei se vai funcionar, mas mal não pode fazer, não é mesmo?

— Acho que sim. — Ela hesita e dá mais um gole. — Na verdade, não é tão ruim.

— Que bom — digo. — Espero que funcione.

Espero mesmo.

Ela dá mais um grande gole.

— Quero que você saiba que, se eu for mesmo para o hospital, não vou deixar me darem nenhum remédio para dor. Você tem razão. Não é bom para a bebê.

— Acho que não é assim que funciona. Não vão conseguir dar um jeito nas suas fraturas sem medicação.

— Então vou esperar até parir antes de deixar que eles deem um jeito.

Franzo a testa.

— Achei que você estivesse preocupada com as suas pernas se curarem do jeito errado.

— Estava. — Ela dá mais um gole. Quase metade da bebida já foi. Oitenta e cinco por cento de chance de parto nas próximas vinte e quatro horas. — Mas você tinha razão. Ela é mais importante. Se eu não puder mais andar, isso não é tão essencial quanto ter uma bebê saudável.

— É — falo. — Que bom que você concorda.

— Então... — Ela dá mais um gole. — Você acha que pode ligar para o hospital?

Ah, então era esse o motivo da conversa. Toda essa história de não deixar os médicos darem medicação para a dor é balela. Ela só está tentando me convencer a levá-la para o hospital.

— Tegan...

— Por favor, Polly. — Seus olhos azuis imploram a mim. — Eu preciso ir para o hospital. Você sabe disso.

— Tegan...

— Eu conheço um abrigo para mulheres. — Seus olhos se enchem de lágrimas. Ela não está mais bebendo. — Se você precisar se afastar de Hank, eu te ajudo.

Fico olhando para ela.

— Posso te ajudar a largá-lo, Polly — diz ela. — Você pode começar uma vida nova. E nunca mais vai ter que se preocupar com ele te machucando. Você vai estar em segurança. Prometo.

— Preciso ir — balbucio.

— Polly, não! — O pânico inunda as feições dela. — Não dá para continuar assim. Você sabe. Mais cedo ou mais tarde, alguém vai descobrir que você está me mantendo refém aqui.

— Não necessariamente. Seu irmão veio aqui hoje de manhã te procurar e não sabia que você estava aqui.

Eu não deveria ter contado isso. Estava tentando argumentar, mas isso parece enfurecê-la. Quando menos espero, ela joga a bebida em mim. O líquido marrom mancha a minha blusa, e a caneca cai no chão e quebra. Em seguida, a mão dela se fecha no meu braço com força surpreendente, me arrastando para mais perto.

— Se você se mexer — diz ela —, vou enfiar isso bem no seu pescoço.

Levo um segundo para perceber do que ela está falando. Então vejo.

Ela está segurando uma seringa na mão direita, com uma agulha a milímetros do meu pescoço.

CAPÍTULO 50

POLLY

Como posso ter sido tão burra?

No fim da vida, minha mãe precisava de cada vez mais analgésicos só para sobreviver ao dia. Parecia que eu estava o tempo todo correndo na farmácia para comprar mais comprimidos. Mas às vezes esses comprimidos não eram suficientes, e às vezes ela não conseguia engolir direito, então eu também tinha remédios injetáveis para os momentos realmente ruins. Felizmente, não era um grande problema injetá-los nela uma vez que sou enfermeira. Eu costumava guardar as seringas e as agulhas no banheiro.

Pelo visto nunca me livrei delas.

— Tegan — consigo dizer —, não faz isso. Você está cometendo um erro terrível.

Ela solta uma risada dura.

— Você está brincando, né? Eu finalmente estou fazendo alguma coisa para sair daqui e você me diz que é um erro? Acho que não.

Olho para a seringa na mão direita dela. Tegan está segurando bem firme o meu pulso direito, mas a minha mão esquerda está livre. Eu poderia tentar golpeá-la ou pegar a seringa. Seria muito difícil eu perder uma briga. Ela tem muitas desvantagens no momento.

Entretanto, Tegan está desesperada. Vai saber do que ela é capaz. Não quero ser furada na jugular com uma agulha.

— O que você quer? — pergunto o mais calmamente que consigo.

Ela cerra os dentes.

— Quero que você ligue para a emergência e diga que estou aqui. Quero que você faça isso agora mesmo.

Tateio o meu bolso de forma ostensiva.

— Tegan, eu te ajudaria, mas deixei o celular lá em cima. Não tenho como ligar para ninguém.

— Não acredito nisso.

— Desculpa, mas é verdade.

Ela está se coçando para verificar meus bolsos por si mesma, mas, com a seringa numa das mãos e me segurando com a outra, não tem como.

— Então a gente espera — diz ela, decidida. — Quando o seu marido chegar em casa, vou dizer que ele tem que ligar para a emergência, senão vou furar você.

— Ele ainda vai demorar mais uma ou duas horas — minto. — Você acha mesmo que consegue segurar meu pulso com firmeza por horas a fio?

— Acho.

— Sério?

O queixo dela estremece. Ela sabe que não consegue. Blefou e perdeu. Que bom que de fato deixei o celular lá em cima. E também foi sorte ela não ter escutado a voz de Hank mais cedo.

— Solta o meu pulso, Tegan — digo com o máximo de calma que consigo reunir.

Felizmente, tenho muita experiência em falar com grávidas no auge do trabalho de parto, então sei o que dizer para acalmar alguém.

Ela balança a cabeça, mas relaxa um pouco a mão no meu pulso.

— Você vai sair daqui — digo —, mas não vai ser bom para nenhuma de nós duas se tentar me machucar. Esse não é o jeito certo.

— É o *único* jeito — retruca ela, engasgada.

Tegan afrouxa mais um pouco o meu pulso, e é o suficiente. Arranco o braço da mão dela e dou vários passos para trás, me afastando da seringa que ela continua segurando. A expressão dela se desfaz.

— É melhor você soltar essa seringa — digo — antes que se machuque com ela.

Mas ela não solta. Segura com mais força, os nós dos dedos ficando brancos.

— Não!

— Tegan — continuo, paciente —, vou sair agora e não vou mais voltar se você não soltar essa seringa. Se não for eu, quem vai descer aqui vai ser Hank. Você não quer isso, quer?

Posso não ser a pessoa preferida dela no momento, mas o temor em seu rosto quando falo o nome do meu marido é inconfundível. Ela tem pavor dele, o que é meio irônico, já que é ele que quer levá-la para o hospital. Mas ela não sabe disso.

Tegan me encara com os olhos queimando de ódio. Ficamos lá paradas por um tempo, olhando uma para a outra, antes de a seringa cair no chão com um estrépito.

Não hesito um segundo para pegá-la. Minha parada seguinte é o banheiro, para garantir que não haja outra ali, mas não encontro mais nenhuma. Verifico rápido todas as gavetas para garantir que ela não tenha escondido alguma outra. Não encontro nada.

Isto vai ser um aborrecimento e tanto. Espero que a Poção das Parteiras seja eficaz e, até amanhã, ela entre em trabalho de parto. Com isso, finalmente consigo acabar com essa história.

— Acho bom não tentar isso de novo — repreendo-a.
Ela desvia o olhar de mim, com as bochechas escarlate. Está me odiando agora, mas não posso deixar que isso me perturbe. Muito em breve, ela vai me dar exatamente o que quero. Não posso deixar nada atrapalhar.

CAPÍTULO 51

POLLY

Depois do banho, Hank voltou ao trabalho, mas não antes de me pegar coberta da bebida que Tegan jogou em mim. Felizmente, não criou muito caso e me deixou trocar de roupa em paz. Depois, saiu de novo sem falar nada.

Agora são quase sete horas e ele voltou para jantar. Parece exausto. Embora a barba esconda boa parte do rosto, consigo ver isso nos olhos injetados. Ele parece dez anos mais velho do que alguns dias atrás. E, ao tirar o gorro preto, não diz "Oi, Polly" nem "Como foi o seu dia?". A primeira coisa que ele solta é:

— Ela ainda está aqui?

— Oi para você também — retruco, secando no jeans as mãos ainda molhadas depois de lavá-las na pia da cozinha. — Teve um bom dia no trabalho?

Hank me encara.

— Tegan está bem — digo a ele. — Está dormindo, então não a incomode.

Não é verdade. Ela ainda está naquela cadeira de rodas que dei, porque tive medo de me aproximar para ajudá-la a voltar para a cama. Fico desconfortável sabendo que ela pode se mover pelo porão, mas não valia a pena o risco de ser mordida ou arranhada pela garota.

— Você ligou para a emergência vir buscá-la? — pergunta ele.

— Por que eu ligaria? Como eu disse, ela está bem.

— Ela não está bem — retruca Hank, teimoso. — Eu vi como a perna dela estava inchada ontem à noite. Não é só uma entorse, é?

— É possível que ela tenha uma pequena fratura por estresse.

O maxilar dele fica tenso.

— Ela precisa ir para o hospital, Polly.

— Que bobagem.

Ele saca o celular do bolso.

— Eu vou ligar para a emergência. Agora.

— Por que você está fazendo isso? — Meu peito se enche de pânico. — Hank, você prometeu que me daria três dias.

— Foi antes de ela te furar com um garfo e jogar a bebida em você. Ela claramente quer ir embora. Isso não está certo. Eu vou ligar.

Nosso sinal aqui não é dos melhores, mas é bom o suficiente para uma ligação para a emergência. Fico olhando horrorizada enquanto ele digita o primeiro número na tela e, antes que possa colocar todos os três, arranco o telefone de sua mão e jogo no chão com toda a força.

A tela estilhaça e fica preta. Hank olha boquiaberto para o que sobrou do telefone. E ele não pode ligar do nosso fixo, já que eu o quebrei outro dia.

— Tá bom — diz ele, tenso. — Eu mesmo a levo para o hospital.

Ele marcha decidido para a porta do porão. Corro atrás dele, tropeçando no tapete da sala. Ele envolve a maçaneta com os dedos e abre a porta com força, e chego bem a tempo de pular na frente dele e empurrar para fechar de volta.

— Polly. — Ele agora olha para mim com raiva. — Sai da minha frente.

Bloqueio a porta do porão com o corpo para ele não poder passar. Ele me olha, calculando se consegue me tirar do caminho. Hank jamais me machucaria — ele jogaria Mitch Hambly do outro lado da sala, mas não há nada que eu possa fazer ou dizer que o levaria a pôr um dedo em mim. Ele não é esse tipo de homem.

— Você precisa sair da frente — diz ele. — Isso vai acontecer, você querendo ou não.

Cruzo os braços.

— Não vou me mexer.

— Eu vou levá-la para o hospital — continua ele, entre os dentes. — Não dificulte as coisas, Polly.

— Você não vai levá-la para lugar nenhum. Ela está em recuperação.

— Você só pode estar de *brincadeira*.

— A gente vai ser preso, sabia? — aponto. — Isso é certo. É isso que você quer?

— Eu quero que aquela garota tenha o tratamento médico de que precisa.

Ficamos os dois parados por um tempo, os olhos presos um no outro. Hank me conhece bem o suficiente para saber que não sou o tipo de pessoa que cede com facilidade. Quando quero muito algo, eu consigo.

No fim.

— Você não pode passar a noite toda aí — diz ele.

Ele tem razão. Não posso passar todo o meu tempo guardando a porta do porão. Em algum ponto, vou precisar comer, dormir e usar o banheiro. Ou então ele vai para o trabalho usar o telefone de lá para chamar ajuda. Quando Tegan chegou aqui, a ameaça de prisão foi o bastante para manter Hank sob controle, mas não mais. Preciso garantir que ele faça a coisa certa, mesmo que eu não esteja por perto. Ele precisa reconhecer o quanto isso é sério.

— Se você levá-la para o hospital — digo baixinho —, eu vou me matar.

Quando as palavras saem da minha boca, percebo que não é uma ameaça vazia. Estou falando sério. Quero tanto isso que, se ele tirar de mim quando estou tão perto, não vou conseguir continuar. Afinal, já tentei uma vez.

Tudo começou quando eu estava fazendo um plantão no berçário. Foi na época em que eu estava lidando com a infertilidade e não havia perspectiva de adoção. Em outras palavras, era o lugar mais doloroso para estar. Mas eu acreditava que conseguiria lidar com aquilo. E, durante a maior parte do plantão, fiquei bem. Afinal, eu era profissional.

Na manhã seguinte, quando acabou o meu turno, eu estava sentada numa cadeira de balanço segurando um dos recém-nascidos. E simplesmente... me recusei a devolvê-lo. Eu me lembro de uma das enfermeiras sacudindo o meu ombro e dizendo que era hora de eu ir para casa. Mas só continuei olhando para aquele rostinho fofo. Eu não queria entregá-lo, nem quando me pediram com educação nem quando os pedidos ficaram mais sérios. Mesmo quando o segurança apareceu, me recusei a ceder.

Minha supervisora ligou para Hank em casa. Ele veio correndo para o hospital, sentou-se comigo e me convenceu a devolver o bebê. Felizmente, os pais nunca descobriram o que fiz. Se tivessem descoberto, talvez prestassem queixa criminal. Mas o hospital concordou em lidar com a questão discretamente. Entreguei o meu pedido de demissão e, naquela noite, fui ao banheiro e tomei todos os comprimidos do armário de remédio.

Eu me lembro de Hank gritando o meu nome, tentando desesperadamente me acordar. Eu nunca o tinha visto tão assustado assim. Ele deve ter chamado uma ambulância porque, quando dei por mim, estava numa cama de hospital com um acesso intravenoso no braço, decepcionada por ainda estar viva.

Veio então uma estadia compulsória num hospital psiquiátrico, o que arruinou para sempre as minhas chances de adotar ou ser lar temporário para uma criança.

Muitas vezes me senti grata por Hank ter me salvado da tentativa de tirar a minha própria vida. Agora é uma dessas vezes, quando a perspectiva de virar mãe é tão real que já sinto o gosto. Mas, se ele tirar isso de mim, sei o que tenho que fazer.

E, desta vez, vou fazer direito.

Hank abre os olhos de repente e dá um passo para trás. Ele tem medo de ser preso, mas tem muito mais medo disso.

— Você não está falando sério.

— Estou. Te prometo.

— Polly...

— Leve-a para o hospital — falo — e, quando você voltar, vai me encontrar morta.

Ele abre a boca, mas não saem palavras.

— E eu não vou errar que nem da última vez — completo. — Aprendi a minha lição.

Tenho um flashback da sua expressão aterrorizada quando estava me sacudindo para me acordar depois de eu tomar todos aqueles remédios. Nunca vi Hank tão assustado quanto naquele dia. Ele faria qualquer coisa para isso não se repetir.

Pelo menos estou contando com isso.

— Então você vai comigo — diz ele.

— Ah, é? — Levanto a sobrancelha direita. — Você vai me amarrar e me obrigar?

Ele não pode me forçar a ir com ele para a emergência e sabe disso. Se ele me trair, vou garantir que eu já esteja morta quando ele voltar para desta vez não ter como me salvar.

— Por favor, não fala assim, Polly... — consegue dizer. — Eu... eu te amo.

— Eu também te amo. — Ergo o queixo. — Mas isso não muda nada.

Ele analisa o meu rosto, tentando descobrir se estou falando sério. O que quer que veja o faz dar mais um passo para trás e levantar as mãos.

— Vamos conversar sobre isso mais tarde.

— Podemos conversar o quanto você quiser — respondo.

Não adiciono o óbvio: *Que não vai me fazer mudar de ideia.*

CAPÍTULO 52

TEGAN

As botas de Hank soam como tiros no piso em cima de mim.

Se houvesse alguma chance de convencer Polly a chamar ajuda, agora que o marido dela está em casa já era. Ele nunca vai permitir que isso aconteça.

A bebida que Polly me deu está dando voltas no meu estômago. De início, achei que, se conseguisse cair nas graças dela, talvez ela tivesse pena de mim e me soltasse. Talvez eu pudesse mostrar que ela não precisava fazer o que ele mandava, que não precisava ter medo dele. Ela só precisa pegar o telefone e ligar para a emergência. Hank jamais ficaria sabendo.

Mas, quando ela me contou que Dennis veio aqui me procurar, surtei. Ele já deve estar fora de si, pensando que estou morta ou coisa pior, e os dois mentiram para ele. Depois que descobri isso, me senti disposta a fazer o que fosse preciso para sair daqui. Eu precisava atacar.

Mas também não funcionou.

Não sei o que tinha naquela bebida, mas agora me sinto péssima. Será que havia algum tipo de droga? Polly provou, então parece improvável, mas acho que é possível que ela só estivesse fingindo beber. Meu estômago não para de ter cólica, e ondas de náusea viajam pelo meu corpo. O melhor que posso dizer é que pelo menos estou na cadeira, então posso ir até o banheiro e me debruçar na privada para evacuar o que sobrou do meu almoço.

Bem, não sei com o que ela pode ter me drogado, mas agora me livrei da maior parte na privada. E o resto joguei na blusa dela.

Um barulho alto vindo de cima interrompe os meus pensamentos. Reconheço imediatamente o som: são as dobradiças da porta do porão rangendo ao se abrirem. E, um segundo depois, ela bate de novo. Consigo discernir a voz de Hank, que é um rugido grave ressoando através do teto.

Polly, sai da minha frente.

Rapidamente deduzo o que deve estar acontecendo lá em cima. Hank quer descer aqui, mas Polly está impedindo. Não tenho ideia de quais são as intenções dele, mas ela o está segurando, talvez fisicamente. Ela está arriscando a própria segurança incorrendo na ira dele para me proteger.

Se eu duvidava de que ela está do meu lado, essas dúvidas desapareceram. Ela não é perfeita, mas está fazendo o que pode. Polly talvez seja a única barreira que me mantém a salvo de qualquer que seja o destino que Hank pretende para mim.

Tento ouvir com atenção para captar trechos da conversa deles. É difícil reconhecer as palavras, mas Hank parece furioso. Prendo a respiração, esperando para ver se a porta vai voltar a se abrir, se aquele homem gigante vai marchar pelo porão com suas botas grandes e assustadoras e seu olhar ameaçador.

Mas isso não acontece. A porta continua fechada.

Não tenho ideia do que Hank pretende fazer comigo. Será que está planejando me estuprar em algum momento, como Simon fez? Ou para Hank é suficiente saber que estou presa no porão à sua mercê? É isso que ele está curtindo?

Eu gostaria de me mandar daqui antes de descobrir.

Já são mais de nove da noite quando a porta do porão se abre de novo. Percebo pelos passos mais leves que é Polly e solto um suspiro de alívio. Não vou me revoltar contra ela de novo. Polly é a única pessoa desta casa que está do meu lado, e preciso mostrar a ela que não tem problema me ajudar. Tenho certeza de que ela morre de medo do temperamento de Hank, mas um pouco de sua hesitação deve ser por saber que, se eu sair daqui, vou denunciar que ela e o marido me sequestraram e os dois iriam presos. É uma sinuca de bico.

— Vou te ajudar a voltar para a cama — diz Polly suavemente. — Deve estar cansada.

Ela tem razão. Por mais que eu tenha ficado feliz de sair da cama mais cedo, agora estou desesperada para voltar a ela. Estou cansada, minhas costas doem e meu tornozelo grita de dor sempre que faço o menor movimento. E as minhas pernas parecem dois blocos de cimento gigantes por terem passado o dia penduradas.

Repetimos o processo que fizemos mais cedo para eu me sentar na cadeira, desta vez ao contrário. É igualmente doloroso para o meu tornozelo, mas agora ainda pior porque, no segundo que subo na cama, uma contração monstruosa espreme todo o meu tronco. A dor me faz suar frio nas axilas.

— Você está bem? — pergunta Polly.

— Estou — digo ofegante, embora não tenha certeza disso.

Não foi uma contração de treinamento Braxton-Hicks. Foi real.

E se eu estiver entrando em trabalho de parto?

Meu Deus, tenho que sair daqui. Não vou parir no porão.

— Por favor, me deixa ir — peço pelo que parece a centésima vez.

— Você vai ficar bem — tranquiliza Polly. — Tenho certeza de que o seu marido vai ficar contente de você estar cuidando da sua bebê.

Chega de mentiras. Não vou sair daqui se não falar a verdade para Polly.

— Eu não sou casada, tá?

Ela arqueia uma sobrancelha.

— Ah, é?

— Não, eu... eu nem tenho namorado. — Seco gotas de suor da testa. — Somos só eu e a bebê. Estou fazendo isso sozinha.

— O pai sabe?

— Eu... — Definitivamente não quero contar a Polly o que aquele escroto fez comigo. — Eu não sei quem é o pai. Foi uma noite casual. Não sei o nome dele.

— Entendo...

— Então você precisa saber que... — Afasto uma mecha suada de cabelo que caiu no meu rosto. — Eu não vou tentar criar problema para nenhum de vocês. Só quero ir embora daqui.

— Problema? — pergunta ela, sem entender.

— É. — Aceno positivamente com a cabeça. — Você não pode me deixar ir embora porque, se eu for, vou contar para a polícia o que vocês fizeram e aí vocês vão ser presos. Você está num beco sem saída.

Polly fica em silêncio, brincando com a ponta da trança comprida. Ela sabe que tenho razão.

— Mas não vou contar a ninguém. Eu juro. E... e eu não tenho um namorado nem um marido que vai ficar bravo. Meus pais estão mortos. Ninguém liga para mim.

— E o seu irmão?

Caramba, por que Dennis teve que vir aqui?

— Não somos tão próximos. Ele só se sente culpado por ter se recusado a me visitar. A gente não se vê tem anos.

As engrenagens estão girando na cabeça dela. Prendo a respiração, torcendo para que acredite em mim. Não é tudo mentira. Dennis gosta de mim, mas ninguém mais gosta. Certamente não o pai da bebê. Nem mesmo Jackson, a única pessoa que, nestes últimos meses difíceis, pôs um sorriso no meu rosto. Simon e Jackson devem estar felicíssimos por eu ter desaparecido sem deixar rastros.

— Só me deixe ir embora — suplico a ela — e vai ficar tudo bem. Não vou contar para ninguém.

Um baque alto lá em cima a assusta. Ela se afasta da minha cama.

— Preciso ir.

Suspiro.

— Mas... você vai me ajudar?

— Vou — diz ela. — Eu vou te ajudar. Prometo.

Antes de eu poder dizer mais alguma coisa, Polly se vira e sobe as escadas. A última coisa que escuto é a porta do porão batendo.

CAPÍTULO 53

POLLY

Hank mal dirigiu duas palavras a mim a noite toda.

Ele está chateado com o que está acontecendo. Está chateado por eu ter ameaçado me matar se ele tentasse levar Tegan para o hospital. Ele não sabe exatamente o que estou planejando, mas não é nada de que deseje fazer parte. Infelizmente, não é assim que casamentos funcionam.

Hank já está deitado na cama quando termino na cozinha e vou me juntar a ele. Tiro a roupa e entro embaixo da coberta ao seu lado. Espero que ele se incline e me dê um beijo como faz toda noite quando vamos dormir juntos. Mas isso não acontece. Hank só fica lá deitado olhando para o teto.

— Hank? — chamo.

Ele não responde.

— Hank? — repito. — Você está bem?

Ele não se vira para me olhar.

— Tem uma mulher presa no nosso porão. Você *acha* que eu estou bem?

Minhas bochechas queimam.

— Eu te falei para não se preocupar com isso. Vamos soltá-la em algum momento. Vai ficar tudo bem.

— Como é que vai ficar tudo bem? — Ele agora se endireita, apoiado no cotovelo. — Me explica.

— Eu te disse, estou ajudando-a. Ela está grata.

— Não minta para mim, Polly. — Seu rosto agora está vermelho. — Ela te furou com um garfo. Jogou aquela bebida, que só Deus sabe o que era, em você. Ela não está grata.

— Só confie em mim. Vai ficar tudo bem.

— Você não para de repetir isso. — Desta vez, a ruga entre suas sobrancelhas sobe até a testa. — Mas olha só. Estou pensando sem parar nessa situação. E, toda vez que penso, não consigo ver um jeito de isso acabar sem a gente ir para a cadeia, a não ser...

— Hank?

À luz do luar, seus olhos parecem vidrados.

— A não ser que a gente a mate. — A voz dele falha. — E, Polly, eu não quero matá-la.

— Hank...

— É isso que você tem em mente, não é? — A voz dele agora está tremendo. — Era isso que você estava pensando esse tempo todo. Você se livra dela e pega a bebê. — Ele estreita os olhos. — Como eu sou burro.

— Você entendeu tudo errado, Hank.

— Acho que não.

— Bom... — Eu me mexo no colchão, que range sob o meu peso. — Digamos que a gente a matasse ...

— Polly!

— Só, tipo, hipoteticamente...

— Não. *Não*. — Ele balança a cabeça com firmeza. — Nem hipoteticamente. Isso não está em jogo, Polly. Estou falando sério.

— Ela não tem ninguém, Hank — digo a ele. — Ela mesma me contou. Não sabe nem quem é o pai da criança. Ela anda bebendo uísque de um cantil na bolsa. Você acha que ela vai ser uma mãe adequada?

— Isso não é decisão nossa, Polly.

— E ninguém vai ligar muito se ela desaparecer. — Bom, talvez o irmão. Não tenho certeza se acreditei quando ela disse que eles mal mantinham contato, considerando como ele parecia chateado. Mas com certeza vai acabar superando. — Ninguém se importaria se ela desaparecesse da face da Terra.

— *Eu* me importaria.

Estou tão frustrada com ele que tenho vontade de gritar. Tegan disse repetidas vezes que não queria ser mãe, que tudo isso não foi planejado. E, quando me contou que ninguém sentiria sua falta se ela sumisse, foi como se estivesse nos dando permissão para... bom, você sabe. E seria tão fácil a gente se livrar dela. Aposto que, depois que a bebê sair lá de dentro, ela não vai pesar quase nada.

Nunca imaginei que Hank seria o meu maior obstáculo. Será que ele não entende que é nossa oportunidade de conseguir tudo o que sempre desejamos?

— Você precisa confiar em mim nessa — digo. — Dá, por favor, para confiar em mim, só uma vez?

Olho para o rosto dele nas sombras. Antigamente ele confiava em mim. Antes do Incidente, eu estava no auge. Hank tinha orgulho de sua esposa ser enfermeira no hospital, ele se vangloriava disso para quem quisesse ouvir. E, se sofresse qualquer arranhão, um corte de papel que fosse, vinha até mim. O *que devo fazer, enfermeira Polly?*

Ele não pensa mais assim. Desde aquele dia, ele acha que sou emocionalmente frágil. Não tenho certeza de se, algum dia, ele voltará a confiar em mim.

— Se você levá-la embora — falo —, eu faço mesmo. Vou me matar. Eu juro.

— Sim — diz ele, tenso. — Você já disse isso.

Ambos ficamos em silêncio, deitados no escuro e olhando para o teto.

— Polly — fala ele, baixinho —, você não pode machucar aquela mulher.

— Não vou fazer isso.

Ele vira a cabeça para me olhar.

— É sério. Não quero que você ponha um dedo nela.

A ruga profunda entre as sobrancelhas do meu marido virou uma cratera. Ele está chateado de verdade, e a única forma de acabar com essa discussão é dizer o que ele quer ouvir.

— Eu entendo, Hank — falo. — Não vou machucá-la.

Se ouvir isso vai ajudá-lo a dormir à noite, que seja. Mas, no fim, estou fazendo isso por ele. Por *nós*. Ele sabe e nunca vai fazer nada pelas minhas costas. Hank só tem a mim e nunca faria isso comigo. Jamais. Ele tem medo demais de me perder.

Ele sabe como isso vai acabar. E, quando for hora do vamos ver, aposto que vai me ajudar a me livrar do corpo, sim.

Logo a nossa família vai estar completa, como minha mãe previu.

CAPÍTULO 54

POLLY

Não consigo parar de pensar na minha conversa com Hank.

Depois de ficar fritando na cama por uma hora, ele enfim pega no sono, mas eu continuo acordada. Não estou preocupada com a possibilidade de Hank me denunciar — é a única coisa que ele nunca faria —, mas minha cabeça está girando com todas as possibilidades de isso dar errado. Mas o maior problema de todos está cada vez mais claro.

Tegan pode escapar.

Colocá-la naquela cadeira de rodas foi um erro, percebo isso agora. Achei que ela fosse fazer um pouco de exercício, o que ia ser bom para a circulação, mas, quando ela veio me atacar com aquela seringa, percebi que ela é mais geniosa do que eu imaginava. Não vou mais permitir que ela se sente naquela cadeira, só por segurança, mas pode ser que não seja suficiente. Ela pode até estar com o tornozelo quebrado e muito grávida, mas também é bem jovem, tem uma perna boa e dois braços funcionando. E está desesperada. Se ficar com medo o bastante, talvez reúna forças para pular pelos degraus e fugir.

Se a porta do porão tivesse tranca, eu me sentiria mais tranquila. Mas não tem, e não é como se Hank pudesse instalar uma agora. Ele nem faria isso, se eu pedisse. Enquanto a porta estiver destrancada, Tegan poderia escapar a qualquer momento. Neste segundo mesmo, ela pode estar saindo de fininho pela porta de casa.

Pensar nisso basta para me fazer me sentar na cama de repente.

Dormindo, Hank geme e vira para o outro lado. Não sei bem se está tendo um pesadelo, mas continua apagado. Está menos perturbado que eu com a ideia de que Tegan pode escapar bem debaixo do nosso nariz, de que podemos perder a nossa família assim, do nada.

A não ser que eu faça algo para impedir que isso aconteça.

Saio da cama deslizando, tomando cuidado para fazer o mínimo de barulho possível para não acordar o meu marido. Começo a colocar a pantufa, mas, na última hora, decido ir descalça. Saio do quarto e fecho a porta.

Naturalmente, quase todos os degraus rangem alto quando piso neles. Nossa casa é tão velha quanto as montanhas, mas a adoramos. E, qualquer dia desses, quando tiver tempo e um pouco mais de dinheiro, Hank vai reformá-la, como prometeu. Mas não espero que ele tenha muito tempo num futuro próximo, já que temos uma bebê a caminho.

O térreo da casa está abençoadamente tranquilo. Vou com discrição até a porta do porão, que continua fechada. Não há sinais de que Tegan tenha escapado. Nenhum desastre iminente.

Estou segura. Por enquanto.

O chão está gelado sob a sola dos meus pés descalços enquanto atravesso a sala até o armário onde Hank guarda a caixa de ferramentas. Meu marido adora ferramentas e a caixa tem quase o meu peso, mas consigo içá-la de dentro do armário e colocá-la no chão. Abro-a com um estalo e examino o conteúdo, procurando um item em particular.

Um martelo.

Não demoro muito para encontrá-lo, porque é o maior item da caixa. É só um martelo comum, mas, juro, é bem maior que qualquer martelo normal. Ainda consigo ver os dedos robustos de Hank fechados no cabo enquanto ele pregava os pregos deste mesmo armário, que construiu com as próprias mãos.

Pego o martelo e testo o peso nas mãos. É, vai servir direitinho.

As dobradiças da porta do porão gemem de leve quando abro só o tanto necessário para entrar. Prendo a respiração, atenta aos sons de Tegan se mexendo lá embaixo. Mas não há nada. Mal consigo discernir sua respiração.

O porão está muito escuro, então me agarro ao corrimão para descer. Não ouso acender as luzes — coloquei um pouco de antialérgico no jantar, mas ela mal tocou na comida, então não estou confiante de que vá continuar adormecida. Tento ser o mais silenciosa possível ao descer, mesmo tendo quase certeza de que uma minúscula farpa de madeira entrou no meu calcanhar direito.

Então chego ao pé da escada.

Tegan está dormindo pesado. Embora não tenha tomado o remédio, o som de sua respiração profunda enche o cômodo. Tem uma luz fraquíssima vinda da lua, suficiente para meus olhos conseguirem enxergar a protuberância da sua barriga e as curvas macias do seu rosto. Apesar de a temperatura aqui estar moderada, a testa dela está coberta por um verniz de suor.

Baixo o olhar para suas pernas. Ela ainda está com aquela bota no tornozelo esquerdo, que quase com certeza está estraçalhado. Não consegue andar com essa perna, isso é certeza. Mas a direita está funcionando bem, embora inchada pela gravidez. Se ela conseguir engatinhar até a escada, consigo imaginá-la se arrastando pelos degraus usando o corrimão para ajudar. O período depois do nascimento da bebê vai ser especialmente problemático, porque ela não vai ter mais aquele peso enorme a segurando.

Quando isso acontecer, vamos estar bastante encrencados.

Mas, se a outra perna dela for inutilizada... Bom, isso garantiria que ela não conseguisse ir embora daqui até estarmos preparados para soltá-la.

Não vou exatamente quebrar a perna dela. Sério, não sou uma completa psicopata. Além do mais, não estou certa de que um martelo teria força suficiente para partir os dois ossos que sustentam a perna: a tíbia ou a fíbula.

Provavelmente só vou lascá-los ou machucá-los, depois ela vai ficar tão puta que vai ter mais incentivo para se mandar daqui. Não, preciso ser estratégica.

Andei pensando e o melhor a fazer seria quebrar a patela direita.

A patela é um osso delicado do joelho, e o martelo vai estilhaçá-lo com facilidade — não à toa mafiosos são famosos por esse tipo de coisa. E, uma vez que estiver quebrada, ela vai ter dificuldade em mexer a perna direita. Vai ser quase impossível andar pondo peso nela, principalmente se ela não tiver a esquerda para sustentá-la.

Com duas pernas quebradas, Tegan vai ficar à nossa mercê de verdade.

Preciso fazer isso. Parece cruel, admito, mas não tenho escolha. Tegan está numa posição de ou nos dar tudo com que sonhamos ou destruir a minha família e me mandar para a prisão. Esse é o único jeito de me proteger. Sinto muito por Tegan ter que sofrer, mas ela já está com dor. O que é um pouco mais?

E, de verdade, é um caso em que os fins justificam os meios. Com base em tudo o que ouvi falar dela, Tegan vai ser uma mãe terrível para aquela garotinha. E se da próxima vez ela dirigir embriagada e matar as duas?

Levanto o martelo acima da cabeça, posicionando-o de modo que, quando baixar, caia bem em cima da patela direita. O impacto certamente vai acordá-la, mas aí vai ser tarde demais: o osso já vai estar quebrado. Minhas mãos estremecem, e respiro fundo. Na contagem de três...

Dois...

Um...

Tegan se mexe na cama, soltando um gemido baixo. Ela se contorce embaixo do lençol, enrugando o rosto por um segundo. Parecia jovem antes, mas, à luz do luar, está ainda mais. Como se fosse uma adolescente. Uma criança. Seus cílios tremulam e ela solta um suspiro suave.

Ai, meu Deus, o que estou *fazendo*?

Relaxo a mão no martelo, deixando os braços caírem. Não acredito no que estive perto de fazer. Quase quebrei a perna de outro ser humano com um martelo... de propósito! Minha mãe, que se deitou nessa cama antes de Tegan, ficaria envergonhada de mim. Eu sou *enfermeira*, pelo amor de Deus. Eu deveria ajudar as pessoas a melhorar, e não...

Eu me afasto da cama com uma sensação de aperto no peito. Talvez Hank esteja certo: pode ser que tenhamos ido longe demais. Mas não há outro jeito de sair dessa situação. Não quero machucar Tegan, mas o que mais posso fazer? Não há um mundo em que Tegan continue viva e nós possamos ficar com a bebê dela.

Engulo um bolo na garganta. Posso não conseguir quebrar a patela de Tegan, mas, em algum momento do futuro próximo, vou ter que tomar algumas decisões difíceis. Não vou deixar essa garota me impedir de conseguir tudo o que sempre sonhei.

PARTE 4

QUATRO DIAS DEPOIS DO ACIDENTE

CAPÍTULO 55

TEGAN

Não estou me sentindo bem.
É o primeiro pensamento que tenho quando acordo de manhã. Não estou me sentindo bem. Tem algo muito errado.
Minha cabeça está estranha. Parece que estou num grande aquário de peixes, olhando para o mundo através de vários metros de água. Não consigo parar de tremer. Meu corpo todo treme. Não me sinto bem desde que o meu carro bateu naquela árvore, mas isso é outro nível de horror. Pelo lado bom, porém, a dor na minha perna parece ter cedido.
Coloco a mão na barriga, tentando sentir a Atunzinha. De início, não sinto nada. Em seguida, sinto um chutezinho. Mas está fraco. Não é como os chutes de craque do futebol que ela estava dando há uma ou duas semanas. É óbvio que, o que quer que esteja me afetando, também está fazendo mal à minha bebê.
O que eu tenho?
Viro a cabeça para o lado e, para o meu horror, Simon Lamar está parado perto da cama. Tomo um susto com a surpresa. O que ele está fazendo aqui? Ele está de terno, com os braços cruzados e exibindo um sorriso de canto nos lábios. Segura uma maleta de couro e, pairando acima de mim, abre-a com um estalo e puxa um maço de papéis.
Você deveria ter aceitado a minha oferta enquanto dava. Agora, está ferrada. De novo.

Em seguida, ele tira um isqueiro do bolso — o mesmo que Jackson me deu de presente — e leva a chama aos papéis que segura. Eles pegam fogo imediatamente, sumindo numa explosão de fumaça.

Abro a boca para gritar, mas, antes de conseguir, ele desaparece. Em vez de Simon, tem só uma sombra escura ao lado da minha cama.

Ai, Deus, estou alucinando.

Tento mudar de posição na cama numa tentativa de ficar confortável, o que é difícil, já que não consigo parar de tremer. Estou com frio e calor, tudo ao mesmo tempo. É uma sensação bem estranha. Quero beber alguma coisa, mas também acho que, se bebesse, ia vomitar.

Quando me mexo, noto que a dor no meu tornozelo não está nem de longe tão ruim quanto antes. É quando percebo que não estou sentindo quase *nada* naquela perna, nem dor nem qualquer outra coisa.

Isso não é bom.

Olho para a perna esquerda, ainda na bota, já que me recusei a deixar Polly tirá-la. Agora, queria ter deixado. Tento mexer os dedos do pé esquerdo. Estão se mexendo? Acho que não.

Tem alguma coisa *muito* errada.

— Polly! — tento gritar, mas a minha voz sai num sussurro rouco.

Puxo o cobertor até o pescoço, mas sinto calor demais e empurro de volta. Não consigo ficar confortável. Minha temperatura está toda doida. No fundo, sei que estou muito doente, mas não consigo afastar a névoa a ponto de entrar tanto em pânico assim quanto provavelmente deveria entrar.

Depois do que parece uma eternidade, a porta do porão se entreabre. A voz animada de Polly ecoa pela escada.

— Bom dia!

Através da nuvem na minha cabeça, me lembro da nossa conversa ontem à noite. Fiz uma última tentativa de barganhar com ela para me levar a um hospital. Ela disse que faria isso. Espero que tenha falado sério.

— Tegan? — Ela para ao pé da cama, olhando fixamente para mim. — Você está bem?

Abro a boca, mas não sai som nenhum. Em vez disso, apenas sinalizo que não com a cabeça.

Ela contorna a lateral da cama e coloca a mão gelada na minha testa. Os olhos dela se arregalam.

— Você está ardendo.

— Eu... eu estou? — falo com a voz fraca.

Ela corre os olhos pelo comprimento da cama e para ao chegar ao fim, onde minha bota sai da coberta. Vai direto até lá, enquanto tento debilmente protestar. Ela põe uma mão de cada lado da minha bota preta forrada com pelo. E então puxa — *com força* — até sair com um "pop".

Eu esperava que fosse doer, mas a ausência de sensação é o mais assustador.

Na mesma hora vejo como minha panturrilha esquerda está inchada e vermelha. Polly tira a minha meia e eu arfo. Meu pé está extremamente inchado e vermelho-escuro, quase roxo. Está virado para a direita num ângulo assustador e tem uma ferida aberta do lado exposto. Mesmo da outra ponta da cama vejo um fluido amarelo viscoso escorrendo do machucado.

— Está infeccionado — diz Polly com a voz sem emoção de tão chocada.

Ah, jura?

— Hospital — consigo dizer. — Você... você prometeu.

Ela olha para o meu pé, os lábios franzidos.

— Você precisa de antibiótico.

É. Preciso. Tenho que ir para o hospital tomar antibiótico.

Ela fica em silêncio por um segundo.

— Certo. Hospital.

Ah, graças a Deus.

Polly baixa os olhos para o meu pé por mais um minuto, depois dá meia-volta e sobe a escada sem falar mais nada. Espero que esteja ligando agora para a emergência. Porque, se não fizer isso, não vou sair viva daqui. Nem a minha bebê.

CAPÍTULO 56

POLLY

É tudo culpa de Tegan.

Se, para começo de conversa, ela tivesse simplesmente me deixado tirar a porcaria da bota, eu poderia ter limpado e desinfetado a ferida. Aí ela não teria ficado com essa infecção. Mas, em vez disso, ela foi teimosa e se recusou a me deixar ver... igual a uma *criança*. E essa garota acha que é responsável o bastante para ser mãe? Que piada. A bebê não duraria uma semana.

Claro, isso me deixa num dilema. Tegan está doente. Eu deveria ter percebido quando a vi coberta por uma camada de suor ontem à noite, mas não estava exatamente pensando com clareza no momento. Ela tem no mínimo uma infecção ativa no pé. Também estou preocupada de ter desenvolvido nessa perna um coágulo pela falta de movimento junto da fratura. Não tenho dúvidas de que, se eu não fizer nada, ela vai morrer. E, se morrer, nossa bebê vai morrer junto. Eu poderia tentar fazer algum tipo de cesariana para salvar a bebê, mas é um último recurso.

Preciso medicá-la. *Logo.*

No café da manhã, Hank mal está falando comigo. Faço um prato de ovos com bacon para ele, como tantas vezes, e ele come sem dizer uma palavra. Só fica me olhando com uma expressão impossível de ser lida no rosto. Só quando quase limpou o prato, diz:

— Você não vai levar comida para Tegan lá embaixo?

— Já dei um prato para ela — digo.

Ele começa a limpar a boca com as costas da mão, mas para, pega o guardanapo e o utiliza. Ele pelo menos sabe não deixar cair comida na barba. As pessoas olham para Hank e acham que é um ogro bruto, mas ele não é nada disso.

— Ela está bem?

Não posso contar a Hank que Tegan está com uma infecção. Se eu contar, ele vai insistir que ela vá para o hospital. É como se não *ligasse* mais que nós dois podemos passar muito tempo na cadeia por isso. A única coisa que o impede de fazer a ligação agora mesmo é a minha ameaça de me matar.

— Está ótima — respondo. — Feliz da vida.

Ele resmunga como se não acreditasse em mim, mas também não sabe a extensão do que está acontecendo. Sabe que Tegan não quer estar no nosso porão, mas não quanto ela está doente. Mas vou dar um jeito nisso. Não vou deixar a minha bebê morrer.

Hank arranha o chão com a cadeira ao se levantar. Vai para a sala com passos pesados e arranca o casaco do mancebo. Vou atrás dele até a porta de casa só para garantir que foi embora antes de eu fazer o que preciso.

— Bom trabalho hoje — digo. — A gente se vê de noite.

Minhas palavras fazem com que ele levante a cabeça. Ele me olha por muito tempo, com dificuldade para saber o que dizer.

— Eu te amo, Polly — fala.

Não sei por que ele me disse isso. Pareceu furioso comigo a manhã inteira. Fico um pouco apreensiva, mas afasto esse sentimento.

— Bom, eu também te amo. — Umedeço os lábios. — Sabe, estou fazendo tudo isso por você. Por nós.

— Eu sei — diz ele, baixinho.

Depois, ele se vira e sai de casa sem mais uma palavra. Talvez finalmente tenha entendido. Mas ainda não confio muito nele.

Vou até a janela e o vejo entrar na caminhonete e sair. Fico lá parada, ainda observando o veículo desaparecer ao longe. Preciso ter certeza de que ele foi embora. Porque ele não pode estar aqui para testemunhar o que vou fazer em seguida.

CAPÍTULO 57

POLLY

Temos um segundo quarto no andar de cima. Antes, imaginamos que acabaria sendo um quarto para o nosso primeiro filho. Hank chegou a falar em construir uma extensão se tivéssemos mais, mas não foi assim que as coisas se desenrolaram. Em vez disso, é um escritório.

Não que Hank ou eu precisemos de fato de um escritório. Hank é mecânico. E eu sou... bom, no momento, não sou nada. Mas, quando era enfermeira, também não precisava muito de um escritório. Mas usava a mesa quando trabalhava na contabilidade da oficina de Hank. Ou para guardar documentos fiscais e papéis importantes.

E é isso que estou procurando agora.

Eu me sento à mesa do escritório e folheio os papéis da gaveta de cima. Não uso essa escrivaninha há um tempo, então não demoro para encontrar o que preciso. Puxo uma folha e coloco à minha frente. Então digito um número no telefone.

— Farmácia Walgreens — responde uma voz feminina falhada.

— Olá. — Seguro o papel à minha frente. — Meu nome é Dra. Chloe Passaro. Queria mandar uma receita para uma paciente.

— Claro. Como é o nome da paciente?

— Polly Thompson. — Recito também minha data de nascimento.

— Muito bem, então — diz a farmacêutica —, o que a senhora gostaria de pedir?
— Cefalexina — digo. — Quinhentos miligramas duas vezes ao dia. Providenciar catorze comprimidos. Sem reposição.
— Só isso?
Hesito. Minha outra preocupação é a possibilidade de um coágulo na perna dela, mas, sem ultrassom para diagnosticar, não me sentiria confortável de dar uma dose terapêutica de anticoagulante para afinar o sangue. Mas ela deveria pelo menos tomar uma dose profilática.
— Vocês têm seringas preparadas de enoxaparina? — pergunto.
— Temos, sim, doutora.
Peço o suficiente para ela passar o próximo mês. Até lá isso vai ter chegado ao fim, de um jeito ou de outro.
— Obrigada, doutora — diz a farmacêutica. — Pode me passar seu número de registro médico?
Baixo os olhos para o papel à minha frente, que contém todos os números de identificação da Dra. Passaro, de quando eu ligava para deixar receitas em nome dela. Claro, eu sempre me identificava como "Polly, a enfermeira que trabalha com a Dra. Passaro". Mas não funcionaria nessa situação.
A farmacêutica anota as informações da Dra. Passaro, e suspeito que vou receber uma ligação dizendo que o meu pedido está pronto no período da tarde. Mas o antibiótico não será para mim. Vai ser para Tegan. Verifiquei qual antibiótico seria seguro para uma paciente grávida com uma infecção de pele e foi isso que pedi. Dada a intensidade do quadro dela, tenho medo de a infecção ter se espalhado para o sangue, o que significa que, se estivéssemos dentro de um hospital, ela certamente precisaria de antibióticos intravenosos. Mas isso é o melhor que posso fazer.

É arriscado me passar por uma médica com quem não trabalho há vários anos. Entretanto, não é tão perigoso assim. Não estou comprando sedativos nem nada que levantaria um sinal de alerta. Só pedi uma semana de antibiótico e uma dose baixa de anticoagulante. A Dra. Passaro nunca vai ficar sabendo.

Agora que os antibióticos estão sendo separados pela farmácia, volto discretamente ao porão para dar uma olhada em Tegan. Tentei oferecer café da manhã, mas ela estava tão fora do ar que tive medo de que engasgasse. Pelo menos consegui que tomasse um pouco de água.

No momento, ela está dormindo pesado. Suas pálpebras tremulam de leve a cada respiração, e as bochechas estão coradas. Tenho um termômetro no armário de remédios, mas estou com medo de tirar a temperatura dela. Só pelo toque, fica claro que está com febre alta.

— Tegan. — Cutuco-a de leve. — Tegan?

Ela murmura, mas não abre os olhos.

Puxo o cobertor de cima do tornozelo esquerdo dela. Tentei esconder minha reação quando vi pela primeira vez, mas está bem feio. A pele está vermelho-viva e reluzente, e, quando pressiono os dedos no topo do pé, não consigo sentir pulsação. E aquela ferida do acidente está terrível. Tem uma boa quantidade de pus saindo, e não tenho certeza da profundidade da infecção — talvez chegue até o osso. Se eu a levasse para o hospital, haveria uma chance razoável de ela perder esse pé.

Pego o kit de primeiros socorros na pia do banheiro e faço o possível para limpar a ferida aberta. Passo água quente por cima e tento de tudo para desinfetar com Povidine, embora reconheça que já é mais que tarde. Quando termino, envolvo o pé dela delicadamente com gaze antimicrobiana Kerlix.

O mais perturbador é que ela mal se mexe durante tudo isso.

Mordo o lábio, tentando decidir o que fazer em seguida. Por fim, contorno a lateral da cama até a mesa de cabeceira e procuro algo na última gaveta. Puxo um estetoscópio e enfio as pontas nos ouvidos. Coloco o diafragma do estetoscópio na barriga de Tegan e fecho os olhos, ouvindo.

Tem um batimento cardíaco. Está fraco, mas consigo ouvi-lo. A bebê está bem.

Mas não por muito tempo. Preciso pegar aquele antibiótico agora mesmo e tirar essa bebê de dentro dela antes que seja tarde demais.

CAPÍTULO 58

TEGAN

Passei a manhã dormindo.

Estava vagamente consciente de Polly entrando para fazer algo com o meu tornozelo. Doeu a ponto de me acordar, mas só fiquei lá deitada e deixei que ela fizesse. Não tinha energia para falar com ela. Não adiantava lutar. Em algum ponto, ela veio me oferecer comida, mas meu apetite era zero. Ela me convenceu a tomar uns goles de água, e foi só o que consegui colocar no estômago.

Espero que ela esteja chamando uma ambulância. Tenho que acreditar que ela não vai simplesmente me deixar morrer aqui.

Porém não tenho mais tanta certeza.

Ao ouvir o som da porta do porão se abrindo e passos pesados no alto da escada, abro os olhos. Passei a manhã toda fora do ar, mas esse som é a primeira coisa que chama a minha atenção. Eu sei de quem são esses passos.

É Hank.

Não, agora não. Por favor, agora não...

Fecho os olhos e finjo que estou dormindo. Já foi difícil lidar com ele quando eu estava mais ou menos bem. Não o quero perto de mim agora.

Mas o que eu quero não importa. Ele está vindo. Seus passos ficam mais altos conforme ele desce a escada.

— Srta. Werner?

Ele agora está ao pé da cama. Ai, Deus, o que ele quer de mim? Não está vendo que estou muito mal? Mas talvez esse seja o momento que ele estava aguardando. Talvez seja o meu destino. Simon Lamar já me usou e agora esse homem gigante quer a vez dele. E estou fraca demais para resistir. Ele nem sequer precisa me drogar.

Hank contorna a cama e para bem ao meu lado. Põe a mão grande no meu braço e me sacode.

— Srta. Werner! Está me ouvindo?

Não respondo.

Ele fica lá parado por um instante, pairando acima de mim. Tenho esperança de que vá embora ao perceber quanto estou mal. Mas, para o meu terror, ele põe um braço embaixo dos meus joelhos e o outro sob as minhas costas. E me levanta.

— Para! — digo, ofegante. — O que você está fazendo?

Ele pisca para mim, surpreso por eu estar acordada. Por um segundo, ficamos cara a cara.

— Você está bem?

— Não, não estou. — Minha boca parece uma lixa e minha cabeça dói só com essas palavras. — Por favor, me solta agora mesmo.

Ele franze a testa.

— Você precisa ir para o hospital. Precisamos ir agora, antes que ela volte.

Ele está mentindo. Só pode estar mentindo. Mas estou fraca demais para lutar. Deixo que me carregue pela escada, sem saber muito bem para onde está me levando, mas qualquer coisa é melhor que o porão.

— Para onde você está me levando? — murmuro.

— Para o hospital — responde ele pacientemente.

— Para de mentir para mim — falo, fraca. — Por favor, me diz...

Hank tem um pouco de dificuldade de abrir a porta comigo no colo. Está frio lá fora, mas a sensação é gostosa na minha pele quente. A caminhonete que me trouxe para cá está estacionada na entrada da casa e a porta do carona já está aberta. Mas, aparentemente, não vamos fazer essa jornada sozinhos. Tem outro homem parado ao lado do veículo, e levo um segundo para perceber quem é. Quando a ficha cai, meu corpo é atormentado por um arrepio violento.

É Simon Lamar.

Ele está me esperando ao lado da caminhonete.

— O que *ele* está fazendo aqui? — berro.

Simon e Hank são cúmplices, estão conspirando para me machucar. Embora eu não confiasse em Hank, não antecipei isso. Imaginei que fosse coincidência Hank me encontrar na neve naquela noite, mas não era. Simon o enviou para me achar e me prender, para eu não poder contar a ninguém o que ele fez comigo.

Tento me soltar dos braços de Hank, mas ele está me segurando com firmeza. Mal precisa se esforçar para me conter.

— Por favor, não faça isso — imploro. — Ele é um homem terrível. Ele quer me machucar.

— Quem? — pergunta Hank.

— Simon!

— Quem é Simon?

O tom neutro da voz dele é convincente. Olho de novo para a caminhonete para apontar para seu parceiro do crime, mas, para minha surpresa, não tem ninguém lá. Simon desapareceu. Agora, só consigo ver aquela caminhonete amassada com a porta aberta. Simon simplesmente desapareceu, como se nunca tivesse estado ali.

Uma onda de tontura me domina. Ai, Deus, será que foi imaginação minha? Só pode ser.

Estou mesmo muito mal.

Hank me carrega o resto do caminho até a caminhonete. Ele me ajuda a sentar no banco do carona com surpreendente delicadeza. Inclina-se por cima de mim para colocar o cinto de segurança; em seguida, senta-se ao meu lado e dá a partida no motor. Olho pela janela pela última vez, mas agora só consigo ver pontos pretos dançando diante dos meus olhos.

— Para onde você está me levando? — pergunto, rouca.
— Para o Roosevelt Memorial Hospital.
— Não está, não.
— Estou, juro.
— Cadê Polly?

Ele não responde a essa pergunta. Mantém os olhos grudados na estrada enquanto me leva Deus sabe para onde. Alega estar indo para o hospital, mas não sei por que faria isso. Por que me levar para o hospital sabendo que vou denunciá-lo e ele vai acabar na cadeia?

Coloco a mão na barriga. Não sinto movimento nenhum da Atunzinha. Mesmo hoje de manhã cedo eu ainda a sentia se mexendo. Mas agora não tem nada. E não escuto mais a voz dela no meu ouvido. Talvez seja tarde demais.

— Tem algo errado com a minha bebê — digo. Mesmo em meio à névoa da minha febre, o pânico cresce em mim. — Preciso ir para o hospital.

— Eu estou te levando para o hospital — repete Hank, mas é mentira. Só pode ser. — Vamos chegar já, já.

Não sei aonde ele está me levando. É possível que eu tenha alucinado Simon parado ao lado da caminhonete, mas esse homem não me manteve presa no porão por quatro dias só para me levar até a porcaria do hospital. Ele está me levando para um lugar onde possa fazer o que quiser comigo, sem Polly para impedi-lo agora.

— Por favor — suplico a ele. — Por favor, não faz isso...

Ele me ignora totalmente. Só posso observá-lo dirigindo enquanto meu corpo treme de calafrio.

Olho pelo para-brisa, me perguntando aonde estamos indo. A parte estranha é que não parecemos estar nos embrenhando no mato. Aliás, estamos entrando numa via movimentada, com vários carros ao redor.

Será que consigo chamar a atenção de algum motorista? Alertá-lo de que estou sendo feita refém?

Num sinal vermelho, Hank desacelera e freia. Bato na janela do carona, tentando chamar a atenção do veículo ao lado. O motorista é um homem de meia-idade que está balançando a cabeça ao som de uma música que não consigo ouvir.

— Socorro! — grito com a voz rouca. — Por favor, me ajuda!

Aperto o botão para abrir a janela do carona, e Hank arregala os olhos, alarmado.

— Tegan! — Ele mexe nos botões da porta ao seu lado e a janela faz o caminho reverso. — Você precisa se acalmar antes que eu cause um acidente. Estamos quase lá.

Começo a bater na janela, mas ele está se movendo de novo, saindo da estrada movimentada. Será que perdi a oportunidade de obter ajuda? Eu me pergunto se conseguiria de alguma forma sair correndo da próxima vez que ele parar. Com meu tornozelo quebrado, parece improvável, mas tenho que tentar. Reúno cada grama de força que me sobrou, mas não é muito. Respiro fundo e, por um segundo, tudo fica preto.

E, quando minha visão clareia, tem um hospital surgindo ao longe.

Olho pelo para-brisa para o prédio grande à nossa frente, sem conseguir me convencer por completo de que não é uma miragem. Pisco e esfrego os olhos, certa de que, ao fazer isso, vai desaparecer e vamos estar diante de alguma masmorra remota onde Hank vai acabar comigo.

Mas não. É real. Hank de fato me trouxe ao hospital e agora está estacionando na entrada.

Ele põe o carro em ponto morto e não faz menção de sair do lugar, respirando fundo várias vezes.

— Tegan — diz, baixinho —, você precisa saber que Polly é uma boa pessoa. Ela só fez o que fez porque... Bem, não tenho uma boa desculpa para ela. Mas, se você um dia estivesse internada e minha esposa fosse sua enfermeira, você saberia que pessoa maravilhosa ela é. Ela era uma ótima enfermeira e é uma ótima esposa. Não tem ninguém melhor, sério. Só estou dizendo que ela não é assim. — Seus olhos ficam vidrados olhando pelo para-brisa. — É que... os últimos anos foram difíceis. Vou arrumar ajuda para ela. Prometo.

Meu cérebro está confuso e é difícil compreender as palavras dele. O que Hank está falando? Ele está tentando dizer que *Polly* era a responsável por me aprisionar no porão?

Será possível?

Você precisa ir para o hospital. Precisamos ir agora, antes que ela volte.

— Enfim, o que estou dizendo... — Seu queixo tremula sob a barba grossa. — Só estou pedindo, por favor, que não arruíne a vida dela. Por favor.

Não sei o que dizer.

Felizmente, Hank não espera uma resposta. Ele sai da caminhonete e chama um homem na entrada do hospital. De repente, estão me colocando em uma maca. Tem uma máscara de oxigênio pressionada no meu rosto, e essa é a última coisa de que me lembro por muito tempo.

CAPÍTULO 59

POLLY

Estou bem mais otimista quando volto para casa da farmácia no início da tarde, segurando um saco de papel contendo catorze comprimidos de cefalexina, além de trinta seringas de enoxaparina. Tenho esperança de que isso vai funcionar. Caso contrário, ela talvez precise de antibióticos intravenosos, o que vai ser bem mais complicado. Não tenho certeza do que vou fazer se chegar a esse ponto, mas vou deixar esse problema para quando for a hora.

Quando chego, noto que a porta de casa está destrancada. Mas tenho certeza de que a tranquei. Eu me lembro de fazer isso. Bom, eu não ia deixar a porta destrancada sabendo que Tegan está no porão. Sou bem mais cuidadosa que isso.

Então por que a porta está destrancada?

A única coisa em que consigo pensar é que Hank voltou mais cedo. Mas por que ele faria isso?

Entro em casa com o estômago se revirando de leve. Corro os olhos e não vejo ninguém. A casa está quieta.

— Hank? — chamo.

Silêncio.

Meu coração dispara. Dou passos longos em direção à porta do porão. Fico boquiaberta ao descobrir que está aberta.

Não. *Não.*

Desço os degraus em disparada.

— Tegan? — chamo.

Mas, claro, não há resposta. Porque ela não está mais na cama de hospital.

Ela se foi.

— Tegan! — berro.

Por algum motivo que não consigo explicar direito, corro até a cama e vasculho entre os lençóis, como se fosse descobri-la escondida embaixo deles. Mas ela não está lá. Ela não está no porão. Não está mais aqui.

Corro de volta pela escada com o coração batendo tão forte que dói. A polícia deve ter entrado aqui enquanto eu não estava. Resgataram-na e agora estão esperando para me prender. Deve ter sido isso que aconteceu. Não há outra explicação. Afinal, Tegan não era capaz de ir embora por conta própria.

Disparo pela porta do porão afora, preparada para correr até o meu Bronco. Tenho que chegar à oficina e contar a Hank o que aconteceu. Ele vai saber o que fazer. Ele é bom com esse tipo de coisa. Sempre sabe exatamente o que deve ser feito.

Só que, quando volto para a sala, Hank está lá parado. Está com seu casaco de inverno, o cabelo bagunçado pelo gorro. Deve ter acabado de entrar.

— Hank — digo, sem fôlego. — Eu... eu estava lá no porão. Tegan... Ela sumiu.

Espero que ele reaja com o mesmo pânico que estou sentindo. Afinal, a polícia prenderia nós dois, não só eu. Mas, em vez disso, ele só fica lá parado, rígido.

— Eu sei.

Estreito os olhos para ele.

— Você sabe?

— Eu a levei para o hospital.

As palavras dele são um soco no estômago. Fico olhando para ele, sem conseguir acreditar no que estou ouvindo.

— Como você pôde fazer isso?

— Ela estava doente. Precisava ir para o hospital.

— Mas... — Torço uma mão na outra. — Eu trouxe antibiótico para ela. Ela ia ficar bem.

— Ela precisava ir para o hospital — repete ele com firmeza.

Eu me apaixonei por Hank na primeira vez em que saímos. Ele era um homem grande, mas tímido de um jeito tão cativante e ao mesmo tempo engraçado, cuidadoso e com uma beleza tão máscula, e nunca um homem tinha me olhado daquela forma, como se achasse que eu era o ser humano mais maravilhoso que ele já havia conhecido. Eu soube naquele primeiro encontro, mesmo antes de a minha mãe dizer, que era com ele que um dia me casaria. Nunca lhe contei isso, mas, enquanto estávamos pedindo sobremesa, eu já planejava a nossa vida juntos: um chalezinho fofo com duas crianças que eram uma mistura perfeita de nós dois e talvez um cachorro. Eu já o amava, mesmo então.

Esta é a primeira vez que o odiei nos doze anos desde que nos conhecemos.

— Como você pôde fazer isso? — grito para ele. — Você entende o que *fez*?

Hank balança a cabeça.

— Foi necessário, Polly.

— Ela vai contar à polícia o que a gente fez! — berro. — Nós dois vamos ser presos.

— Foi necessário. Desculpa.

Lágrimas ardem nos meus olhos. Como ele pode me olhar desse jeito? Como pode nem *ligar*?

— Era nossa bebê, sabia? Era a nossa única chance. Minha única chance de ser mãe, e você... você a *arruinou*! Você arruinou a nossa vida!

Minha mãe disse que, um dia, a nossa família estaria completa. Mas ela estava *errada*. Queria que, em vez de me dizer como Hank era um homem bom, ela tivesse me mandado correr para bem longe e encontrar alguém que tivesse um pingo de bom senso.

Hank tenta me abraçar, mas eu o empurro. Ele sempre conseguiu me consolar no passado, mas desta vez não. Sempre achei que estivéssemos juntos nesta, mas não sinto mais isso. Tínhamos uma chance de sermos felizes juntos e ele a arruinou. Ele estragou *tudo*.

— Polly — murmura ele.

— Não. — Recuo, me afastando dele. — Você precisa ficar longe de mim.

— Olha, eu vou ligar para a Dra. Salinsky e...

— *Eu não preciso falar com uma psiquiatra!*

Hank fica sem reação. Ele não está acostumado comigo levantando a voz desse jeito. Fica ali parado em choque.

— Polly, por favor, podemos conversar sobre isso?

— Conversar? — questiono com desdém. — A gente não conversou *antes* de você decidir me trair. Eu só... eu não quero mais falar com você. Já cansei de falar.

Com essas palavras, me viro e subo correndo os degraus até o quarto. Bato a porta ao entrar e a tranco, para garantir. Escuto os passos pesados de Hank na escada, seguidos por uma batida à porta do quarto.

— Polly?

Eu me jogo na cama com as mãos tremendo.

— Vai embora!

— Anda. Me deixa entrar. Não faça nada idiota.

A coisa mais enlouquecedora é o quanto ele está calmo. É o meu marido todinho. Ele nunca se excede por nada. Nem se importou tanto assim por não podermos ter filhos juntos. Não é de surpreender que tenha sido tão fácil para ele levar Tegan ao hospital e abrir mão da nossa última chance de conseguir uma bebê.

— Eu quero ficar sozinha! — falo.

— Polly...

— Eu falei para você ir embora!

Mas não ouço seus passos se afastando. E a sombra do seu corpo permanece embaixo da porta.

— Polly, estou muito preocupado com você. Por favor, me deixa entrar?

Ele está com medo de eu me matar. É meio tarde. Deveria ter pensado nisso *antes* de levar Tegan para o hospital. Ele se sente obrigado a garantir que eu esteja bem, embora, na verdade, fosse ficar melhor se eu me matasse. Ele sabe disso, mesmo que não queira admitir. Durante todos os nossos tratamentos de fertilidade, todos os médicos falaram que a contagem de esperma de Hank era perfeita. O problema era *eu*.

Claro, agora já não adianta mais. Depois do que fiz, estamos os dois fodidos. A polícia vai bater à nossa porta a qualquer minuto, assim que Tegan estiver bem o suficiente para contar a história toda.

— Eu estou bem. — Forço minha voz a ficar num volume normal. — Sério. Eu só não quero conversar agora, tá? — Quando ele não diz nada, complemento: — Juro que estou bem. Só quero ficar sozinha.

— Preciso que você abra a porta, Polly.

— Já disse que estou bem.

— Se você não abrir a porta, vou ligar para a emergência. Eu comprei um telefone novo.

Ele está falando sério. Se achar que sou um perigo para mim mesma, vai chamar uma ambulância e possivelmente mandar que me levem embora. E, se fizer isso, não vou conseguir fazer o que preciso.

Por fim, destranco a porta do quarto e abro. Hank está lá parado, ainda de casaco, torcendo as mãos.

— Viu? — falo. — Eu te disse. Estou bem.

Ele me inspeciona da cabeça aos pés. Franze o rosto como se não tivesse muita certeza de que acredita em mim.

— Você falou que se eu levasse Tegan para o hospital você ia...

Desdenho com um aceno de mão.

— Eu estava só sendo dramática.

Ele ergue a sobrancelha.

— Sério, Hank. — Eu me esforço para minha voz não tremer. — Estou bem. Pode voltar ao trabalho.

— Não — diz ele. — Não vou deixar você sozinha.

Por que ele está sendo tão teimoso? Não temos dinheiro para deixar a oficina fechada nem por um dia, ele sabe disso.

Não saio do lugar, bloqueando o caminho dele para o quarto.

— Você não pode entrar no quarto.

— Tá bom — responde ele. — Vou ficar lá embaixo. Não vou ligar para a emergência, mas vou ligar para a Dra. Salinsky. E... e talvez para um advogado.

— Tudo bem. Vai lá.

Ele franze a testa, hesitando na porta.

— Eu te amo, Polly.

Será que isso ainda é verdade? Ele me amava, sim. Antes de eu enlouquecer. Desde então, ele não me olha mais do mesmo jeito. Ele não me olha como se eu fosse o ser humano mais maravilhoso que já conheceu, isso é certo. Ficamos juntos apenas por hábito. Era responsabilidade minha tornar nossa família completa e fracassei miseravelmente.

— Eu também te amo — respondo, porque, se eu não falar, ele não vai embora.

Hank decide confiar em mim. Seus passos desaparecem pelo corredor. Ele tem medo de me deixar sozinha por enquanto, mas não pode ficar aqui para sempre. Em algum momento, vai ter que sair desta casa. E é isso que estou esperando.

Prometi a ele que ia dar um jeito em tudo. E vou cumprir com essa promessa.

CAPÍTULO 60

TEGAN

— Você podia ter morrido.

A cirurgiã ortopédica, Dra. Tewari, é incrivelmente direta. Passou os últimos vários minutos com sua roupa verde de hospital parada ao lado da minha cama, explicando o que já fez e o que ainda precisa fazer e, principalmente, me deixando morta de medo. Mas vejo em seus olhos castanhos que ela está falando sério.

— É — murmuro. — Eu sei.

Ajusto um pouco o monitor preso à minha barriga para garantir que a Atunzinha está bem lá dentro. Alguém no centro obstétrico está monitorando seus batimentos cardíacos e posso ver na tela ao lado da cama que ela já está em estáveis cento e vinte batimentos por minuto. Depois de me darem soro intravenoso, tanto eu quanto Atum nos sentimos bem melhor. No momento, também tem antibiótico entrando pelo meu outro braço. E me deram ainda uma pequena dose de morfina para aliviar um pouco a dor. Eu me sinto meio como uma almofada de alfinetes, mas estou imensamente grata por todo o cuidado que me deram nas horas que passei aqui.

Acho que vamos ficar bem, mamãe.

— Limpamos a ferida do seu pé — explica a Dra. Tewari. — Estava com uma infecção horrível, e você também está com uma fratura trimaleolar no tornozelo...

Ela está falando sem parar da fratura no meu tornozelo, mas o que não tenho certeza e estou com medo demais de perguntar é se acha que vou perder o pé. Parecia muito feio hoje de manhã e, apesar de estar agora envolto numa camada grossa de gaze, tenho certeza de que continua do mesmo jeito, e ainda mal consigo sentir. Pior ainda, *ouvi* alguém em frente ao meu quarto dizer algo na linha de "talvez perca o pé". Então não é que eu esteja me preocupando a troco de nada.

Queria que ela me contasse, mas também estou apavorada de saber a resposta. Enfim, tenho que me concentrar na Atunzinha no momento. Contanto que ela esteja bem, nada mais importa.

— Além disso — diz a Dra. Tewari em voz baixa —, a polícia quer conversar com você.

Essa declaração atravessa a minha névoa. Ergo os olhos para a médica.

— Quer?

A polícia deve ter descoberto sobre Polly e Hank terem me feito de refém. Mal posso esperar para contar tudo o que aqueles dois fizeram comigo. Sinceramente, fico enjoada só de pensar. Se tivessem me levado para o hospital desde o começo, eu nunca teria ficado tão mal. Se perder o pé, vai ser culpa deles. Se acontecer qualquer coisa com Atum, vai ser culpa deles.

— É — diz a médica. — O policial falou que o seu carro havia sido sabotado antes do acidente.

O quê?

Achei que não pudesse me sentir pior, mas aí está. Alguém *sabotou o meu carro* e causou o acidente? Como pode ser? Quem faria uma coisa dessas?

Claro, é uma pergunta idiota. Sei exatamente quem faria uma coisa dessas. Um homem que não queria que eu procurasse a polícia. Um homem que teria ficado feliz se eu morresse naquele acidente, se a minha bebê morresse.

— Mas eu falei que agora você não estava disposta — diz a Dra. Tewari. — Mandei irem embora por enquanto, mas, quando estiver pronta, pode conversar com eles.

Definitivamente preciso conversar com a polícia. E, depois de falarmos do carro, vou contar tudo sobre o casal que me fez de refém por quatro noites. Embora eu tenha ficado com pena de Hank quando ele me contou dos problemas mentais da esposa, não importa. Aquela mulher quase matou minha bebê e a mim. Ela precisa ser trancafiada para sempre. E o marido também deveria ser trancafiado por deixá-la fazer isso.

— Mas tem um familiar pedindo para te ver — continua a Dra. Tewari —, se você estiver disposta. Ele diz que é seu irmão.

Não vejo nenhum rosto familiar desde que cheguei ao hospital, e o meu coração palpita com a ideia de que Dennis está lá fora pedindo para me ver.

— Por favor, peça para ele entrar.

Quando meu irmão põe a cabeça dentro do meu quarto, batendo suavemente à porta, quase caio em prantos.

— Teggie?

— Dennis! — E agora realmente começo a chorar. Foi coisa demais nos últimos dias. Tudo terrível demais para colocar em palavras. — Você está aqui!

— Claro que estou. — Ele parece péssimo. Está com olheiras escuras e, no queixo, uma barba cor de areia de alguns dias por fazer. Suas unhas estão roídas até o sabugo, como sempre ficam quando ele se sente ansioso com alguma coisa. — Passei todos os dias dirigindo por aqui desde que encontraram o seu carro, te procurando e assediando a polícia para levantar a bunda da cadeira e te encontrar.

— É. — Seco as lágrimas dos olhos. — Foram dias difíceis.

Ele se joga na cadeira ao lado da minha cama.

— *Onde* você estava?

— Eu...

Quero contar tudo a ele, mas não consigo. É horrível e humilhante demais. *Um casal me manteve numa cama de hospital no porão deles e não me deixava ir embora.* Mesmo depois do trauma que Simon Lamar me fez passar, quando fecho os olhos, é aquele porão que vejo. Estou com medo de dormir porque vou ter pesadelos com isso.

Vou guardar para a polícia.

— Teggie? — Ele pega minha mão e percebo como devo estar gelada, porque a dele está bem mais quente. — Você está bem?

Só consigo fazer que não com a cabeça.

— Vamos conversar quando você estiver pronta. — Ele aperta a minha mão. — Além disso, acho bom você saber que tem um sujeito chamado Jackson Bruckner na sala de espera que andou pedindo para falar com você. Ele disse que é um bom amigo.

Fico surpresa ao ouvir isso.

— Jackson está aqui?

Dennis faz que sim.

— Ele chegou logo depois de mim. É... seu namorado?

Hesito, lembrando minhas fantasias totalmente inapropriadas sobre Jackson antes de saber como ele era de verdade.

— Claro que não. Ele estava me ajudando com o contrato com Simon Lamar. E não quero vê-lo.

De repente, me sinto exausta. Dennis não faz nenhuma ideia de que Simon me estuprou. Preciso contar tudo a ele, mas agora não é o momento. Estou emocionalmente exaurida demais e ainda me sinto fisicamente péssima. De repente, daqui a alguns dias, podemos nos sentar e eu explico a ele por que neguei todo aquele dinheiro. Tenho certeza de que ainda vou estar aqui no hospital.

Ai, Deus, como vou pagar esta internação? E o meu parto? E o resto da minha vida?
Uma contração repentina aperta a minha barriga e leva lágrimas aos meus olhos. Pela primeira vez, queria apenas ter mentido e fingido que Simon nunca fez o que fez comigo.

CAPÍTULO 61

POLLY

Hank atacou o armário de remédios enquanto eu estava na farmácia.

Não tem mais nada. Todos os potes de comprimido desapareceram, agora armazenados numa localização secreta. Tirou até a lâmina que uso para depilar as pernas e a tesoura que ele usava para aparar a barba antes de deixá-la crescer livremente.

Claramente, ele levou a minha ameaça de suicídio a sério.

Mas, no momento, o verdadeiro perigo não sou eu tirando a minha própria vida. Nós sequestramos uma mulher. E, se ela ainda estiver viva, o que não é certeza, sem dúvida vai contar à polícia tudo o que fizemos com ela, se é que já não contou. É quase certo nós dois sermos presos por isso.

A não ser que eu faça alguma coisa.

Como prometido, Hank não sai de casa. Não só isso, mas, a cada hora, sobe para bater à porta do quarto. Se eu não atendo na hora, ele chama o meu nome. Nesse ponto, tenho que responder, porque, senão, ele vai derrubar a porta.

Minha chance chega no início da noite, quando Hank sai para o quintal para cortar mais lenha.

Eu sabia que ele faria isso. Consumimos a maior parte da nossa madeira durante a nevasca e à noite usamos a lareira em vez do aquecedor, para economizar. Ele supõe que vou descer para jantar e já quer estar com o fogo aceso.

Mal sabe ele que não vou estar lá quando ele vier me buscar para comer.

Tenho uma pequena janela de tempo para fazer isso acontecer. Eu trabalhava no Roosevelt Memorial, então sei que a troca de plantão é às sete da noite. Essa troca acontece quando a equipe de enfermagem do dia passa todas as informações dos pacientes para a equipe que está chegando para o turno da noite. Quando isso acontece, tem mais ou menos meia hora de caos. Os enfermeiros estão todos conversando e nenhum remédio é entregue. É uma breve janela de tempo quando praticamente qualquer coisa pode acontecer.

Essa janela vai ser minha oportunidade.

Procuro na última gaveta da cômoda do quarto, que é onde guardo meus uniformes de enfermagem. Eu usava para trabalhar todo dia, mas agora só estão lá no fundo da gaveta, bem dobradinhos, zombando de mim. Pego um conjunto discreto florido que está em cima e visto. Enrolo a trança em si mesma até virar um coque arrumado. Então me olho no espelho do quarto.

Estou igualzinha a quando ia trabalhar todo dia. Antes de tudo ir por água abaixo.

Desço a escada até a cozinha, pisando o mais silenciosamente que consigo para Hank não notar que estou descendo. Mas não, ele está distraído cortando madeira no quintal. Mal consigo vê-lo pela janela dos fundos, usando uma camisa de flanela apesar do frio, porque sempre fica suado. A visão do meu marido grande e forte cortando madeira no quintal me é tão familiar quanto o meu próprio rosto: ele faz isso todo inverno desde que a gente se casou. Sempre garantiu que não ficássemos sem madeira para nossa lareira, que sempre ficássemos aquecidos.

Dou as costas para a janela. É hora de ir.

De repente, percebo que não levei almoço para Sadie hoje. Começo a pegar papel-alumínio para montar um sanduíche rápido e deixar quando estiver de saída, mas depois vejo pela janela que a caminhonete de Mitch está na entrada da casa. Se ele está em casa, preciso ficar longe.

Permaneço na bancada por mais alguns segundos. Hank esvaziou o nosso banheiro, mas foi tolo de deixar todas as facas na cozinha. Ponho os olhos numa tesoura de cozinha que guardamos no bloco de facas. Pego e testo o peso. Em seguida, guardo no bolso da calça do uniforme.

Espero que Sadie fique bem sem mim. Porque, depois disso, não sei se vou voltar para casa um dia.

CAPÍTULO 62

TEGAN

Dennis pede licença para pegar alguma coisa para comer na lanchonete antes que ela feche. Não quero que ele vá embora, mas, ao mesmo tempo, estou exausta. Posso tirar uma soneca enquanto ele está comendo.

Meus olhos estão começando a fechar quando a porta do meu quarto se abre. De repente, estou de novo totalmente alerta.

— Oi? — chamo.

Eu me pergunto se é a enfermeira com mais remédio para dor. Não que eu possa tomar muito enquanto estou grávida.

Mas não é a enfermeira. É *Jackson*.

Ao contrário do meu irmão, que parece ter passado os últimos três dias dormindo com a roupa do corpo, Jackson está com uma camisa social bem passada e gravata, e seu cabelo preto parece relativamente arrumado, considerando que é o fim de um longo dia. Só seus olhos parecem levemente avermelhados atrás dos óculos fundo de garrafa. Eles correm por mim de cima a baixo, da barriga inchada até o pé e o tornozelo cobertos de gaze, depois se arregalam um pouco, embora eu perceba que ele está se esforçando para esconder a reação. Devo ser uma visão terrível.

— Como você está? — pergunta ele, tenso.

A pergunta me deixa irritada. Não acredito que a enfermeira o deixou entrar aqui.

— Estou absolutamente maravilhosa.

Ele tem o bom senso de parecer envergonhado.

— Eu sei. Desculpa. Só estou feliz por você estar bem.

Está mesmo? *O policial falou que o seu carro havia sido sabotado antes do acidente.* Quem teria motivação para fazer isso? Simon, é claro. Mas ele jamais sujaria as próprias mãos. Pediria que outra pessoa o fizesse. Um lacaio que andou dirigindo de um lado para o outro nos últimos meses para *resolver as coisas* com a garota que Simon engravidou.

— Olha só. — Ele se senta na cadeira ao lado da minha cama. — A gente precisa conversar.

Ele está desconfortavelmente perto da minha cama. Será que a enfermeira permitiu que ele entrasse mesmo? Deixei claro que não queria visitantes fora meu irmão. Mas nos últimos tempos passei a conhecer muito bem Jackson. Ele é um babaca por não acreditar no que contei sobre Simon, mas para ser sincera não consigo imaginá-lo machucando ninguém.

O policial falou que o seu carro havia sido sabotado antes do acidente.

— Estou cansada demais para conversar — falo. — Eu... eu prefiro que você vá embora.

— Vai ser rápido — promete ele.

— Jackson...

— Não, me deixa falar isso. — Ele olha para mim. — Outro dia, quando você falou aquilo sobre Simon e o que ele fez com você, fiquei muito surpreso. Meu trabalho é protegê-lo, sabe?

— Ã-hã...

— E lidei com isso de um jeito péssimo. — Seus olhos castanho-claros se estreitam. — Sempre ouvi histórias de mulheres que têm a coragem de ser sinceras sobre o que aconteceu com elas. Foi o que você fez, e eu reagi do pior jeito possível. Pior ainda, dei cobertura para Simon. Estou muito envergonhado do meu comportamento.

Franzo a testa.

— Sério?

— Sério, estou mesmo. — Ele não desvia o olhar de mim. Será que as pupilas dele estão dilatadas ou estou só imaginando coisas? Seus olhos, de repente, ficam mais escuros que o normal. — Sinto muito mesmo que as coisas tenham acabado assim, Tegan. De verdade. Você é quem menos merece isso.

Jackson está me deixando bastante nervosa. Não sei por quê, mas parece que tem algo errado aqui. Por algum motivo, o pedido de desculpas parece estranho. Quer dizer, é difícil acreditar que ele está arrependido depois do que me disse. Queria que Dennis se apressasse e voltasse logo da lanchonete.

Não consigo ver ninguém fora do meu quarto. Aperto o botão vermelho para chamar a enfermeira. Da última vez que a chamei, ela apareceu quase imediatamente. Mas agora não parece ter ninguém lá.

— Você chamou a enfermeira? — pergunta Jackson. Caramba, eu não sabia que ele tinha me visto fazer isso. — Estão trocando de plantão agora. Acho que vai levar um tempinho até alguém aparecer. — Ele pausa. — Somos só nós dois.

Sinto que vou vomitar.

— Ah...

— Mas posso te ajudar. — O brilho nos olhos dele causa um arrepio na minha espinha. — Me diga, Tegan, do que você precisa?

— De nada — respondo, baixinho. — Estou bem.

— Mas você apertou o botão da enfermeira.

— Foi sem querer.

Jackson reflete sobre as minhas palavras por um instante. Olha de relance para a porta, verificando que ainda estamos sozinhos. Estamos.

— Olha só, Tegan...

Eu me contorço na cama.

— Jackson... eu... estou muito cansada...

— Imagino. — Ele se debruça mais perto de mim. Perto demais; consigo sentir o cheiro do pós-barba. Um aroma mentolado, muito diferente do perfume de Simon. — Mas tem uma coisa que você precisa saber...

CAPÍTULO 63

POLLY

Não ponho os pés no Roosevelt Memorial desde o dia do Incidente.

Foi tão humilhante. Eu nem fiz nada tão ruim. Não é como se eu fosse machucar aquele recém-nascido. Eu sabia que não podia ir a lugar nenhum com ele. Estava só *pegando no colo*. E definitivamente ia devolvê-lo *uma hora*. Só queria ficar mais um pouquinho com ele.

Eu não precisava ser escoltada pela segurança.

Hoje, quando entro marchando no hospital, deixo o casaco no carro para todo mundo ver meu uniforme e estou usando meu antigo crachá. Eles confiscaram o que eu estava usando no meu último dia, mas tenho um extra de quando achei que tinha perdido e pedi para a segurança imprimir um novo. Não vou conseguir entrar nas salas de medicamentos, mas não preciso disso. É só pela aparência.

E, no fim, nem era necessário. O guarda mal levanta os olhos quando passo. Ainda é horário de visita. Pego uma máscara cirúrgica da recepção para esconder o rosto, só por garantia.

Ando determinada na direção dos elevadores. Verifico a lista na parede para me certificar de que o centro obstétrico continua no terceiro andar, depois espero pacientemente pela chegada do elevador. Ao meu lado, tem um homem mais ou menos da minha idade com um elefante de pelúcia numa das mãos e uma caixa de bombons na outra. Ele nota que estou olhando para suas posses e sorri.

— Minha mulher acabou de dar à luz nosso primeiro filho — diz ele com um toque de orgulho. — Sei que o bebê é pequeno demais para curtir isto, mas... Bom, a minha esposa vai gostar dos bombons.

Tento retribuir o sorriso dele, mas meus lábios parecem de borracha.

— Com certeza vai.

Eu me pergunto o que Hank teria trazido se eu tivesse engravidado. Consigo imaginá-lo perambulando pelos corredores do supermercado, tentando escolher um mimo de que eu gostaria. E depois parando numa loja de brinquedos. Não sei o que ele ia comprar, mas o bichinho com certeza estaria usando um boné de beisebol.

Agora isso nunca vai acontecer.

As portas do elevador se abrem. O homem ao meu lado é um cavalheiro e faz um gesto para eu entrar primeiro. Meus olhos se enchem de lágrimas quando aperto o botão do terceiro andar e o elevador lentamente começa a subir. Ponho a mão no bolso do uniforme e meus dedos se fecham reconfortantemente no cabo da tesoura que vai garantir que Tegan jamais conte a alguém o que fizemos.

Logo, tudo isso vai acabar. Não vou ter que sorrir e fingir ficar feliz por pessoas que estão tendo bebês. Não vou ter que ver Hank fingindo estar satisfeito com a vida que ele é obrigado a ter por minha causa. Ele pode ter o recomeço que merece.

Hank vai ficar desesperado ao notar que o quarto está vazio e meu Bronco não está na entrada. Vai me procurar pela casa inteira. Depois, vai entrar na caminhonete e dirigir por aí, tentando me encontrar. Em algum momento, vai pensar em vir até aqui.

Mas, quando fizer isso, já será tarde demais.

CAPÍTULO 64

TEGAN

—Teggie? Está tudo bem?

O que quer que Jackson estivesse prestes a dizer ou fazer é interrompido por Dennis parado na porta do meu quarto. Jackson vira a cabeça para o meu irmão e olha feio para ele.

— Tegan e eu estávamos conversando — diz Jackson, irritado.

— Na verdade, já terminamos a conversa. — Lanço um olhar para mostrar a Dennis que preciso que Jackson saia imediatamente do quarto. — E estou muito cansada.

O maxilar barbeado de Jackson se contrai.

— Tegan...

— Ela teve um dia longo, Jackson. — Dennis olha sério para ele. — Hora de ir, cara. O que quer que seja, vocês podem conversar amanhã.

Por um segundo, fico preocupada que Jackson se recuse a ir embora e as coisas fiquem feias entre ele e o meu irmão. Eu me sinto aliviada por pelo menos Dennis ter chegado para me defender. Depois de tudo o que aconteceu comigo, é bom ter alguém do meu lado. Mas Jackson se levanta da cadeira e lança um último olhar demorado para mim.

—A gente precisa conversar amanhã, Tegan — diz ele. — Bem cedo.

Tudo o que sei é que não vou dar outra chance para ele ficar sozinho num quarto comigo.

Por fim, Jackson se vira e sai para o corredor. Eu esperava sentir a tensão deixando o meu corpo com a saída dele, mas, por algum motivo, ainda tenho uma apreensão de que não consigo me livrar, como se ainda houvesse perigo no horizonte. Coloco a mão na barriga e a Atunzinha dá um chute reconfortante.

— Deus do céu — diz Dennis ao se acomodar de volta na cadeira que Jackson vagou. — Qual é o problema *dele*?

Nunca verdade maior foi dita. Mas o estranho é que os dois quase pareciam já se conhecer. Dennis chegou a chamar Jackson pelo nome. O que é bem esquisito, porque como eles poderiam se conhecer? Eu nunca mencionei Jackson nas minhas conversas com Dennis e, mais cedo, ele agiu como se não soubesse quem era.

— Se aquele advogado voltar — continua Dennis —, vou me certificar de dizer que você não quer vê-lo.

Faço que sim com a cabeça, embora, de repente, não esteja tão certa. Quando Jackson estava ao lado da minha cama, eu queria que ele fosse embora. Mas ele queria me dizer alguma coisa. E seu olhar... não era ameaçador. Era outra coisa.

Era medo.

— Você está bem? — pergunta Dennis pelo que parece a milésima vez.

Mudo de posição no colchão, tentando ficar confortável, o que é quase impossível com o tornozelo quebrado e a barriga gigante.

— A dor é horrível.

— É, eu sei. — Ele franze a testa. — Eu quebrei a perna em três lugares quando sofri aquele acidente, lembra?

— Claro que lembro. — Eu fiquei tão preocupada com Dennis quando recebi a ligação falando do seu acidente. Naquela época, ele era o único familiar que me sobrava, e eu não conseguia suportar pensar em perdê-lo. Odeio tê-lo feito passar por coisa muito pior nos últimos dias. — Foram circunstâncias parecidas também, né? Uma estrada com gelo?

Ele faz que sim, seu olhar fica distante por um segundo.

— É. Tinha tido uma nevasca na noite anterior, mas aquele cara que você estava namorando... um tal de Brian, não é?... tinha terminado com você, e você estava tão histérica no telefone que precisei ir.

Eu me lembro de Brian terminando comigo, embora não tenha pedido a Dennis que viesse — foi ele quem insistiu. Só que agora há certa intensidade em sua voz, como se ele estivesse bravo comigo por tê-lo forçado a dirigir numa nevasca.

Ele não me culpa pela batida, culpa? Esse acidente acabou com a carreira dele como esquiador profissional de uma hora para a outra, claro, mas ele sempre pareceu feliz com a vida de instrutor de esqui. Ele não é como o nosso pai, que era obcecado por ter cada vez mais e mais sucesso na carreira. E, quando fracassou, morreu por isso. Dennis é diferente. Está satisfeito com o que tem e se importa mais comigo do que com qualquer outra coisa.

— Não seria tão ruim — digo — se pelo menos eu tivesse um jeito de pagar por tudo isso.

— E o seu plano de saúde?

Olho para o acesso pingando remédio na minha veia.

— Ele é péssimo.

— E o dinheiro de Lamar?

Apesar de tudo, sinto uma onda de irritação. Eu nunca disse a Dennis o que Simon fez comigo, mas expliquei sem deixar margem de dúvida que não ia aceitar aquele dinheiro.

— Eu te disse que não posso aceitar esse dinheiro.

— Sim, mas as circunstâncias mudaram. — Ele olha para o meu tornozelo quebrado. — De repente, você deveria reconsiderar.

É um bom argumento. As coisas já eram ruins antes do meu acidente, mas agora minha situação está bem pior. Só Deus sabe quanto tempo vou ter que ficar sem trabalhar por causa do tornozelo quebrado e da infecção. Estou me afundando mais que nunca. E, apesar de Simon ter rasgado aquele contrato, tenho a sensação de que, se eu o procurasse de novo, ele estaria mais que disposto a fazer um novo para eu assinar.

Só que isso não vai acontecer. De jeito nenhum. Não vou aceitar dinheiro daquele homem para ficar calada. Ele fez uma coisa terrível comigo, e eu não vou continuar em silêncio e permitir que ele faça o mesmo com outras garotas.

— Não — digo com uma força que me surpreende. — Não vou aceitar o dinheiro dele. Nunca.

Dennis abre a boca como se fosse discutir comigo, mas a fecha em seguida e curva os ombros. Eu me sinto culpada, porque vou ter que depender da ajuda dele depois da chegada da bebê, mas ele vai estar ao meu lado. Sempre esteve.

— Enfim — diz ele —, não pense nisso agora. Você já passou por problemas suficientes e está parecendo acabada.

Nisso ele tem razão. Já passei por coisa demais nos últimos dias e, mesmo tendo dito a Jackson que estava cansada só para me livrar dele, de repente minhas pálpebras parecem de chumbo. Agora que a dor está mais controlada, posso dormir direito à noite pela primeira vez em dias.

— Acho bom você tirar uma soneca — diz Dennis. — Você está segura agora. Não tem mais com o que se preocupar.

— Talvez eu tire mesmo — murmuro. — Só um pouquinho... só para...

E, antes mesmo de eu conseguir terminar a frase, meus olhos se fecham.

CAPÍTULO 65

POLLY

O homem com os bombons e o bichinho de pelúcia dá um passo para o lado para me deixar sair primeiro do elevador. Mas, enquanto ele segue em direção à maternidade, eu fico para trás. Meu estômago está se revirando, e parece que vou vomitar.

Estou perdendo a coragem.

Mas não posso deixar isso acontecer. Se Tegan falar com a polícia sobre mim e Hank, está tudo acabado. É o único jeito. Não posso me salvar, mas posso salvar Hank.

Quando estou prestes a ir na direção do centro obstétrico, um homem alto e magricelo com óculos fundo de garrafa e terno amarrotado passa por mim e me dá um encontrão com o ombro. Ele estava absorto em algo no celular e, quando esbarra em mim, levanta a cabeça, surpreso.

— Desculpa — balbucia, mas volta imediatamente a olhar para a tela.

Meu celular vibra no bolso. Eu pego. Como esperado, é uma mensagem de Hank, que deve ter terminado de cortar lenha e descoberto que eu não estava lá:

Cadê você?

E um segundo depois:

Você não está no quarto. Para onde você foi?

E então:

Por favor, volta para casa agora!!!

Quero responder. Quero dizer a ele que sinto muito pelo que estou prestes a fazer, mas é o único jeito de salvá-lo.

Mas, se eu escrever qualquer coisa, ele vai surtar. Então enfio o telefone de volta no bolso.

Adeus, Hank.

Hora de agir.

Mantenho a mão no bolso, segurando a tesoura. Com o uniforme e o crachá preso no peito, sei que ninguém vai me parar. Consigo entrar direto no centro obstétrico, e, como esperava, as enfermeiras estão todas agrupadas, passando suas tarefas do plantão da manhã para o da noite. Ninguém faz nenhuma pergunta a mim, porque pareço estar no lugar certo. Eu me misturo perfeitamente com o cenário. Sou invisível.

Os nomes não ficam nas portas, mas sei que guardam uma lista de quem está em cada quarto no posto de enfermagem. O mais casualmente que consigo, entro no posto e a localizo em cima do teclado de um dos computadores.

Werner. Quarto 308.

Seguro a tesoura no bolso com tanta força que meus dedos estão formigando. Ando pelo corredor rápida e decididamente. Passo pelo 301, pelo 302, pelo 303...

Vou mesmo fazer isso? Será que tenho coragem de machucar outro ser humano? Não consegui nem quebrar a patela de Tegan, e isso é muito, muito pior. Mas é o único jeito de o meu marido não ter problemas.

304, 305, 306...

Meu telefone agora está tocando. Hank está me ligando. Tiro o celular do bolso e aperto um botão para rejeitar a ligação. Então coloco no mudo.

307, 308...
E aqui estou.

Vejo-a na mesma hora. Tegan. Ela está deitada na cama de hospital, com o cabelo loiro sem vida caído ao redor do rosto. A barriga está bem destacada e o tornozelo esquerdo, envolto numa boa camada de gaze branca. Ela está de olhos fechados, dormindo pesado, o que vai tornar a coisa bem mais fácil.

Só que então percebo que ela não está sozinha no quarto. Tem um homem parado ao lado. Levo um segundo para reconhecê-lo como o homem que esteve na minha casa procurando por Tegan. O homem que disse que era irmão dela.

Mas ele não está só visitando Tegan. Tem alguma outra coisa rolando no quarto.

O homem está com uma seringa na mão. E está tentando conectá-la ao acesso de Tegan, mas de um jeito atrapalhado. Posso até não trabalhar como enfermeira há anos, mas duvido muitíssimo que as regras tenham mudado a ponto de um familiar aleatório ter permissão de injetar o que quiser no acesso de uma paciente. Esse homem não tem boas intenções.

Fico paralisada na porta. O irmão de Tegan está tentando machucá-la. Eu vim aqui para impedir que ela entregasse Hank e a mim, mas esse homem está fazendo isso por mim. Só preciso ir embora e todo esse pesadelo vai chegar ao fim.

— O que você está fazendo? — deixo escapar.

O homem vira a cabeça para mim num movimento brusco. Seus olhos ficam arregalados ao me verem. Ele solta o acesso, que agora está vazando fluidos. Coloca a seringa no bolso.

— Desculpa — diz ele. — O horário de visita acabou?

Solto a tesoura no meu bolso e coloco as mãos na cintura.

— Eu perguntei o que você estava fazendo.

O irmão de Tegan abre a boca. Embora eu o reconheça de quando foi à minha casa, ele provavelmente não consegue saber quem sou eu de uniforme e máscara cirúrgica. Deve achar que sou só uma enfermeira de plantão. Fico lá parada, esperando para ver que história ele vai inventar sobre o que estava tentando fazer. Mas, em vez disso, ele me surpreende. Começa a correr, quase me derrubando no desespero de sair do quarto.

A comoção faz Tegan abrir os olhos. Por um segundo, nossos olhares se encontram.

— Você! — grita ela.

Não tenho tempo para lidar com ela agora. Dou meia-volta e corro atrás do homem, que tem uma vantagem considerável.

— Parem ele! — grito.

Meus tênis batem no piso de linóleo e toda a equipe para e olha. Alguns começam a se mexer, mas estou na frente. Só depende de mim, preciso parar aquele cara. É a única coisa em que consigo pensar.

Não sou rápida o suficiente para pegá-lo, mas consigo prender os dedos em gancho na parte de trás do colarinho de seu casaco de esqui. Isso não o para, mas ele tropeça e perde o equilíbrio, levando um segundo para se endireitar. O estranho que eu tinha visto antes, aquele de óculos de lentes grossas, está esperando o elevador e, ao ver a perseguição, corre até nós. Sem hesitar, agarra o irmão de Tegan e o empurra contra a parede com força, segurando-o com um cotovelo no pescoço. O homem é mais forte do que parece.

O estranho me olha por cima do ombro enquanto o irmão de Tegan se contorce sob suas mãos, tentando respirar.

— O que ele fez? — ladra o estranho para mim.

— Ele estava tentando injetar alguma coisa no acesso intravenoso dela — digo, ofegante.

O homem de óculos não parece nada surpreso. Consigo escutá-lo sibilando no ouvido do sujeito:

— Eu *sabia*! Eu sabia que era você, seu merda!

Um segurança se junta a eles e rapidamente explico a situação. Como pareço enfermeira, tudo que digo é levado muito a sério. O guarda faz que sim como se não fosse a coisa mais doida que viu hoje. Quase acredito nisso.

Em seguida, o guarda puxa a seringa do bolso do sujeito. O que será que tinha nela? Nada de bom, suspeito.

— Obrigado, Polly — diz o guarda quando termino a história toda.

Abro a boca, chocada por ele saber o meu nome. Depois me lembro. Ainda estou de crachá.

— Ah — é só o que consigo responder.

Preciso sair daqui. É questão de tempo até descobrirem que não trabalho de verdade no hospital como enfermeira. E, se alguém lembrar o que fiz há dois anos, não vai ser bom para mim. Posso acabar sendo presa junto com o irmão de Tegan. Então, no segundo que o guarda vira a cabeça, vou embora o mais discretamente que consigo.

Vim aqui matar Tegan Werner para impedi-la de colocar o meu marido na cadeia. Mas a verdade é que eu jamais teria conseguido fazer isso. No fim das contas, não tinha coragem.

Então, em vez disso, salvei a vida dela.

CAPÍTULO 66

TEGAN

Jackson precisa me explicar cinco vezes e ainda não consigo entender.

— Sinto muito, Tegan — não para de dizer. — Sei que é a última coisa de que você precisa agora.

Deixei a polícia entrar no meu quarto. Bom, *um* policial. Tem um investigador chamado Maxwell aqui, e foi ele que andou investigando o meu acidente de carro. E, pelo jeito, também andou investigando Simon Lamar.

— Achamos um homem que Simon Lamar pagou para mexer na banda de rodagem dos seus pneus na véspera do acidente — relata o investigador Maxwell. — Eles sabiam que os pneus não iam conseguir manter tração na nevasca, por isso seu irmão sugeriu que você fosse vê-lo.

— Mas por que Dennis...

Mal consigo dizer as palavras. Meu irmão por muito tempo foi meu universo inteiro. Por que ele faria uma coisa dessas comigo?

— Seu irmão e Simon eram sócios — explica Maxwell. — Simon estava financiando um monte de novos resorts de esqui com Dennis. Era um negócio enorme para ele. E Simon deixou muito claro que, se você falasse com a polícia, não ia se concretizar.

Na verdade, foi numa visita ao resort onde o meu irmão trabalha que conheci Simon Lamar num bar. Ao que parece, ele tinha acabado de sair de uma reunião com Dennis.

Sempre pensei no meu irmão como um cara despreocupado que era feliz com a carreira de instrutor de esqui, mas, no fim, ele tinha mais em comum com nosso pai do que eu imaginava. Ao perceber que o acordo em que estava trabalhando escorria por entre os dedos, ele se dispôs a fazer o que fosse preciso para dar certo.

Pelo jeito, Dennis nunca ficou tão tranquilo quanto eu achava com a perda da chance de virar profissional. Jamais percebi que ele me culpava pelo acidente que o tirou de ação. Dói pensar no ressentimento fervilhante que ele sentiu por anos.

Jackson coloca a mão no meu ombro.

— Eu estava tentando te contar isso, mas aí aquele desgraçado voltou. Não achei que houvesse chance de ele ser ousado a ponto de tentar algo enquanto você estivesse no hospital, senão nunca teria te deixado sozinha. — Ele fecha bem os olhos. — Eu não devia ter saído. Me desculpa, Tegan.

— Não foi culpa sua — digo e estou falando sério.

Fui eu que o mandei embora.

— Fui sincero no que disse antes — continua Jackson. — Estou muito envergonhado e arrependido da minha reação quando você me contou o que Simon fez com você. E... e eu não conseguia acreditar que falei tudo aquilo para você. Depois que fui embora do seu apartamento, entrei em contato com outra mulher que sei que Simon pagou e descobri que a história era a mesma. Ele também a drogou, mas ela aceitou o dinheiro para ficar calada. — Ele estremece. — Quando te liguei logo antes do acidente, quando o sinal estava ruim, eu estava tentando dizer que queria ajudar e ia procurar a polícia para contar o que sabia sobre Simon. Queria te apoiar quando você fizesse a denúncia, garantir que ele nunca mais fizesse nada parecido.

— Bom — diz o investigador Maxwell —, ele com certeza não vai mais fazer. Simon está detido e pretendemos responsabilizá-lo por tudo o que fez.

Olho para o investigador.

— O que tinha naquela seringa?

— Achamos que era morfina. — Maxwell pausa. — Você já estava recebendo morfina, então a dose letal poderia ser atribuída a um erro da enfermagem.

Dose letal? Jackson parece tão abalado quanto eu. Não acredito que o meu próprio irmão faria uma coisa dessas comigo. Nunca me senti tão sozinha em toda a minha vida.

Ainda estou aqui, mamãe. Estou com você!

De fato, ainda tenho a minha filha. A única bênção é que ela sobreviveu a isso e ficou bem.

— Estamos tentando entender quem era aquela enfermeira que parou o seu irmão — diz o investigador. — Ela estava na sua porta e impediu que ele te desse a morfina. Mas ela estava de máscara, e os outros funcionários não a reconheceram.

Volto ao momento em que acordei, à mulher parada na porta do meu quarto e àqueles olhos verdes me encarando por cima da máscara.

Polly.

Polly veio aqui hoje. Não sei qual era sua motivação para isso, mas ela impediu que Dennis matasse a minha bebê e a mim. Eu a odeio pelo que ela fez comigo, mas também entendo que, se não fosse por ela e Hank, eu agora estaria morta. Eles me salvaram duas vezes. Só estou aqui agora por causa dela. Estou em dívida com ela.

Mas ainda não tenho certeza de que é suficiente.

CAPÍTULO 67

POLLY

A primeira coisa que vejo ao sair do hospital é aquela caminhonete verde familiar.

Hank.

Quando ele me vê, pula do banco do motorista, deixando o veículo para trás, embora não seja uma área de estacionamento e daqui a trinta segundos alguém vá vir dizer isso a ele. Mas, no momento, ele não está nem aí.

— Polly! — grita. — O que você está fazendo aqui?

Ele parece surtado de verdade. O boné está torto e o casaco, aberto, revelando a camisa de flanela manchada de óleo. Quando chega até mim, ele me agarra pelos ombros como se tivesse medo de eu fugir.

— Está tudo bem — digo. — Juro.

— Mas...

Ele olha para a entrada do hospital.

— Por que tem tanta viatura aqui?

— Fica tranquilo. Não vieram atrás de mim.

Ele inspeciona o meu rosto, sem saber se deveria acreditar em mim.

— Juro — repito. — Estou livre para ir embora. Mas o meu carro está no estacionamento.

— Deixa dormir aqui — diz ele. — Vamos voltar para casa na minha caminhonete.

Não posso culpá-lo por não querer me perder de vista. E, verdade seja dita, não estou animada para andar de volta até meu carro sem casaco. Então, obedeço e subo no banco do carona da caminhonete dele.

Hank dá a partida, e esfrego as mãos para me aquecer. A tesoura de cozinha me espeta de leve na coxa, e estremeço, pensando numa realidade alternativa em que fui até o fim com meu plano insensato. Nessa realidade, eu agora estaria morta ou a caminho da prisão. Em vez disso, estou indo para casa numa caminhonete quentinha com meu marido. Que bom que estou vivendo nesta realidade.

— Acho que você tem razão — falo. — É melhor eu marcar outra consulta com a Dra. Salinsky.

Hank me olha de relance. Não fala nada, mas põe a mão no meu joelho e aperta de leve.

— Eu te amo, Hank — digo.

— Eu também te amo, Polly. — A voz grave dele falha. — Mais que tudo.

Então descanso a cabeça no peito largo e grande dele, que coloca o braço em torno dos meus ombros, me segurando com força como se tudo que fosse importante estivesse aqui neste carro, no banco ao seu lado. Cada poro do seu corpo irradia amor por mim.

Um dia, a sua família vai estar completa.

Passei tantos anos da vida focada no bebê que queria tanto. Mas Hank é minha família e me deu mais amor do que eu receberia de uma dúzia de crianças. Precisei quase perder tudo para perceber como sou abençoada.

Um ano depois da morte dela, finalmente vejo a sabedoria nas palavras da minha mãe. Eu tenho Hank e ele tem a mim, nossa família está completa. E agora estamos indo para casa juntos para ter uma noite tranquila e gostosa, só nós dois.

— Vamos para casa — digo a ele.

Ele faz que sim e engata a marcha.

Só que o que nos espera não é uma noite tranquila. Porque, depois que Hank nos leva de volta para casa, vejo as luzes da polícia piscando antes mesmo de chegarmos à entrada.

Tegan contou o que fizemos. Já era.

Eles estão aqui para nos levar para a cadeia.

CAPÍTULO 68

POLLY

— O que está acontecendo? — solta Hank de repente.

Levo um segundo para perceber que as luzes da polícia não estão em torno da nossa casa. A polícia está cercando a casa de Mitch Hambly. Tem um monte de policial.

Ai, não. Sadie.

Se Mitch a machucou, juro que vou fazer bom uso dessa tesoura de cozinha.

Antes que Hank consiga me impedir, pulo da caminhonete. Estou vestida de forma totalmente inapropriada, sem casaco e só de tênis. Em um segundo marchando pela neve, meus pés ficam molhados e gelados. Mas continuo até chegar a outra casa, que está cercada de fita de isolamento.

— Com licença, senhora — diz um jovem policial quando me aproximo da fita. — Vou ter que pedir que dê um passo para trás.

— Mas é meu vizinho! — grito. Aponto para a nossa própria casa. — Eu moro bem ali.

— Desculpa. Recomendo que a senhora vá para casa.

— Mas... a garotinha... ela está bem?

Só que o policial não está me ouvindo. Está falando num rádio.

Um segundo depois, Hank para atrás de mim. Segura o meu cotovelo e seu olhar corre pela cena atrás de nós.

— Polly, isso aqui é problema da polícia. A gente não deveria estar aqui.

— Mas e Sadie? — Cruzo os braços. — Não vou sair daqui sem saber se ela está bem.

Hank poderia muito bem me pegar e me jogar por cima do ombro para me levar de volta para casa. Em vez disso, tira o casaco pesado e coloca nos meus ombros.

— Vista isso antes que você congele.

— Você não vai ficar com frio?

— Está brincando? Você sabe que eu sou uma fornalha — diz ele, apesar de seus dentes estarem batendo de leve.

— É grande demais — resmungo, mas me envolvo mais forte com o casaco quentinho. Tem cheiro de óleo, e lascas de madeira, e Hank.

Estico o pescoço para ver o que está acontecendo. O policial está falando de novo no rádio. Só consigo pegar trechos do que ele diz. *Homem de 46 anos... Traumatismo craniano por objeto contundente...*

Neste momento, baixo os olhos para a neve em frente à casa. E vejo gotas escarlate.

— Hank! — Agarro a manga do meu marido. — Olha! Tem sangue na neve.

Hank fica pálido ao olhar para onde estou apontando. Parece estar se decidindo em relação a alguma coisa e, por fim, vai até a fita de isolamento e pigarreia alto. Sigo bem perto dele.

— Com licença — diz ele ao jovem policial. — Minha esposa e eu moramos aqui do lado. Temos o direito de saber o que está acontecendo no nosso quintal. Preciso saber se estamos seguros.

O policial leva um instante para assimilar o corpo de um e noventa e cinco do meu marido. Por fim, diz:

— Nada com que se preocupar, senhor. Pelo jeito seu vizinho estava bêbado, teve uma queda feia nos degraus da frente e ficou inconsciente. Então sufocou com a cara na neve.

Mitch está *morto*? Sempre tive a sensação de que a bebida ia acabar com ele. Mas não esperava que fosse tão cedo.

— E a filhinha dele? — pergunto. — Está bem?

— Ela está bem — garante o policial. — Vamos encontrar um lugar para ela.

— Mas ela não tem nenhum outro familiar...

— Fique tranquila, senhora. Estamos com tudo sob controle.

Hank abraça os meus ombros. Apoio a cabeça nele e, ao sentir seu coração batendo encostado em mim, juro para mim mesma que, independentemente do que aconteça, vou garantir que aquela menininha saia bem dessa.

CAPÍTULO 69

TEGAN

Tia Marie Werner.
Dois quilos e meio.
E absolutamente perfeita.
Seguro minha filha recém-nascida no colo, olhando para seu rostinho surreal de tão minúsculo. Ela teve uma breve estadia na UTI neonatal, mas a liberaram para passar seus dias no meu próprio quarto de hospital, agora na ala da maternidade. E fico a maior parte do tempo só olhando para ela e pensando em como sou sortuda.
Afinal, cheguei perigosamente perto de perdê-la. Duas vezes.
Como um ser humano pode ser tão pequeno? O pé dela inteiro é mais ou menos do tamanho do meu dedão do pé. Seu nariz tem o tamanho de um botãozinho minúsculo. E as pálpebras são finas como papel, quase translúcidas. Toda vez que ela respira, é um pequeno milagre.
— Você conseguiu, Atunzinha — digo a ela. Vai ser difícil fazer a transição de Atum para Tia. — Você nasceu. Vai ser a coisa mais difícil que você vai ter que fazer na vida. Daqui para a frente, é tudo fácil.
Tia pisca para mim com seus olhos azuis límpidos. Não parece acreditar muito em mim, mas tudo bem, porque é uma tremenda de uma mentira.
Desde o nascimento de Tia, não a ouço falar comigo em minha mente. A voz de bebê sumiu por completo. Mas, quando

olho para seu rostinho, sei o que está pensando. Embora o cordão umbilical tenha sido cortado, ainda temos uma conexão que permanecerá para sempre.

Afinal, ela era a única outra pessoa comigo lá naquele porão.

É difícil não ficar pensando nos dias em que passei no porão de Hank e Polly, embora tenha falado para a polícia que não consigo me lembrar de nada por causa da batida na cabeça. É irônico eu estar fingindo não recordar algo que vou carregar comigo pelo resto da vida. O policial Maxwell me deu seu número de celular pessoal e, umas dez vezes por dia, pego o telefone para ligar e contar o que aconteceu. Mas nunca ligo. Ainda não dei o nome deles nem admiti o que fizeram comigo para ninguém.

Há uma batida à porta do meu quarto e sei quem é antes mesmo de ouvir a voz familiar por trás.

— Tegan?

— Entra — digo.

Depois de uma breve hesitação, a porta se abre e Jackson está ali parado, como todos os dias desde que cheguei ao hospital. Ele está com a mesma camisa social amarrotada e seus olhos parecem cansados por trás dos óculos. Mas ele está sorrindo.

Não saí do hospital desde que fui internada com sepse, e Jackson foi praticamente a única pessoa que veio me visitar. Meus pais se foram, o pai da minha filha está preso, assim como o meu irmão, ambos esperando julgamento. Então somos só Tia e eu. Mas, toda noite, Jackson está aqui.

— Tegan, como você está?

— Bem. Tia tomou uma mamadeira inteira.

Sempre quis amamentar minha filha, só que, com a quantidade de remédios circulando no meu sangue, é mais seguro não fazer isso. Tento não pensar nisso. O importante é que ela está feliz e saudável.

— Trouxe uma coisa para você. — Ele puxa um ursinho de pelúcia cor-de-rosa que estava escondendo nas costas. Levanta para me mostrar. — O primeiro bichinho de Tia!

Dou risada, porque o ursinho é quase do tamanho dela. Parece que todo dia Jackson aparece com uma nova surpresa para nós. Ele está desesperado para compensar por não ter acreditado quando contei o que Simon fez. Não faço ideia de como cheguei a pensar, em qualquer momento, que ele me machucaria.

— Além disso — diz ele, acomodando-se na cadeira ao lado da minha cama —, estou tomando providências para quando você voltar para casa.

— Providências?

Ele faz que sim.

— Você vai precisar de muita ajuda, considerando que tem uma bebê recém-nascida e ainda está se recuperando. Por isso estou marcando para uma fisioterapeuta ir todo dia ao seu apartamento e estou entrevistando uma lista de babás e faxineiras.

Meu rosto cora e seguro Tia perto do peito.

— Não tenho dinheiro para isso.

— Tem, sim — diz ele com firmeza. — Eu falei com Simon, ele assinou os papéis para pagar uma pensão para você, começando imediatamente.

Fico de queixo caído.

— Como você o convenceu a fazer isso?

Um canto da boca dele se levanta.

— Eu sou muito persuasivo, o que significa que tenho acesso a muita sujeira que pioraria ainda mais o caso dele. E já está bem ruim.

Não quero saber das outras sujeiras de Simon Lamar. O que ele fez comigo é ruim o bastante. Sempre vou odiá-lo por isso, embora reconheça que, se não fosse por ele, não teria este pequenino milagre aninhado nos meus braços. É complicado, para dizer o mínimo.

Jackson pega o ursinho rosa e coloca na cômoda do outro lado do quarto, que, como o restante do espaço, está coberto de flores que parecem ter vindo de praticamente cada pessoa que já se sentou ao meu lado durante toda a minha vida. Jackson fica um instante parado na cômoda, sorrindo para algo.

— Olha — diz ele. — Você já tem um ursinho.

— Tenho?

Ele levanta um urso de pelúcia marrom segurando um coração vermelho. Tem um cartãozinho pendurado no pulso do bichinho. Ele abre e lê:

— Querida Tegan, desejo a você e a sua filha toda a felicidade do mundo. Com amor, Polly.

Fico paralisada, com o coração afundado no peito. *Polly.*

Ela mandou um presente para mim.

— Fofinho o urso. — Ele levanta a cabeça para me olhar. — Quem é Polly?

Abro a boca, mas as palavras não saem. É a oportunidade perfeita de contar tudo a ele. Contar que aquela mulher maligna me manteve refém em seu porão por quatro noites enquanto eu implorava para ir ao hospital. Que ela quase custou a minha vida e a vida da minha bebê. Que ela é doente e merece ser trancafiada, talvez para sempre.

Mas, por algum motivo, não consigo dizer nada disso.

Hank me tirou de dentro do meu carro preso na neve. Se não tivesse feito isso, eu teria morrido congelada. E, se Polly não tivesse impedido Dennis de injetar morfina na minha veia, eu teria tido uma parada cardíaca.

Se não fosse por Hank e Polly, Tia e eu não estaríamos aqui agora. E isso tem seu valor.

Tem um valor enorme.

Olho para o rosto da minha filha. *O que você acha, Tia? O que eu faço?* E, como sempre, não recebo mais a resposta dela. Ela só fica me olhando com seus grandes olhos cheios de confiança.

Esta bebê absolutamente perfeita, que eu quase não pude pegar no colo se não fosse por aquela mulher e pelo seu marido.
— Tegan? — chama Jackson.
— Não sei quem é Polly — respondo, enfim. — Nunca ouvi esse nome antes.

EPÍLOGO

TEGAN

UM ANO DEPOIS

Olhando para a sala de estar da minha casa de três quartos, sinto uma satisfação profunda. Pela primeira vez em muito tempo, tenho um lugar para chamar de meu.

A casa certamente precisava de bastante reforma. Eu tinha algum dinheiro de Simon, mas não um monte. Felizmente, Jackson fez trabalho voluntário no Habitat para a Humanidade depois da faculdade e ficou animado de me ajudar a arrumá-la. Passamos o último ano trabalhando nisso, mas estou orgulhosa da minha nova casa.

Escuto passos descendo a escada. Jackson está vindo do andar de cima, onde estava trabalhando no que espero que funcione como brinquedoteca. Seu cabelo está desgrenhado, e ele limpa uma mancha da testa.

— Tirei as medidas e posso comprar o carpete hoje — avisa ele.

— Não precisa comprar meu carpete da brinquedoteca — respondo. — Você não mora aqui.

— Considerando quanto tempo passo nessa casa, sinto que devia fazer algum tipo de plano de pagamento de aluguel.

Não é mentira. Jackson anda passando tanto tempo na minha casa que o deixei dormir várias noites no segundo quarto.

Afinal, Tia continua dormindo num berço ao lado da minha cama. Ainda não estou pronta para desapegar.

Um choramingo vem do canto da sala, onde Tia caiu de cara no tapete. Ela está aprendendo a andar, mas cai mais vezes do que fica de pé.

Consigo entender. Um ano atrás, eu mal conseguia andar por causa do tornozelo quebrado e infeccionado. E não consegui por muito tempo. Foi um longo processo, progredindo da cadeira de rodas para um andador com apoio para o joelho ou muletas, depois uma bengala e agora nada. Mas tenho um coxear que Jackson jura que não dá para notar e meu tornozelo ainda dói quando faz frio.

— Está tudo bem, Tia! — Corro até a minha filha, que chora. — A mamãe está aqui.

— Mamã! — Ela levanta as mãozinhas para mim. — Mamã!

Foi sua primeira palavra e ainda é a preferida.

Eu a pego do chão para consolá-la, afastando os cachos loiros e macios do seu rosto. Ela se agarra a mim e sinto seu coração batendo rápido contra o meu peito. Às vezes, fico assustada com quão perto cheguei de perdê-la. E quão perto ela chegou de me perder.

Aprendi a parar de culpar Hank e Polly Thompson pelo que fizeram comigo. Foi Simon Lamar que mexeu nos pneus do meu carro e causou o acidente que quase me matou. Hank e Polly, entretanto, me salvaram. Duas vezes.

Então, não, nunca contei à polícia o que eles fizeram. Não consegui me forçar a fazê-lo. Mas espero que Polly tenha conseguido ajuda. Por algum motivo, acho que, com Hank ao lado, ela vai acabar ficando bem.

Quanto ao meu irmão, não me sinto nem de perto tão benevolente. Ele está cumprindo de dez a quinze anos numa prisão federal por tentativa de homicídio. Escreveu cartas para mim implorando o meu perdão. Alega que nunca acreditou que os pneus com defeito fossem me matar. Ele só achou que uma lesão de um acidente de carro colocaria as coisas em perspectiva e que as contas do hospital talvez me convencessem a reconsiderar a oferta de Simon. Por isso pediu que eu levasse o cantil dele, sabendo que sua presença faria parecer que eu estava dirigindo bêbada. Ia colocar minha credibilidade em xeque. Também suspeito que, depois de me culpar por seu próprio acidente anos antes, ele achasse que seria uma retaliação cármica.

Mas, mesmo que eu conseguisse perdoá-lo pelo acidente, não tem como entender errado o que ele estava tentando fazer com aquele frasco de morfina. Ele viu nos meus olhos que eu nunca aceitaria o dinheiro de Simon. Estava sem opções e quis me matar só para garantir que seu acordo com Simon fosse em frente. Como posso perdoá-lo por isso?

Ainda não entendo como ele pôde ter feito algo assim comigo. Eu amava Dennis mais que qualquer pessoa no mundo. Achava que ele sentia a mesma coisa por mim. Foi o tipo de traição da qual não dá para se recuperar.

— O que você quer colocar na brinquedoteca quando estiver pronta? — pergunta Jackson.

— Bom — digo —, acho bom a gente colocar uma mesinha para artesanato. Dá para pôr uma cozinha de brinquedo. E uma casa de boneca gigante. E o que você acha de uma piscina de bolinha?

Ele ri.

— Uma piscina de bolinha?

— Por que não? — Balanço Tia apoiada no meu quadril. — O que você acha, Tia? Quer brincar numa piscina cheia de bolinhas coloridas?

Tia, que no momento está numa fase oral seríssima, só enfia a mão na boca babada.

— Eu diria que ela quer *lamber* uma piscina cheia de bolinhas coloridas — fala Jackson, rindo.

— Só quero que ela seja feliz. — Dou um beijo na testa da minha filha. Se estou com ela no colo, acabo beijando-a mais ou menos uma vez por minuto. — Afinal, ela não tem pai.

Não que eu queira que ela conheça o pai biológico. Simon Lamar me drogou, estuprou e, pelo que descobrimos, fez isso com muitas outras mulheres e vai passar a maior parte do resto da vida preso como punição.

Tia jamais pode saber quem é o pai dela.

— Ela pode ter um pai — diz Jackson. — Um dia.

— Humm. Para isso, eu precisaria sair com alguém em algum momento.

Entre ser mãe solo, minha reabilitação do acidente e as sessões de terapia para lidar com o trauma de tudo que passei, namorar não esteve no meu radar. E ainda estou tentando juntar dinheiro para a faculdade de enfermagem — meu plano é fazer quando Tia entrar no jardim da infância.

Ver como Polly era habilidosa como enfermeira me deixou ainda mais decidida a estudar. Ela me inspirou.

Ele ergue uma sobrancelha.

— E sair com alguém é improvável porque...

Encontro o olhar dele. A melhor parte do último ano foram as visitas frequentes de Jackson. Por muito tempo, me senti grata por ele ser respeitoso o bastante para não tentar nada, porque não achava que conseguiria lidar com um relacionamento depois de tudo o que aconteceu comigo. E, no fim, supus que nós dois tínhamos fixado nossa relação em uma amizade. Mas, agora que estou olhando bem nos olhos dele, não tenho mais tanta certeza.

— Não sei — digo por fim. — Acho que não aconteceu.

— E... humm... — Ele coça a cabeça até o cabelo ficar meio espetado. — Te incomodaria se acontecesse?

Ficamos nos olhando por pelo menos cinco segundos. Um leve formigamento passa por todo o meu corpo e percebo há quanto tempo não tenho essa sensação. Esqueci como era *boa*.

— Não — digo. — Não me incomodaria nem um pouco. — Ergo a sobrancelha para ele. — Você vai ficar para jantar hoje, Jackson? Vou pedir comida chinesa.

Ele abre um sorriso para mim.

— Não perderia por nada.

Não estou com pressa nenhuma, mas talvez a minha vida amorosa não esteja totalmente acabada. Talvez hoje, depois do fim do jantar, ele sugira que a gente estique a noite assistindo a um filme juntos no sofá. Depois, quando eu finalmente o levar até a porta, ele vai se aproximar para um beijo. E eu vou retribuir.

Jackson é um bom homem. Eu não tinha certeza de que eles existiam, mas, se existem, ele é um. Ele gosta muito de mim e, qualquer dia desses, seria um ótimo pai para a minha menininha. E eu sei que, se um dia no futuro lhe contasse qualquer outra coisa, ele acreditaria em mim sem pestanejar.

E é por isso que *nunca* vou contar o que aconteceu naquelas quatro noites depois do acidente.

POLLY

Eu adoro a hora de dormir.

Agora temos uma rotina. Depois de termos um jantar em família a três, Sadie vai para o banho. Antes era de banheira, mas, depois de fazer 8 anos, ela decidiu que queria tomar banho de chuveiro. Está ficando mais independente.

Em seguida, quando o banho acaba, Sadie se embrulha no roupão atoalhado rosa-claro que compramos para ela, então escovo seu cabelo e prendo em duas tranças idênticas. Depois, ela me dá a mão e vamos juntas até o cômodo que antes servia como meu escritório, mas agora é o quarto dela, onde ela espera por sua história para dormir.

No momento, estamos lendo *Matilda*, de Roald Dahl. Às segundas, quartas e sextas, leio os capítulos para Sadie, e às terças, quintas e sábados, é a vez de Hank. Alternamos aos domingos.

Hoje está frio, então Sadie entra embaixo do edredom em sua cama, se cobrindo até o queixo. Ela adora que leiam para ela. É uma das suas coisas preferidas, embora tenha se tornado uma excelente leitora. Nesse sentido, me lembra um pouco Matilda.

— Esse é o meu livro preferido até agora — diz ela.

Sorrio ao abrir na página com a orelha dobrada.

— Melhor até que *A fantástica fábrica de chocolate*?

Ela reflete sobre a minha pergunta. É uma menininha tão atenciosa. Sempre achei que fosse uma boa garota, mas, agora que está morando aqui, descobri como ela é incrível.

— Acho que sim.

Tivemos sorte de ficar com Sadie. Depois que seu pai morreu, ela foi para um orfanato, já que não tinha parentes dispostos a acolhê-la e descobriram que sua mãe biológica tinha morrido de overdose. Eu estava chafurdando em autocomiseração depois de a nossa adoção não dar certo e do Incidente, mas sabia que, para ajudar Sadie, precisava me recompor. O fato de já termos uma relação com ela ajudou no processo, mas não foi nada rápido. Recebi uma declaração da Dra. Salinsky, porém, atestando minha excelente saúde mental, e, no fim, fomos aprovados como pais temporários de Sadie. Ela está morando aqui desde então.

Leio três capítulos do livro enquanto os olhos de Sadie vão se fechando. Em geral, ela não passa do terceiro sem dormir, mas, mesmo assim, como faz toda noite, pede:

— Lê mais um capítulo, Polly?

Ela me chama de Polly, mas, depois de oficialmente a adotarmos, estou torcendo para que me chame de mãe. Ela nunca teve uma mãe de verdade, então eu gostaria de lhe dar isso. E quero tanto que ela seja minha filha que chega a doer. Ela tinha pai, por isso não sei se vai chamar Hank de pai, mas eu não descartaria a possibilidade. Ela nunca menciona Mitch e adora o meu marido.

Nossa família estava completa antes. Mas, com Sadie, estamos transbordando de amor. Eu faria qualquer coisa por ela. Eu e Hank.

— Terminou de ler? — pergunta Hank da porta.

Começo a fazer que sim, mas Sadie implora:

— Mais um capítulo.

Cutuco o braço dela.

— Você vai dormir antes de a gente terminar a próxima página.

— Não vou!

— Vai, sim, mocinha.

Antes que eu consiga protestar de novo, Hank fala:

— Me deixa ler para ela, Polly.

Hank nunca gostou muito de ler, então me surpreende o quanto ele curte ler para Sadie à noite. Mas ele mergulhou de cabeça em todos os aspectos da paternidade. Deixava Sadie andar de cavalinho nas costas dele o tempo todo, fez no mínimo doze guerras de bola de neve com ela no inverno e os dois montaram o boneco de neve mais impressionante que eu já vi (tinha a altura de Hank). E ele diz que, assim que o tempo esquentar, vai construir uma casinha para ela no quintal dos fundos.

Ele também me diz que não se importaria de cuidar dela se eu quisesse tentar achar algum trabalho fora de casa. É uma ideia em que tenho pensado cada vez mais, mas gostaria que, antes, Sadie estivesse completamente acolhida. E a oficina de Hank está indo bem ultimamente, então podemos nos virar sem o dinheiro extra.

—Tá bom. — Eu me levanto da poltrona e entrego o livro ao meu marido. — É todo seu. Mas ela vai dormir em trinta segundos.

Hank sorri para mim.

—Vou arriscar.

Ele me beija antes de eu sair do quarto. E me dá um abraço um pouquinho demorado, mas tudo bem, porque também não quero soltar. Ele é o melhor marido que eu poderia pedir.

E estou muito feliz de ele ter me impedido de cometer um erro terrível um ano atrás. Sabemos que temos alguém muito especial quando a pessoa consegue te impedir de arruinar a própria vida.

Saio na ponta dos pés enquanto Hank se acomoda na poltrona que vaguei para poder ler o último capítulo para Sadie. Enquanto fecho a porta, noto que ele não está lendo o livro. Em vez disso, está debruçado perto dela, sussurrando.

E ela está respondendo também sussurrando.

Vejo-os fazendo isso de tempos em tempos. Cochichando um com o outro. Não sei do que estão falando. Mas acho que não pode ser nada tão importante. Se fosse, Hank me contaria. Afinal, não guardamos segredos um do outro.

HANK

Passei a amar Sadie como se ela fosse minha.

Nunca achei que fosse acontecer. Jamais imaginei me apegar tanto à criança que trouxemos para nossa casa. Mas, depois de pouco tempo, não consigo imaginar a vida sem essa garotinha. Polly tinha cem por cento de razão.

Mas não é esse o motivo de eu ter permitido que ela acolhesse Sadie na época, indo contra o que eu achava melhor.

Minha esposa tem questões com que lidar. Deus sabe que a amo. Mas os anos de infertilidade mexeram muito com ela.

Achei que ela precisava de mais anos de terapia antes de considerarmos trazer uma criança para a nossa casa. Mas não era uma criança qualquer.

— Ei, Sadie — digo depois de Polly sair do quarto.

Ela pisca para mim com olhos azuis gigantes que parecem ocupar metade do rosto, embora não estejam mais tão enormes agora que ela conseguiu engordar um pouco, graças às comidas de Polly.

— Sim?

— Olha pela janela — digo.

Ela vira a cabeça para olhar para a janela ao lado da cama, onde enormes flocos de neve começaram a cair do céu.

— Está nevando!

— Isso mesmo.

— Vai ter uma nevasca? — Ela fez a pergunta com a voz quase temerosa. — Vamos ficar presos pela neve?

Meu estômago se revira, me lembrando de outra nevasca que aconteceu um ano atrás. Eu me pergunto quanto será que Sadie lembra. Eu tinha torcido para ela esquecer, mas eu jamais esquecerei. Nem do que fiz depois da nevasca, que mudou nossa vida.

Foi no mesmo dia em que levei Tegan para o hospital. Polly implorou que eu não fizesse isso, mas, quando percebi que aquela garota estava sendo mantida em nossa casa contra a vontade, não houve dúvidas do que eu tinha que fazer. Depois, Polly ficou furiosa, e eu me debati comigo mesmo se era seguro deixá-la sozinha no quarto, mas sabia que estaria logo no andar de baixo. Marquei uma consulta com a Dra. Salinsky na manhã seguinte e verificava como Polly estava de hora em hora, mas eu estava enlouquecendo de preocupação. Então, decidi sair para cortar um pouco de lenha, de que precisávamos muito para a lareira.

Grande erro.

Quando terminei, subi para dizer a Polly que ia começar a preparar o jantar. Sem ter resposta dela, eu estava pronto para derrubar a porta, mas então testei a maçaneta e vi que estava destrancada. Ela havia sumido. Desci correndo e descobri que seu Bronco também não estava lá.

Embora o carro tivesse desaparecido, achei que tinha uma boa chance de ela ter ido ver Sadie. Então, antes de voltar à minha caminhonete e começar a dirigir pela cidade em busca dela, fui à casa de Mitch Hambly e bati à porta.

Quando Mitch abriu, fedia a álcool. Eram só seis da tarde — meio cedo para estar caindo de bêbado, na minha opinião —, mas isso era problema dele.

Perguntei se ele tinha visto Polly e ele riu na minha cara. *Pelo jeito você não consegue segurar aquela sua mulher, hein, Hank? Ela é doida mesmo.*

Eu não estava nem aí se ele ofendesse a minha mulher ou a mim. Precisava encontrar Polly, era tudo o que importava. E, se a única coisa que ele tivesse feito fosse soltar uns insultos em cima de mim, eu teria dado meia-volta e retornado para a caminhonete.

Mas, naquele instante, Sadie apareceu atrás de Mitch no corredor. E seu rostinho estava todo preto e roxo. Talvez, se houvesse acontecido em qualquer outro dia, eu tivesse agido diferente. Ou talvez não. Que tipo de ser humano lamentável faz uma coisa dessas com uma criancinha? Só pensar nisso ainda faz a minha pressão bater no teto.

Então agarrei Mitch pelo colarinho. Foi bom pegar aquele filho da puta e jogá-lo pela escada da varanda com o máximo de força que consegui. Ele caiu de cara na neve, que foi um pouso mais suave do que merecia. Eu poderia ter dado uma puta surra naquele desgraçado, mas então notei Sadie me olhando da porta com aqueles olhões azuis. E me forcei a parar. Não queria que ela me visse matando o pai na porrada.

Eu me aproximei para falar com ela. *Seu pai não deveria te machucar assim*, falei. *Se ele fizer isso de novo, vá me buscar na mesma hora, tá?*

E Sadie fez que sim.

Ela fechou a porta e comecei a me afastar. Não podia me preocupar com Mitch no momento, precisava encontrar Polly. Porém, vi que ele começou a se levantar na neve. Seu rosto carnudo estava vermelho-vivo, a mão direita, fechada em punho, e uma única palavra passou por seus lábios como um grunhido: *Sadie*.

Ele estava irritado por eu tê-lo jogado na neve. E, se eu fosse embora, ia descontar na filha.

Se eu voltasse mais tarde naquela noite, ela podia estar morta.

Eu nunca tinha matado ninguém, mas não pensei no que fiz em seguida. Enfiei o rosto de Mitch de volta na neve, ignorando seus gritos e protestos abafados enquanto ele tentava respirar. Ele era um cara grande e forte, mas não maior nem mais forte do que eu. Houve um ponto em que eu poderia ter parado e soltado — sem grandes danos —, mas não ia deixar que ele voltasse para Sadie depois de o enfurecer desse jeito.

Depois de um ou dois minutos, ele parou de se debater tanto. Alguns minutos depois, não estava mais se mexendo.

Voltei a me levantar, com os joelhos do jeans ensopados de neve derretida, chocado com o que tinha acabado de fazer. Mas não me arrependi, era o único jeito. Fiz o que era necessário e torci para que, quando ele fosse encontrado, a polícia imaginasse que havia desmaiado de bêbado e sufocado. Mas foi então que me virei e a vi.

Sadie. Parada à minha frente, sem dizer nada, só me encarando com seus olhos grandes.

Ela viu tudo.

É melhor ligar para a emergência, falei, engasgado, sabendo que, quando a polícia chegasse, Sadie contaria o que fiz. Eu ia passar o resto da vida preso por homicídio. Não era o que eu queria, mas fiz o necessário para manter a garotinha a salvo daquele monstro e, depois de garantir que Polly estava bem, eles podiam me levar.

Foi quando aconteceu uma coisa curiosa. Sadie nunca contou nada para a polícia sobre o que fiz. A única história que eles ouviram foi que Mitch caiu da escada bêbado e ela o encontrou já morto.

Ela guardou o meu segredo.

Venho torcendo para que ela tenha esquecido aquela noite. Mas, quando vejo o medo em seu rosto ao olhar para a noite de neve, suspeito que ainda lembre.

— Você se lembra de alguma outra nevasca? — pergunto a ela.

— Talvez — responde Sadie, evasiva.

Cerro os dentes. Melhor não pressionar. A última coisa que quero é lembrá-la da coisa terrível que fiz. Mas como ela poderia esquecer? Como esqueceria a noite em que o pai foi assassinado?

— Então você *se lembra* — falo.

Ela pisca para mim.

— Me lembro do quê?

— Se lembra... do seu pai? E... do que aconteceu com ele...

Ela me olha por muito tempo. Ela se lembra, está escrito em sua cara. Eu me pergunto se está brava comigo pelo que fiz. Ela sabe que o matei. Sabe que sou o responsável por tirar o pai dela.

Sadie deve me odiar, pelo menos em algum nível. Não teria que ser assim? Ela não entende por que fiz aquilo. Não entende o que senti ao ver que aquele homem estava batendo numa menininha indefesa.

— Não sei do que você está falando — diz ela por fim e levanta o queixo na minha direção. — *Você* é o meu pai, Hank.

Olho para ela à luz fraca do quarto.

— Isso mesmo — falo. — Eu sou.

Estendo o braço e seguro sua mãozinha na minha enquanto vemos os flocos de neve caindo do céu. Ela pode não ter esquecido, mas compreende. Minha filha nunca vai contar a ninguém o que fiz por ela. Nós dois guardaremos esse segredo.

AGRADECIMENTOS

O *acidente* é um daqueles livros que escrevi e depois reescrevi muitas vezes. De tudo que já escrevi, provavelmente é o livro mais diferente do rascunho original. Então, preciso agradecer à minha mãe por ler cada uma das versões, da infância à adolescência ao, agora, estágio geriátrico. E obrigada ao meu pai por me convencer a virar médica, o que me permite escrever com tanta precisão.

Como sempre, sou muito grata à minha agente, Christina Hogrebe, e a toda a equipe da JRA por seu apoio, inclusive por me convencer a não publicar este livro antes que estivesse pronto. Obrigada, Jenna Jankowski, por seu trabalho árduo e por seus comentários perspicazes, bem como a todos os outros nos bastidores da Sourcebooks. Obrigada, Mandy Chahal, por seus esforços incansáveis no marketing.

Obrigada aos meus muitos leitores beta: Jenna, Maura, Rebecca, Beth, Kate e Emily, que me deram feedbacks incríveis. Obrigada, Val, pela ajuda com a revisão. Obrigada, Aaron, pelos conselhos sobre mecânica.

Também quero fazer um enorme agradecimento aos meus leitores, incluindo os que fazem parte da minha comunidade on-line. Quero expressar minha imensa gratidão aos meus moderadores do Facebook — Emily, Daniel, Carrie, Nancy e Nikki —, que deram um apoio maravilhoso. E obrigada a todos os leitores que ajudaram a promover e recomendar os meus livros, mesmo que só para a mãe ou a irmã. Vocês todos são incríveis!

Chambril
avena

Este livro foi composto na tipografia Berling Lt Std,
em corpo 11,5/15,3, e impresso em
papel off-white no Sistema Cameron da
Divisão Gráfica da Distribuidora Record.